KB262148

율리시안 대륙 전도
그랑디 산맥
마의 해역
마의 해역
랑케
트로니아
인타
타키온
갈라파고 군도
발키아
발트
베링
라인란드 군도
젠다
푸롱
로센
미크
팔랑가스
아센
크리타스
군신
The God of War
양병현 판타지 장편 소설
FANTASY FRONTIER SPIRIT

군신
The God of War

양병현 판타지 장편 소설
FANTASY FRONTIER SPIRIT

군신 1

양병현 판타지 장편 소설

초판 1쇄 찍은 날 § 2008년 1월 3일
초판 1쇄 펴낸 날 § 2008년 1월 10일

지은이 § 양병현
펴낸이 § 서경석

편집장 § 문혜영
편집책임 § 이재권
편집 § 조수희

펴낸곳 § 도서출판 청어람
등록번호 § 제1081-1-89호
등록일자 § 1999. 5. 31
어람번호 § 제1-0933호

주소 § 경기도 부천시 원미구 심곡1동 350-1 남성B/D 3F (우) 420-011
전화 § 032-656-4452 팩스 § 032-656-4453
http://www.chungeoram.com
E-mail § eoram99@chollian.net

ⓒ 양병현, 2008

ISBN 978-89-251-1111-7 04810
ISBN 978-89-251-1110-0 (세트)

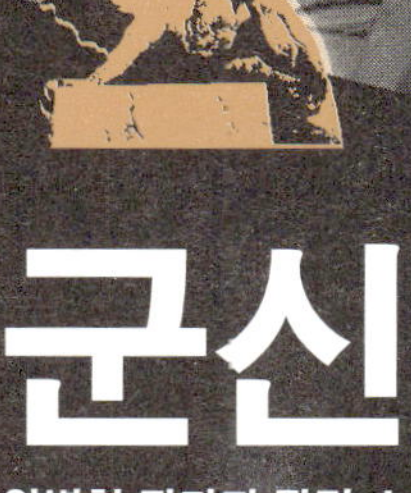

군신

The God of War

양병현 판타지 장편 소설
FANTASY FRONTIER SPIRIT

1

도서출판 청람

contents

지금까지 읽은 책들 가운데 가장 재미있고 기억에 오래 남아 있는 작품을 꼽으라면, 본인은 주저 않고 삼국지(三國志)와 대망(大望)을 꼽습니다.

이런 전략 대하소설(大河小說)에는 영웅의 기개, 병가(兵家)들의 기발에 찬 전략 전술, 승리를 위한 섬뜩한 음모 술수, 시대를 관통하는 인생 철학, 남녀 사이의 애틋한 로맨스가 총망라 되어 있어 시대를 초월하며 사랑을 받지 않나 싶습니다.

구하기 어려운 원서까지 힘겹게 구해 읽던 저는, 어느 순간부터 내가 원하는 구도의 가상의 세계를 만들어놓고 그 세계의 영웅이 되어 활약하는 꿈을 꾸곤 했습니다.

　가상의 세계에서 어느 때는 군주가, 어느 때는 명군사가, 어느 때는 명장이, 어느 때는 무명의 평범한 사람에서 위대한 영웅으로 성장하는 주인공이 되었습니다.

　그러다 마침내 상상하는 것만으로 만족하지 못하고 직접 내 상상을 글로 표현하면 어떨까라는 생각이, 뜻하지 않은 동기가 되어 '철혈영주', '사자왕 프란츠', '루펜의 용병' 세 작품을 출간하게 되었습니다.

　비교적 독자님들의 호응을 받은 작품도 있고, 그렇지 않은 작품도 있습니다. 내가 원하는 대로 쓴 글이, 독자들에게 환영을 받는 것이 가장 이상적이겠지만 결코 쉬운 일이 아니었습니다.

　네 번째 작품을 출간하면서 무엇보다 이 부분에 가장 중점을 두었습니다.

　제가 추구하는 글의 성격은 여전히 살리되, 재미란 촉매 부분을 더욱 강화해서 독자들에게 잘 용해되는 작품이 되도록 말입니다. 좋은 시작에 좋은 마무리가 될 수 있도록 최선을 다하겠습니다.

　군신은 기존 작품들과 마찬가지로 전략 대하소설입니다.

　또 기존 제 작품의 주인공들과 마찬가지로 주인공 펠트란은 천재도, 하늘과 땅을 가르는 무력의 소유자가 아닙니다. 인생의 희로애락에 울고 웃는 우리와 비슷한 사람입니다.

　그가 어떤 역경을 헤쳐 나가며 자신의 목표를 달성해 나가는지 우리 자신을 투영해 보는 것도 흥미로울 것입니다.

　끝으로 표기가 되지는 않았지만, 원 제목 군신(軍神)에는 제가 생각하는 또 하나의 작은 제목이 있습니다. 저는 그것을 군신(君臣)이란 말로 표현하겠습니다.

사회적 동물이라는 인간은 집단을 이루어 생활하며, 타인과 여러 관계를 형성합니다. 그 가운데 하나가 주종관계 즉, 군신의 관계입니다.

국가의 여러 동량(棟梁)들이 어떤 군신(君臣) 관계를 형성하며 자국의 이익을 위해 활약하는지, 지켜보는 것도 또 하나의 묘미가 될 것입니다.

군신을 출간할 수 있는 기회를 주신 청어람 관계자 여러분들, 제가 사랑하는 아내와 두 아이들, 기타 여러모로 도움을 주신 지인들에게 깊은 감사를 전합니다.

2008년 1월 양병현 배상

챙! 챙! 캉!

"후욱! 후욱!"

펠트란의 공격이 점점 힘을 받으며 상대방을 거세게 몰아친다. 필사의 각오로 달려들던 젊은 적장은 거친 숨을 몰아쉬며 안색을 일그러뜨리기 시작했다.

트로니아 연방제국의 권유를 무시하고 끝까지 항전을 택한 크리타스 제국군.

애당초 연방제국군의 상대가 되지 않는 크리타스 제국군이었으나, 하센버그 평원에서 펼쳐진 전투에서 그들은 기대 이상의 분전을 펼쳤다.

크리타스 제국군은 정예 병력을 중앙에 집중시키고 오로지 연방제국군 본진을 향해 돌격해 왔다. 연방 황제의 머리를 베자는 의도였다.

수만에 달하던 제국군 병사들이 하나둘 목숨을 잃어가며 연방제국 황제 펠트란이 있는 곳까지 달려왔을 때, 살아남은 병사는 몇 명 되지 않았다.

그 가운데 고귀한 혈통을 지닌 듯 반짝거리는 은빛 갑주를 입은 적장이 펠트란의 눈에 띄었고, 그는 직접 그 적장과 검을 맞댔다.

챙! 캉! 챙!

"커헉!"

"크리타스 만… 크윽!"

"으으윽!"

몇 안 되던 크리타스 제국군 병사들이 모조리 죽임을 당하며 홀로 대적하던 적장의 검이 크게 무뎌졌다.

"타핫!"

그 기회를 놓칠 펠트란이 아니었다. 벽력같은 고함을 지르며 내찌른 펠트란의 검이 전광석화처럼 적장의 검을 옆으로 밀치며 가슴을 파고든다.

푸각!

"커어억!"

커다란 비명과 함께 마지막 숨을 내쉬는 적장. 그 신체의 격렬한 경련이 검신을 통해 팰트란의 손에 전해진다. 언제, 어느 곳에서, 누구를 찌르던 간에 이런 반응은 한결같았다.

"쯧, 이런!"

많아야 21, 22세나 되었을까! 투구가 벗겨지며 앳된 얼굴이 드러난다.

"어린 나이인데, 안타깝구나! 하지만 어쩌겠느냐, 이것이 너와 나의 운명이거늘!"

태어날 때는 순서가 있지만 갈 때에는 순서가 없다는 고금의 진리를 다시 한 번 확인하며 팰트란은 나직이 중얼거렸다.

팰트란은 마음속으로 안타까운 현실을 한탄하며 꿈틀거리는 적장의 몸통에서 검을 뽑아냈다.

취이이이!

검에 의해 일자로 벌어진 가슴에서 붉은 피가 강하게 쏟아져 나온다. 팰트란은 재빠르게 말을 몰며 옆으로 피했지만, 적장이 선사하는 피의 세례를 다 막을 수는 없었다.

마지막 전투를 위해 준비한 황금빛 갑옷 상의에 검붉은 선혈이 튀어 점점이 흘러내린다.

적장은 인간의 몸에 얼마나 많은 선혈이 있는지를 보여주기라도 하듯 한동안 멈추지 않고 계속해서 피를 쏟아냈다.

철퍼덕!

육신의 고통에서 해방된 적장, 말 위에서 차디찬 바닥으로 몸을 내던진 그를 보고 주인 잃은 말은 어쩔 줄 몰라 하다 빈

공간을 찾아 터벅터벅 걸어간다.

"크리타스의 황태자 미하일이 죽었다!"

연방제국군 소속 백부장 한 명이 재빠르게 다가와 적장의 머리를 잘라 높이 쳐들며 크게 소리쳤다.

'저자가 바로 미하일 황태자였구나!'

팰트란은 비로소 자신이 상대했던 적장의 정체를 알고 나서 고개를 끄덕였다.

미하일 슈로더 황태자!

현 크리타스 제국 황제 요제프의 장자로 트로니아 제국연방의 항복 권유를 거부하고 마지막까지 항전을 주장했던 크리타스 제국 매파의 수장이었던 인물.

두두두두! 두두두두!

팰트란은 지축을 뒤흔드는 말발굽 소리에 고개를 돌렸다. 뿌연 먼지를 휘날리며 트로니아 연방제국군 기병대가 마지막으로 적의 숨통을 끊기 위해 본진으로 진격하는 모습이 그의 시선에 들어온다.

"폐하, 괜찮으십니까?"

트로니아 연방제국군을 총지휘하던 루카스 카라티노스가 급히 달려오며 팰트란의 안위를 확인한다.

"보는 대로요. 전황은 어떻소?"

"사칸 장군이 적의 본진을 무너뜨렸기 때문에 조만간 끝날 겁니다."

"후, 마지막 종착지까지 달려왔구려."

만감이 교차하는 표정으로 무너지는 크리타스 제국군의 최후를 지켜보는 팰트란! 우직해 보이는, 그러나 수십 년을 살아온 지혜가 얼굴 곳곳에 엿보인다.

'그날로부터 정확히 37년의 세월이 흘렀구나!'

팰트란은 만감이 교차하는 마음으로 구름 한 점 없는 파란 하늘을 바라보았다.

국왕의 자리에 올라 험난한 세상에 몸을 던진 지 37년의 세월이 흘렀다. 길다면 길고 짧다면 짧은 시간이었다. 많은 우여곡절이 있었다. 그러나 그는 자신이 원했던 염원을 기어이 달성하고야 말았다.

대륙 통일을 목전에 두고 있지만, 하늘을 바라보는 그의 눈동자에 순간순간 어리는 번뇌와 고민들.

팰트란의 뇌리에 많은 사람들의 얼굴이 떠올랐다 사라진다.

그중에는 그가 목숨을 바칠 정도로 사랑했던 이도, 지극히 존경했던 이도, 이름조차 듣기 싫어할 정도로 미워했던 이도, 죽이도록 증오했던 이도, 그에 의해 직, 간접적으로 목숨을 잃은 이도 있었다.

그러나 지금 이 자리에 도달한 그에게 이런 것은 다 부질없었다. 인생의 바깥에 존재하는 껍질을 한 가닥만 벗기면 모두 비슷비슷한 유형의 인간이 된다는 것을 잘 알고 있기 때문이다.

이들과 아웅다웅했던 과거의 기억이 황제로 하여금 서글픈 미소를 짓게 만들었다.

"와아아! 와아아!"

연방제국군의 승리를 알리는 우렁찬 함성이 평원 곳곳에서 울려 퍼진다.

"폐하, 전투가 끝난 모양입니다."

"그런가 보구려. 갑시다."

태양을 맞이하며 앞으로 나아가는 팰트란의 등 뒤로 그의 영원한 동반자인 검은 그림자가 묵묵히 그를 따라 나아가고 있었다.

The God of War

CHAPTER 01

태동(胎動)하는 대륙

'율리시안 대륙은 통일제국 크롬의 붕괴 이후 무수히 많은 국가들이 나타나 병탄(倂呑)과 명멸(明滅)을 거듭했다.

무려 40개가 넘던 국가들은 약육강식, 적자생존의 살벌한 자연법칙을 거치며 대륙력 1,700년에 이르러 4제국과 1개 왕국으로 재정비되었다.

율리시안 대륙에서 제국이라 하면 일반 국가에 비해 보통 서너 배의 영토 및 인구, 국력을 갖고 있었다.

물론 예외도 있어 대륙의 최서북 쪽에 위치하고 있는 랑케 왕국과 룬 평야 지대에 위치하고 있는 크리타스 제국의 경우 여섯 배의 차이가 나기도 한다.'

— 아놀드 헤인비의 '대륙사' 근대 편에서 발췌.

　　타키온 제국의 제도(帝都)인 앙카라!

　관문 앞에 돔형의 지붕을 가진 개선문이 웅장한 자태로 세워져 있었다.

　제국의 위용을 널리 떨친 장수들과 병사들 입장에서 가장 자랑스럽게 여기는 것이 개선문을 통과하는 개선식이다.

　으늘 영광스러운 개선식 행사가 있는지 연도에 수많은 인파가 나와 개선문을 뚫어지게 바라보고 있다.

　부웅! 뿌우웅! 뿌우우우!

　병사들이 개선문을 곧 통과한다는 나팔 소리가 크게 울린다.

"와아아! 와아!"

"저기 병사들이 귀환한다!"

커다란 함성이 울려 퍼지는 가운데, 타키온 제국을 상징하는 검은 독수리기를 높이 쳐든 기수가 당당하게 개선문을 통과한다.

그리고 그 뒤를 이어 늠름한 모습의 제국군 병사들이 창과 기치를 가지런히 들고 통과했다.

"국경 전투에서 발키아 군을 박살냈다고 하더군."

"그놈들은 매번 깨지면서 왜 자꾸 침략을 반복하는지 몰라."

"그러게 말이야. 나쁜 놈들 같으니."

개선문을 통과하는 제국군 병사들을 바라보며 연도에 나와 있는 주민들이 삼삼오오 이야기꽃을 피웠다.

북부 대륙의 양대 제국인 타키온과 발키아는 북부의 패권을 놓고 수시로 다툼을 벌였다.

전체적인 전력에서는 타키온 제국이 한 수 위였으나, 양대 제국 사이에 끼어 있는 주변 삼국 때문에 타키온도 함부로 총력을 동원해 발키아를 도모하기가 어려웠다.

"킥킥킥, 또 쇼를 벌이는구나!"

멀리 떨어진 곳에서 이를 지켜보던 젊은이가 비웃음을 흘리며 나직이 중얼거렸다.

그는 타키온 제국군이 개선식을 진행할 정도로 큰 전과를 올리지 못했다는 것을, 아니, 전과를 올리지 않았다는 것을 잘 알고 있었다.

웃기는 얘기지만 큰 전투가 벌어진 적이 없는데 어떻게 전과를 올린단 말인가.

크롬 제국이 해체될 당시 크롬의 5공작 가운데 한 명인 카발리 폰 알파니아가 건국을 한 타키온 제국은 카발리 이후 38대가 이어져 오는 북부 대륙의 강국이었다.

그 제국 정부가 최근 들어 제국민들을 선동하는 갖가지 행사를 마련하고 있었다. 이런 현상 뒤에는 반드시 대규모의 군사 행동이 뒤따르곤 했다.

"쯧, 또 무슨 짓거리를 꾸미느라 그러나."

조만간에 커다란 태풍이 북부 대륙을 덮쳐 오지 않을까 걱정하며 그 젊은이는 개선문 서쪽에 있는 황실 아카데미로 걸음을 옮겼다.

그랑디 산맥에서 기원해 타키온 제국을 가로질러 바다로 흘러가는 레탄 강의 반짝거리는 물결이 강변을 따라 걷는 젊은이의 시선에 들어온다.

"체, 다른 건 부럽지 않지만 레탄 강만은 정말 부럽다. 휴우, 이런 천연적인 혜택이 우리나라에도 있었으면 얼마나 좋았을까!"

풍부한 수량을 자랑하는 레탄 강은 제국의 토지를 비옥하게 했고, 제국의 농업은 타국에 비해 일찍부터 크게 발전했다.

농업의 발달은 풍족한 식량을 의미하고, 먹을 것이 풍부한 지역에 많은 사람이 몰리게 되어 있다.

인구의 유입은 곧 인구의 증가를 유발했고, 인구는 곧 국력을 신장시킨다. 국력의 신장은 또 다른 인구 유입 요소가 되니, 타키온 제국은 전형적인 선순환(善循環)의 사이클을 타며 발전할 수밖에 없었다.

"어머, 멋지게 생겼네."

젊은이의 아름다운 용모를 바라보며 노골적으로 추파를 던지는 여인네들.

그녀들의 말이 귓속을 간질이지만 그 젊은이는 이를 전혀 아랑곳하지 않고 강가에서 그다지 멀리 떨어지지 않은 곳에 위치하고 있는 황실 아카데미로 들어갔다.

타키온 제국의 초대 황제인 막시밀리안 폰 알파니아에 의해 건립, 운영되고 있는 황실 아카데미는 주변 삼국은 물론 제국과 패권을 다투고 있는 발키아 제국에서도 많은 유학생을 보내 교육을 받게 할 정도로 우수한 교육기관이었다.

"후후후, 이런 날씨에도 그 곰 같은 왕자님께서는 보나마나 그곳에 있겠지?"

서녁으로 기우는 태양을 바라보며 살짝 이를 드러내며 웃는 젊은이. 교내를 오가던 여학생들이 자지러지는 탄성을 내지른다.

　타키온 황실 아카데미 도서관. 4월의 한적한 오후에 한 학생이 열람실에서 진지한 표정으로 책을 읽고 있었다.

　청년이라 하기에는 치기가 엿보이고, 소년이라 하기에는 나이가 너무 들어 보이는 18～19세 정도의 학생이었다.

　그 학생은 얼굴에 비해 듬직한 체구가 우선 눈에 들어왔고, 검은 머리와 짙은 눈썹, 그리고 서글서글하게 생긴 눈이 다른 사람에게 쉽게 호감을 주는 타입의 용모를 지니고 있었다.

　그와는 달리 한일자로 꽉 다물고 있는 입은 의지가 굳고 한 고집할 것 같은 인상을 강하게 풍기기도 한다.

　무슨 책을 읽고 있는지 몰라도 순간순간 변하는 그의 표정을 보건대 흥미진진한 내용을 담고 있는 책이 틀림없을 것이다.

댈트란 L. 하노버!

　열심히 책을 읽고 있는 학생 옆에 놓여 있는 노트 위에 선명하게 새겨져 있는 이름으로 보아, 그의 이름이 팰트란이란 것을 알 수 있다.

　서너 명의 여학생이 조용히 그곳을 지나다 팰트란을 알아보고 저희들끼리 속삭인다.

　자신들끼리 소곤댄다고 하지만 거리가 얼마 멀지 않아 자신을 두고 수다를 떠는 그녀들의 말이 생생히 귀에 전달된다.

'여인들이란 정말! 쯧.'

도마 위에 올려놓고 마구 칼질을 해대는 여학생들의 말에, 팰트란은 웃지도 울지도 못할 애매모호한 표정으로 다시 정신을 집중해 보던 책을 읽어 내려갔다.

미남이라기보다는 사내답게 생긴 팰트란이 여학생들의 관심을 끄는 이유는 무엇보다 그의 신분에 있었다.

그는 트로니아란 나라의 왕자였다. 그것도 차남이나 막내가 아닌 차기 왕위에 오를 유일한 후계자였다.

발트 왕국, 베링 왕국과 함께 타키온 제국과 발키아 제국 사이에 있는 트로니아는 타키온 제국의 압력에 의해 볼모를 빙자한 유학 명목으로 팰트란 왕자를 제국에 보내야 했다. 그때가 지금으로부터 8년 전이었다.

탁!

얼마의 시간이 흘렀을까? 팰트란이 마지막 페이지를 다 읽고 책을 덮자, 그 책의 제목이 드러났다.

그가 눈에 잔뜩 힘을 주며 읽은 책은 다름 아닌 '빌헬름 대제 평전(評傳)'이었다. 인간이지만 이미 전설이 되어버린 통일제국 크롬의 초대 황제의 일대기였다.

"흠, 역시 보면 볼수록 대단하신 양반이야."

18세의 젊은 나이에 등극해 뛰어난 영도력과 주변 인재들의 적절한 도움을 받으며 40여 년간 율리시안 대륙의 통일전쟁을 주도했다.

직접 전쟁에 참가해 생명을 건 전투에 임한 횟수도 물경 20여 회에 달한다.

갖은 역경과 시련을 이겨낸 끝에 결국 빌헬름 대제는 결국 30개 국에 달하는 중소 국가를 아우르고 사상 처음으로 통일 제국을 건립하게 된다.

대제의 업적은 통일 이후에도 그치지 않았다.

빌헬름 대제는 우선 중구난방이던 시대 표시 기준을 통일했다. 그는 크롬 제국 통일 원년을 대륙력 1년으로 정했다.

대외적으로 5년간 네 차례에 걸친 친정(親征)을 통해 유사 인종인 탈라시안 족을 그랑디 산맥 너머로 완전히 몰아내 우환(憂患)을 제거했다.

대내적으로는 문자 및 도량형의 통일 작업을 전개했다. 일시적으로 반동 현상이 나타나기도 했지만, 그가 추진했던 문자, 도량형 통일 정책은 훗날 율리시안 대륙 전 지역에 전파되어 제국민의 생활을 크게 윤택하게 했다.

"기가 막히는군. 이뿐만 아니라 정치적으로는 강력한 중앙집권제를 확립하였고, 신분제를 철폐하는 등, 재위 15년 기간 동안 여러 분야에서 탁월한 업적을 이루었으니… 휴우!"

이미 수십 번을 읽었다. 하지만 매번 읽으면 읽을수록 절로 감탄이 터져 나오게 만드는 빌헬름 대제의 활약!

팰트란에게 있어 그의 사상과 업적은 이미 우상에 가까울 정도였다.

탁!

"엇!"

펠트란은 누군가가 갑자기 자신의 목을 가볍게 내려치자 화들짝 놀라며 고갤 돌렸다.

"와하하하, 뭘 그리 열심히 보고 있나 했더니 '빌헬름 대제 평전' 이로군요. 이제 토씨까지 틀리지 않고 외울 정도가 되지 않았습니까?"

"르피엘! 놀랐잖아!"

밝은 금발에 미소녀처럼 아름다운 용모를 지닌 펠트란 또래의 학생이 싱글벙글 웃으며 서 있었다.

자세히 보니 제국군의 개선식을 보며 비웃음을 흘리던 바로 그 젊은이였다.

"으흐흐흐, 아무리 재미있어도 누가 와서 왕자님의 목을 따갈 정도로 정신을 쏙 빼놓고 계시면 어떡합니까? 여기는 트로니아가 아니라 타키온이란 말입니다."

"쓸데없는 소리! 내가 뭐 그리 대단한 사람이라고. 그런 일은 절대 없을 거야."

"하하, 글쎄요. 잘은 모르겠지만, 왕자님을 미래의 잠룡이라고 보는 사람이 타키온에 틀림없이 있을 겁니다."

"칭찬으로 한 말이지, 르피엘?"

하얀 이를 드러내며 크게 웃는 펠트란. 바로 르피엘에게 반격의 화살을 날린다.

"그나저나 오늘 태양이 서쪽에서 떴나? 이 좋은 날씨에 그대가 도서관에 다 오고. 음, 설마 앙카라에 있는 레이디들께서 집단 식중독이라도 걸린 건 아니겠지?"

"어, 이건 또 무슨 얘깁니까?"

"나에게는 솔직히 말해도 돼, 르피엘. 그렇지 않으면 그대가 여기 올 시간이 있을까?"

"허어, 왕자님! 큰일 날 소리 하지 마십시오. 누가 들으면 진짜인 줄 알겠습니다."

르피엘은 팰트란의 농담에 손사래를 치며 앞자리에 앉았다.

금발에 푸른 눈동자, 갸름한 얼굴선을 지닌 그는 팰트란보다 네 살 많은 22세로, 역시 주변 삼국의 하나인 발트 왕국의 재무관 로베스 피에르의 둘째 아들이었다.

그는 팰트란의 경우와는 달리 피에르 가문의 결정에 따라 선진 학문을 익히기 위해 3년 전 앙카라에 유학을 왔다.

아카데미에 온 지 얼마 되지 않아 타고난 달변과 미모(?)로 아카데미 내에 수많은 여학생 팬을 몰고 다닐 뿐 아니라, 사교계에서 내로라하는 마담들과도 수차례 스캔들을 일으킨, 나름대로 대단한 인물이었다.

"르피엘, 농담이 아니라 정말 어쩐 일이야? 평생 도서관과 담쌓고 지내겠다고 한 자네가 말이야."

"왜요? 전 이곳에 오면 안 된다는 교칙이라도 있습니까? 웃기시는 왕자님이셔."

르피엘이 화난 목소리로, 그러나 얼굴 가득 미소를 머금고 열람실 벽에 붙어 있는 도서관 열람 규칙을 확인하는 척한다.

3년 동안 펠트란과 우정을 나누면서도 이웃 왕국의 왕자로서 그에게 늘 공대를 해준다.

외모와 성격을 보면 가장 맞지 않을 것 같은 두 사람이었지만, 가장 빠른 시간에 절친한 사이가 되어버렸다.

"다름이 아니고 오늘 본국의 아버님께서 연락이 왔습니다. 연락받는 대로 귀국하라고 합니다. 일손도 부족하고 학비도 더 이상 보내줄 수 없으니 빨리 귀국해 국가에 봉사하라고 하더군요."

무슨 말을 하려는지 르피엘의 눈가에 웃음이 걸린다.

"험, 험! 귀국하는 시간이 늦으면 늦을수록 국가에 큰 손실이라고 하더군요. 그런 말을 여러 차례 듣다 보니 마음에 부담이 크게 가더군요."

"쯧쯧, 자화자찬하는 그 말만 없었더라면 나도 어느 정도 그대의 기량을 인정해 주려고 했는데……."

"그런데요?"

"지금 보니 아직 좀 더 인격 수양을 쌓아야겠다는 생각이 불현듯 드는군."

"왕자님!"

"하하하! 농담이야, 농담."

팰트란은 불끈 성을 내는 르피엘을 달래며 진심에서 우러 나오는 축하의 말을 건넸다.

"결국 그대도 귀국하는구나. 재작년에 제론, 작년에 필립, 그리고 이젠 르피엘. 솔직히 섭섭하긴 하지만 축하한다, 르피 엘. 귀국해서 마음껏 기량을 발휘해 봐. 귀를 씻고 그대에 대 한 소식을 기다리마."

"고맙습니다."

"그나저나 서둘러 발트 왕국의 남자들에게 경고해야겠는 걸.

"무슨 경고 말입니까?"

"대륙제일의 레이디 킬러 르피엘의 귀환은 바로 당신 레이 디에게도 심각한 위험과 후유증을 남길 수 있습니다. 난 말이 지, 너에 대한 다른 얘기는 다 좋은데 로맨스에 관련된 얘기 는 정말 듣기 싫… 웃!"

말을 마치기도 전에 날아오는 르피엘의 강편치를 피하기 위해 팰트란은 급박한 신음성을 터뜨리며 재빠르게 머리를 숙였다.

"트로니아의 왕자님은 정말… 왕자가 맞습니까? 내 보기엔 영……."

"남들은 다들 그렇게 여기던데. 르피엘, 그대가 보기엔 내 가 공주로 보이나?"

“어이쿠, 왕자님, 제발 그런 말은……”

곰 같은 팰트란의 여장한 모습이 떠오르자 오한이 이는 듯 부르르 몸을 떨던 르피엘이 구역질하는 동작을 취한다.

“음, 좀 전에 질문은 내가 생각해도 좀 심한 것 같군. 그런데 지금 보니 나는 그렇지만 자네를 보고 공주라고 부를 사람은 꽤 되겠는데.”

“윽!”

혈압이 올라 쓰러지기 일보 직전의 르피엘! 얼른 입에 손가락을 갖다 대는 팰트란의 동작이 없었다면 열람실을 발칵 뒤흔들어 놓았을 것이다.

“참, 제가 듣기로 왕자님도 조만간 귀국할 것 같다는 소문이 돌던데요.”

“음, 부왕의 건강이 날로 안 좋아지시는 것 같아. 본국과 제국 사이에서 내 귀환 시기를 조율하고 있는 것으로 알고 있어.”

팰트란의 아버지이자 트로니아 왕국의 국왕인 그레고리는 한창 정력적으로 활동할 45세의 중년이었다.

세상을 살아가는 인간에게는 나이에 상관없이 뜻하지 않은 행운과 불행이 찾아온다. 어떤 이에게는 행운이, 어떤 이에게는 불행이 찾아오는데, 트로니아의 그레고리 국왕에게 찾아온 것은 불행이었다.

그는 4년 전에 있었던 타키온 제국과 발키아 제국 사이에 벌어진 제3차 타발 전쟁에 동맹국으로 참전했다 적군의 화살 공격을 받아 큰 부상을 입었다.

그 후 사실상 그레고리 국왕은 자리에서 일어나지 못하고 재상인 더글라스에게 국가의 모든 대소사를 맡기고 부상 치료에 전념했다.

전쟁터에서 무기에 의해 다친 상처는 쉽게 치료하기 어렵다. 소독 기술이 그리 발달하지 않은 시대라 파상풍으로 발전하는 상처로 인해 사망률이 무척 높았다.

그레고리 국왕의 상처 역시 파상풍으로 발전했고, 더욱 악화되어 지금은 오늘내일을 확신할 수 없는 상태라고 한다.

이 때문에 트로니아의 외무장관이 앙카라에 도착해 제국 정부와 트로니아 왕자의 귀국을 협의 중에 있었고, 팰트란도 이 소식을 들은 지 꽤 오래되었다.

"제국 정부가 쉽게 보내주겠습니까? 저 같으면 절대 보내주지 않을 거 같은데요."

"나도 그 점을 염려했지만, 보내주겠지. 왕위가 공석이 되면 앞으로의 일을 감당하기 어렵거든."

팰트란은 르피엘이 말하려는 뜻을 잘 알고 있었지만, 왠지 이번엔 고국으로 귀환할 수 있을 것 같다는 강한 느낌이 들었다.

소국이지만 강력한 무력을 보유하고 있고, 군신 관계가 특별히 끈끈한 트로니아 인들이었기에 볼모의 귀환은 그리 쉽지 않은 문제였다.

"왕자님, 너무 근심하지 마십시오. 그레고리 국왕께서 곧 건강을 회복하실 겁니다. 그리고 무엇보다 왕자님에게는 드레곤의 후예라 불리는 용감무쌍하고 충성스럽기로 대륙제일인 트로니아 인들이 있잖습니까?"

"후우, 고맙다, 르피엘."

"그리고 참……."

"응?"

"오늘 제국군의 개선식 행사가 있더군요."

"개선식이? 흐음, 이제는 노골적으로 제국민들을 선동하는구나."

"시기가 언제일지 모르지만, 정신 바짝 차리지 않으면 언제 뒤통수를 맞을지 모릅니다."

"쩝! 그 말을 들으니 단순하고 외골수들인 가신들이 나라를 어떻게 끌고 나가고 있는지 걱정이 되긴 해."

누구보다 충직하고 우직하지만 험난한 난세를 헤쳐 나가는데 약간 걱정스러운 가신들의 모습이 떠오른다.

"약소국의 비애입니다. 하하, 시중에 이런 우스운 말도 있잖습니까?"

"무슨 말?"

"제국이 기침을 하면 주변 국가들은 폐렴에 걸린다! 이런 말이요."

"하하하하! 멋진 표현이야, 르피엘."

"어이쿠, 꼬르륵꼬르륵 뱃속 시계가 난리를 치는군요. 저녁 식사 시간도 다 되었는데 우리의 마지막 만찬을 즐기러 가지 않겠습니까, 멋진 왕자님?"

"하하하, 그래, 우리의 마지막 만찬이 되겠군. 타키온 제국에 있어서의……."

"마지막은 또 다른 새로운 시작이라고 합니다. 다음번에는 트로니아나 발트에서 만나도록 하시지요."

"좋지. 반드시 그렇게 하자고."

펠트란과 르피엘은 웃으면서 내일의 희망을, 그리고 서로의 꿈을 이야기하며 도서관을 나섰다.

*   *   *

중앙 본관에서 북쪽에 있는 기숙사는 타키온 제국의 위상을 보여주기라도 하듯 화려한 대리석 건물로 이루어져 있었다.

총 세 채의 기숙사 동 가운데 가장 중앙에 있는 4층짜리 건물이 타국의 왕족들을 위해 마련된 기숙사였다.

외관에 비해 검소하게 꾸며진 작은 방. 만찬을 마치고 막 들어온 펠트란은 가볍게 세면을 마치고 침대 모퉁이에 걸터앉았다.

오늘따라 창을 통해 무수히 많은 밤하늘의 별들이 그의 눈에 가득 들어온다. 저마다 반짝이며 아름다움을 뽐내는 별들의 모습에 팰트란은 잠시 아무 생각도 할 수 없었다.

"아름답구나!"

그는 자연만이 만들어낼 수 있는 장관에 자신도 모르게 감탄을 하지 않을 수 없었다. 무심히 별을 바라보던 그의 눈시울이 서서히 붉어지기 시작한다.

'아버지! 그리고 어머니!'

많고 많은 별들이 자기 멋대로 움직이며 부모님의 얼굴 윤곽을 만들어갔다. 잠시 후, 자상하고 인자한 부모님이 하늘에서 팰트란에게 환한 미소를 보낸다.

앙카라에 유학을 온 이후 마음 약해지지 말자고 굳게 다짐했고, 그 다짐을 조금 전까지 지켜왔지만 한순간에 무너지고 만다.

'아, 팰트란아, 팰트란아. 네가 이렇게 심약해서 어떻게 험한 세파를 헤치며 트로니아를 이끌어 나갈 것이냐?'

마음속으로 계속해서 자신을 질책하며 울적한 심사를 달래려 하지만, 귀환 문제가 거론된다는 얘기를 들어서일까? 오늘따라 유난히 고국이, 가족이 그리워진다.

마치 가둬두었던 저수지의 물이 터져 흘러나오듯, 꼬리에 꼬리를 물며 어린 시절 트로니아에서의 단란했던 추억이 떠올랐다.

누구보다 자상하셨던 아버지, 비록 자신을 직접 낳지는 않았지만 친자식처럼 자신을 아끼고 사랑을 베풀어주셨던 어머니, 그리고 하노버 일족 사람들과 가신들, 그들 아이들의 모습이 차례로 나타났다 사라진다.

당시 10살의 어린 나이였지만 팰트란은 자신이 왜 이 낯선 타국에 와서 수학을 해야 하는지 잘 알고 있었다.

수도인 코린트를 떠나 제도 앙카라로 향하던 날, 팰트란은 결코 울음을 보이지 않았다. 그는 도리어 자신을 배웅 나왔다 슬퍼하는 많은 이들을 위로해 주었다.

철모르는 10세 왕자의 대견스러운 모습에 그날 그 자리에 나왔던 모든 사람들이 울음을 터뜨렸다.

부모, 중신들, 용맹함으로 대륙에 이름이 자자한 트로니아의 전사들도 당시의 애절한 모습을 참지 못했다.

뚝! 뚝! 뚝!

그때 기억에 생각이 미치자 팰트란은 자신도 모르게 눈물을 흘렸다.

8년간 참았던 눈물이 마침내 터진 것이다. 한 방울, 한 방울 눈물이 손등에 떨어지며 옆으로 흘러내린다.

"후우! 지금 뭐 하는 건가!"

얼마의 시간이 흘렀을까! 팰트란은 고개를 좌우로 흔들며 손을 들어 눈가에 흐르는 눈물을 닦는다.

'난 보통 가문의 사람이 아니라 일국의 왕자가 아니던가! 정신 차려라, 팰트란!'

서서히 마음을 가다듬은 팰트란은 언제 그랬냐는 듯 결연한 표정으로 두 주먹을 불끈 움켜쥐었다.

팰트란은 침대에서 일어나 창 앞에 있는 책상 앞으로 걸어 갔다. 책상 위에는 한 권의 책이 놓여 있었다.

크롬 제국 시절 명재상이었던 안토니우스 파솔이 저술한 정치, 행정관리 지침서인 '부국론(富國論)' 이란 책이었다.

그는 책갈피 사이가 접힌 부분을 찾아내 책을 펼친 후 차분히 읽어 내려가기 시작했다.

트로니아 왕국은 말이 왕국이지 체계적이고 합리적인 정부 조직을 구성하고 있지 못했다. 열혈호한은 많았지만 치밀하고 세심한 정치가는 그리 많지 않았다.

그러다 보니 개개인의 능력에 따른 군사력은 강했지만, 그 외의 정치력은 타국에 비해 현저히 떨어졌다. 국가 간의 분쟁에 있어 트로니아는 늘 손해를 보며 살아올 수밖에 없었다.

그런 면에서 볼모의 성격을 띤 유학이긴 하지만 팰트란이 앙카라에 와서 학문을 익히고 다양한 친구들을 사귄 일련의 과정들은 그와 국가를 위해 큰 도움이 될 것이다.

똑똑똑!

한 시간여를 읽었을까, 갑자기 문 두드리는 소리가 났다.

'누굴까? 올 사람이 없는데.'

"누구십니까?"

"매튜입니다, 왕자님! 로긴스 경께서 도착하셨습니다."

“아, 어서 들어오라고 하시오.”

로긴스라면 지금 제국 정부와 자신의 귀환 문제를 협의하고 있는 트로니아의 외무장관이다.

팰트란은 두근거리는 마음으로 문을 열었다. 호위무사 매튜와 50세를 갓 넘긴 호리호리한 몸매의 중년인이 들어온다. 바로 로긴스였다.

“오랜만이오, 로긴스 장관!”

“오, 오랜만에 인사드리겠습니다, 왕자님!”

중년의 로긴스가 눈물을 글썽이며 팰트란에게 연신 머리를 조아리며 인사를 올린다. 격동에 찬 그의 목소리가 부담 갈 정도로 떨리고 있었다.

가장 내심을 억제할 수 있어야 하는 외무장관이 속마음을 그대로 드러낸다. 직설적이고 단순한 트로니아 사내들의 전형적인 모습을 엿볼 수 있었다.

“제국 정부와 협상하고 있다는 말은 내 이미 들었소.”

“흥, 이 형편없는 제국 놈들이 어찌나 왕자님 귀국 문제를 갖고 시비를 걸어오는지 원!”

“하하, 고생 많으셨소. 여기 앉으시오.”

이런 다혈질 때문에 트로니아가 늘 손해를 봐왔다는 것을 잘 아는 팰트란은 씁쓰레한 미소를 떠올리며 로긴스를 달랬다.

“로긴스 장관, 아버님의 건강은 어떠시오?”

"그, 그게… 위중하시기는 한데, 곧 회복하실 겁니다."

"솔직히 말씀하시오. 난 괜찮소."

'쯧, 재상 어른께 또 꾸중을 듣겠구먼.'

귀국이 이루어지기 전에 왕자에게 심려를 끼치지 말라는 재상의 당부가 있었지만 지키기 어려울 듯했다.

"전하께서는… 음, 아마 올해를 넘기시기 어려울 것 같다고 합니다."

"듣긴 했지만 설마 했는데, 역시 그렇구려."

"왕자님, 전하께서 강골이시라는 것은 잘 아시잖습니까? 조만간 완쾌하실 겁니다."

혹시라도 팰트란이 침울해할까 걱정스러운 로긴스는 손짓 발짓을 다해가며 왕자를 달랬다.

"나의 귀국 문제는 어떻게 되었소?"

"다음 달 초순에 귀국하는 것으로 제국 정부와 합의를 보았습니다."

"정말이오? 하하하, 잘되었구려."

조마조마한 심정으로 로긴스의 말을 기다리던 팰트란이 자리에서 벌떡 일어나며 크게 웃음을 터뜨린다.

'드디어 고국으로 돌아가는구나!'

하늘을 날 것 같은 기분이었다. 철이 든 이후 가장 팰트란의 마음을 기쁘게 한 말이었다.

"축하합니다, 왕자님!"

"고마워, 매튜! 그대도 고생 많았어."

로긴스, 매튜와 함께 즐거움을 만끽하던 펠트란은 문득 오후에 르피엘과 나눈 대화가 떠올랐다.

"로긴스 장관, 그런데 제국 정부가 순순히 나의 귀국을 허락했소?"

"예? 아, 그게… 그러니까… 에……."

로긴스는 예상치 못한 펠트란의 질문에 당황하며 말을 더듬는다. 뭔가 말 못할 사정이 있다는 표시였다. 이것 역시 교활치 못하고 직선적인 트로니아 인들의 특징이라고 할 수 있었다.

"로긴스 장관, 정확한 사실을 일러주시오. 왕자인 내가 중대한 일을 모르고 있으면 되겠소?"

"맞습니다. 당연히 왕자님께서도 알고 계셔야 하지요. 에, 그러니까……."

말하기가 송구스러운 듯 몇 차례 멈칫하던 로긴스가 어쩔 수 없다는 표정으로 입을 열었다.

"죄송합니다. 말씀드리기가 너무 송구스러워서……."

"괜찮소. 말씀하시오."

"간악한 제국 놈들은 저희 트로니아에 병력 이천 명을 요구했습니다."

"병력 이천 명이라니요?"

"왕자님을 귀국시키는 대신 아군 병력 이천 명을 타키온 남부에 있는 랑트 요새에 주둔시킬 것을 요구했습니다. 그래서 본국과 협의하여 그들 요구 조건을 들어주는 것으로……."

"로긴스 장관, 랑트 요새는 타키온과 발키아 제국 사이에 있는 최전선 요새가 아니오?"

"그… 그렇습니다."

"어떻게 그 지역에 아군 병력을 이천씩이나! 게다가 내가 듣기에 요즘도 수시로 산발적인 전투가 벌어지고 있는 곳이라 하던데……."

"왕자님, 걱정하지 마십시오. 트로니아의 전사들은 하노버 왕가와 트로니아를 위해 모든 것을 희생할 각오가 되어 있습니다. 이천 병사 역시 모두 지원자로 충당했습니다. 걱정할 필요 조금도 없습니다."

자랑스럽게 열변을 토하는 로긴스의 말에 팰트란은 잠시 할 말을 잃고 천장을 한없이 올려보았다.

'이천 병력을 내 대신 볼모로 보냈단 말인가? 이 사람들이 정말……. 허허허!'

*　　　*　　　*

팰트란의 귀국 수속은 일사천리로 진행되었다.

트로니아의 이천 병력이 이미 랑트 요새에 파견되어 현지

제극군 주둔 사령관의 관할하에 놓였다는 소식이 앙카라에 전해졌다.

양국의 합의에 의해 제국에서는 더 이상 팰트란을 붙잡아 둘 필요가 없었다.

타키온 제국 황제 집무실.

제국 황실을 상징하는 검은 독수리 문양의 커다란 기가 벽에 걸려 있었고, 그 주위에 제국의 부를 자랑이라도 하듯 순황금으로 만들어진 실내 장식품이 놓여 있었다.

남부 대륙에서 수입한 고풍스러운 서가와 탁자, 의자 역시 제국 황제의 집무실을 위엄스럽게 만드는데 일익을 담당했다.

"껄껄껄! 하하하!"

탁자를 중심으로 세 사람이 앉아 담소를 나누며 기분 좋게 웃고 있었는데, 화려한 복장과 품위있는 행동에 비춰 보건대 고귀한 신분을 지니고 있는 사람들이 틀림없었다.

탁자 정면. 황금색 고깃에 황금 왕관을 쓰고 앉아 있는 이는 바로 현재 타키온 제국을 다스리는 드미트리 2세 황제였다.

40대 초반의 느긋한 인상을 지닌 드미트리 2세는 멀리는 크롬 제국을 건국한 빌헬름 대제의 방계 혈통으로, 가깝게는 북부 대륙의 패자로 북부의 문화와 경제를 리드하고 있다는 것에 대해 상당한 자부심을 갖고 있었다.

그의 행동 하나하나에서 세상을 아우를 수 있다는 자신감과 여유가 엿보였다.

"안톤 재상, 트로니아 왕자의 귀국이 결정되었소?"

"예, 폐하! 왕자의 귀환 조건으로 요구한 트로니아 병력 이천 명이 랑트 요새에 주둔을 완료했다는 보고를 확인했습니다."

"그럼 더 이상 트로니아의 왕자를 붙잡아둘 필요는 없겠구려."

"조건이 갖춰졌기 때문에 금명간 귀국할 것으로 여겨집니다."

황제의 좌측, 흰 수염을 가슴까지 길게 내리 기른 60여 세의 인물이 대답을 한다.

붉은 얼굴색에 온 세상의 지혜가 가득 담긴 두 눈을 갖고 있는 학자풍의 이 인물은, 타키온 제국의 수석 재상 안톤 발라리아 공작이었다.

안톤 재상은 본래 남부 크리타스 제국의 신관 출신이었다. 어려서부터 남달리 재기를 나타내더니, 나이 서른에 이르러 환속을 결정한다.

그는 대륙 곳곳을 다니며 유세를 시작, 삽시간에 '대륙제일의 현자(賢者)', '대륙제일의 군사(軍師)'라는 칭호를 얻었다.

난세를 벗어날 길은 대륙 통일밖에 없다는 일관된 신념을
갖고 세상을 주유하던 안톤!

여러 제국 및 국가에서 그를 초청하기 위해 갖은 애를 다
썼지만, 자신의 주인은 자신이 찾겠다는 말을 하며 다시 여러
나라를 다니기 시작했다.

세상은 관심을 갖고 그의 선택과 결정을 주시했다. 그리고
마침내 타키온 제국의 드미트리 2세에게 축하와 질시의 눈길
을 보내야만 했다.

안톤은 대륙 통일의 기대를 타키온의 드미트리 2세에게서
보았다는 말과 함께, 그를 따르기로 했다는 소식이 대륙 곳곳
에 퍼졌기 때문이다.

타키온 제국에 출사한 안톤의 실력이 유감없이 발휘되었
다.

대외적으로 군사(軍師)의 신분으로 참전, 열다섯 차례의 크
고 작은 전쟁을 승리로 이끌었다. 오늘날 타키온 제국이 거대
한 영토를 보유하게 된 데에는 그의 역할이 지대했다.

대내적으로 신분보다는 그 사람이 지닌 능력에 따라 발탁
하는 혁신적인 인사 제도를 실시하고, 중앙집권과 지방분권
의 이중적인 정치 체계를 확립해 제국 운영의 효율성과 합리
성을 크게 증진시켰다.

남부의 선진 문물과 문화를 적극적으로 받아들여 남부에
비해 뒤떨어지던 북부의 문화 수준을 끌어올리는 데도 큰 역

할을 했다.

지금도 노익장을 과시하며 살아생전 대륙 통일의 위업을 위해 드미트리 2세를 열심히 보필하고 있는 안톤이었다.

"그런데 폐하, 신의 생각으로는 이천 군사와 왕자의 귀환을 교환하는 것은 여전히 문제가 있다고 생각……"

"재상, 재상은 말이오, 다 좋은데 너무 걱정이 많은 것이 탈이오. 사실 난 트로니아의 이천 병력 없이도 그를 그냥 돌려보내 줄 생각이었단 말이오."

이미 몇 차례 안톤의 충고를 들었는지, 드미트리 2세가 귀찮다는 듯 그의 말을 중간에서 끊는다.

"폐하, 트로니아의 저력을 절대 과소평가해서는 안 됩니다."

"맞소. 과소평가해서는 안 되지요. 하지만 절대 과대평가해서도 안 된다고 생각하오. 그렇지 않소?"

답답해하는 안톤을 보며 황제도 미간을 찌푸린다.

"재상, 제국이 일개 소국을 두려워해 국왕이 없는 상태에서 왕자를 계속 볼모로 잡고 있다는 사실이 알려지면 얼마나 창피하겠소."

실리보다는 명분을 택한 드미트리 2세. 제국의 황제로서 능히 선택할 수 있는 상황이었다.

안톤은 드미트리 2세의 표정을 보고 지금 상태에서 무슨 말을 하든 황제의 생각을 바꿀 수 없다는 것을 깨닫고 깊은 한숨을 내쉬었다.

"몰트케 사령관, 그대 생각은 어떻소?"

"트로니아는 저희 속국이나 다름없는 상황입니다. 언제든 명령만 내려주시면 단숨에 폐하께 바치겠나이다."

황제의 우측, 안톤의 정면에 마주 앉아 있던 중년의 호걸풍의 인물이 자신있게 대답을 한다.

몰트케 폰 알파니아 제국군 총사령관. 알파니아 황족의 일원으로 약관 30의 나이에 총사령관의 자리에 오른 인물이다.

안톤과 함께 타키온의 문무양재로 불리며 제국군의 전략과 전술을 담당했다.

안톤은 몰트케의 능력에 대해 추호의 의심도 없었지만, 제국의 미래를 위해 고언(苦言)을 내뱉지 않을 수 없었다.

"몰트케 사령관, 어떻게 경까지 그렇게 말을 할 수가 있소? 현실을 직시해야지요, 현실을요. 그들과의 합동 작전을 통해 우린 트로니아의 전투 능력을 여러 차례 확인하지 않았소?"

"재상 각하의 말씀이 틀리다고는 하지 않겠습니다. 하지만 전쟁의 기본 조건이 무엇입니까? 그 국가의 경제력, 보유 병력, 무기의 질, 적시의 보급, 군인의 사기, 외교력이 아닙니까?"

"그렇소. 하지만……."

"그중에 우리가 트로니아를 걱정해야 하는 부분이 무엇인지요? 트로니아 인들이 용감하지만 그들이 모두 일당백의 전사들은 아닙니다."

몰트케는 안톤의 말을 끊으며 자신감 있는 어투로 대답했다.

‘이 사람아, 그런 객관적인 전력으로 모든 승부가 판가름 난다면 대륙은 통일이 되었어도 여러 번 되었을 것이네.’

안톤은 겉만 바라보는 몰트케의 생각에 안타까움을 금치 못했지만, 자신의 생각을 차마 입 밖에 낼 수는 없었다. 누가 뭐래도 그는 제국이 자랑하는 명장이었고 그에 걸맞은 실력을 지니고 있었다.

“하하하, 안톤 재상, 이번 사안은 몰트케 사령관도 언급을 했지만 그리 큰 문제는 아닌 것 같소.”

“맞습니다. 대국은 대국으로서의 풍도를 보여야 주변국에 위신과 권위가 서는 법입니다.”

“그래요. 몰트케 사령관의 말이 맞소. 그리고 우리가 지금 이런 작은 사안에 몰두할 때가 아니라 보오. 타키온 제국의 미래를 결정지을 일이 코앞에 닥치지 않았소?”

“그건 그렇지만…….”

“참, 안톤 재상! 이번 개선식 반응이 무척 좋았다는 얘기를 들었소.”

안톤의 기분을 달래기 위해 드미트리 2세가 화제를 돌린다.

“예, 제국민들에게 깊은 인상을 심어준 것 같습니다.”

“조만간 대대적으로 제국군을 동원해야 할 일이 있을 것이니 단단히 준비토록 하시오.”

“알겠습니다, 폐하.”

“몰트케 사령관, 발키아에 관한 새로운 보고가 들어온 것이 있소?”

“예, 폐하. 심상치 않은 정보가 계속 접수되고 있습니다.”

“그래요? 들어봅시다.”

“예. 정보부 보고에 의하면 발키아 제국의 내정이 극히 불안하게 움직이고 있다 합니다. 특히 황자들의 내분이 조만간 표면화될 것이라는 소문이 여기저기서 감지되고 있습니다.”

“정말이오?”

“발키아를 오가는 상인이나 여행객을 통해 확인한 바에 의하면 조만간 빅토르 3세가 중대 결단을 내릴 것이라고 하더군요.”

“헐헐헐! 발키아라는 감이 그렇게 익었을 줄은 몰랐습니다. 빅토르 3세의 중대 결단이라……. 으음, 황제 폐하의 말씀대로 조만간 일이 터질 것 같습니다.”

“무슨 말이오, 재상?”

“발키아의 황제가 직접 나서서 중대 결단을 내려야 할 정도라면 황태자인 테미얀의 위치가 공고하지 못하다는 말입니다. 아마 고만고만한 황자들끼리 치열하게 암투를 벌일 것이고, 그 가운데 가장 자신없는 황자가 사고를 칠 가능성이 농후합니다.”

“아, 그렇겠구려.”

“폐하, 어쨌든 만일 몰트케 사령관의 말이 사실이라면 가만있을 때가 아닙니다.”

"허허, 내 그래서 조그만 일에 이제 그만 신경을 끄고 큰일에 몰두해야 한다고 하지 않았소."

북부 통일을 가로막는 발키아 제국이 흔들리고 있다. 발키아 제국만 처리할 수 있다면 대륙 통일이라는 위대한 염원이 결코 그림의 떡은 아니다.

"두 분, 이번 기회를 절대 그냥 놓쳐서는 안 될 것이오. 반드시 좋은 방안을 강구해 발키아를 점령할 수 있도록 합시다."

"알겠습니다, 폐하!"

안톤과 몰트케가 동시에 대답을 했다.

'발키아가 흔들리고 있다. 통일로 가는 천재일우(千載一遇)의 기회가 아닌가. 쩝, 좀 찜찜하기는 하지만 트로니아 왕자의 귀환 문제는 뒤로 미루자.'

안톤은 트로니아 왕자의 귀환이 여전히 마음 한구석에 걸렸지만, 황제가 언급한 발키아 건이 워낙 큰 사안인지라 모든 정력을 발키아 도모에 쏟아 붓기로 결정했다.

안톤의 강력한 견제가 예상되었지만, 뜻하지 않게 전해진 발키아의 소식 때문에 트로니아 왕자의 귀환은 조용히 순조롭게 진행되었다.

*　　　*　　　*

"매튜 경, 왕자님은 어딜 가셨소? 빨리 출발하셔야 할 텐데……."

귀환 결정이 나고 세세한 작업이 끝나기까지 4, 5개월의 시간이 소요되었다.

4월에 시작된 협상은 가을을 알리는 9월이 다 되어서야 마무리가 되었고, 펠트란은 마침내 트로니아로 돌아가게 되었다.

본국에서 왕자의 귀환을 위해 달려온 60기의 기병과 함께 외무장관 로긴스가 초조한 표정으로 왕자의 행방을 묻는다.

"오늘 출발하신다는 건 알고 계시겠지요?"

"알고 계십니다."

"그럼 도대체 어딜 가셨다는 거요?"

"학장실에 다녀온다고 하셨습니다."

"작별 인사는 어제 다 했다고 들었는데……."

"학장께서 오늘 또 호출했다고 들었습니다."

로긴스는 짧게 대답하는 매튜에게 순간적으로 열이 나 한마디 하려 했으나, 그의 날카로운 눈매를 접하는 순간 그냥 마음속으로 삭이기로 했다.

'젠장! 저 눈빛만 보면 이상하게 오금이 저리니 원!'

무를 숭상하는 정신이 강한 트로니아 인인지라 로긴스도 검술에 있어서는 일가견(一家見)이 있었다. 하지만 전문적으로 검술을 익힌 왕자의 호위무사 매튜에겐 어림도 없다는 것을 잘 알고 있었다.

율리시안 대륙의 무술은 난세로 접어들면서 두 갈래로 발전을 거듭해 왔다.

첫 번째는 장기간의 전국시대로 인해 양질의 병사와 효과적인 전투를 위해 고안된 신체 단련 기술과 검, 창, 석궁, 부월을 이용한 집단 전투 기술이다.

신체 단련 기술은 병사들의 기초 체력 단련을 위해 고안, 발전된 것으로 각국별로 형태는 달랐으나 기본적인 목적은 동일했다.

이에 반해 집단 전투 기술은 각국의 상이한 환경 조건의 차이로 인해 특화되는 양상을 보이며 발전을 거듭해 왔다.

예를 들어, 대륙의 평야 지대를 차지하고 있는 제국 및 몇몇 왕국은 기본적으로 중장보병을 위주로 한 창검의 전투 기술에 능했다.

발키아 제국 같은 초원 지대에 자리한 국가는 기병을 위주로 한 창검과 석궁의 전투 기술에, 팰트란의 트로니아 왕국 같은 산악 지대의 국가들은 창검, 석궁과 부월을 이용한 전투 기술이 발달했다.

나머지 형태가 다른 전투 기술이 몇몇 있었으나, 이 세 가지 범주 안에 들어와 있거나 그리 큰 범용성을 띠지 못해 널리 알려지지는 않았다.

두 번째 역시 전국시대의 영향으로 파생된 점에서는 첫 번째와 같지만, 집단보다는 개인에 초점이 맞춰져 있는 무술이다.

문보다는 무가 숭상되는 전국시대에 있어 입신양명(立身揚

名)을 위해 수많은 사람들이 무술을 배웠다.

그중에서도 병기의 왕이라 일컫는 검술의 발전이 타 무술에 비해 월등히 뛰어나 일찍 자리를 잡았다.

대륙의 검술 기원은 상당히 오래되었다. 하나, 검술이 한 유파를 형성하고 체계적으로 검법을 정리한 시기는 그리 오래되지 않았다.

수백 년의 세월이 흐르는 동안 드문드문 빼어난 검성(劍聖)을 배출해 내던 검술계는 약 일백 년 전에 삼 인의 검성이 연차적으로 나오며 흥성하게 된다.

거의 동시대에 활동을 한 삼 인은 전 시대의 검성들처럼 홀로 세상을 종횡하다 사라지지 않고, 자신의 검술을 체계적으로 정리, 유파를 설립한 후 많은 제자를 받아들여 검법을 보급시켰다.

대륙인들은 그들의 활동 지역과 검술 형태에 따라 명칭을 부여해 북부의 네이쳐류, 동남부의 아큐트류, 서남부의 디스트로이류라고 일컬었다.

한 가지 특이한 점은 환경이 비교적 척박한 북부에서 자연과의 동화(同化)를 추구하는 네이쳐류가 자리를 잡고, 비옥한 지역의 남부에서 기세와 강함을 추구하는 아큐트류와 디스트로이류가 발달했다는 것이다.

혹자는 문명의 혜택을 덜 누리는 지역에서 자연과의 동화가 더 쉽기 때문에 그렇지 않겠느냐는 견해를 제기하기도 했지만, 당사자 이외엔 그 누구도 알 수 없는 일이었다.

명칭에서도 알 수 있듯, 검술의 숙련도에 따라 초기에는 디스트로이류가, 중기엔 아큐트류가, 일정 수준에 도달한 이후엔 네이쳐류의 검술이 가장 강하다고 알려져 있다.

이 가설은 다른 분야에도 적용되지만, 배우는 사람의 자질 및 오성(悟性)과 크게 관련이 있기 때문에 정설로 받아들여지진 않았다.

세 유파 가운데 하나인 네이쳐류의 창시자 검성 아리우스는 어려서 가전으로 내려오던 검술을 익히고 깊은 산속에 들어가 홀로 수련을 했다.

검술 수련에 몰두하던 그는 크게 오의(奧義)를 깨닫고 이를 하나의 유파로 발전시켰다.

하산 후, 횟수를 알 수 없을 만큼 많은 결투를 통해 자신의 실력을 입증하고 트로니아 왕국의 수도 코린트에 네이쳐류를 정식으로 개설했다.

발키아 제국 출신의 검성 아리우스가 왜 트로니아 왕국에 눌러앉았는지에 대해 여러 사람이 깊은 관심을 가졌지만 아무도 그 이유를 몰랐다.

로긴스가 속으로 투덜댔던 매튜는, 바로 네이쳐류의 검성 아리우스가 세상을 떠나기 전 마지막으로 받아들인 제자였다.

트로니아 왕국 그레고리 국왕 근신의 차남으로 아리우스에게 직접 검술을 배운 매튜는, 금년 35세에 이르도록 한 번도 일대일 대결에서 패한 적이 없는 검술계의 달인이었다.

그랬던 그가 8년 전 가문의 명에 따라 팰트란 왕자의 호위 무사가 되어 공무(公務)에 매인 몸이 되었지만, 그의 명성은 북부 대륙에서 여전히 전설적이었다.

*   *   *

황실 아카데미 학장실에서는 반백의 머리에 근엄한 표정의 학장이 창밖을 내다보고 있었다. 그는 아카데미의 큰 행사 시에만 입는 검은 상의에 보랏빛 스카프를 두르고 있었다.

"학장님, 팰트란 왕자님께서 오셨습니다."

"어서 모시어라."

학장의 말에 시종의 안내를 받은 팰트란이 모습을 드러냈다.

"앉으시지요."

학장은 인사를 하는 팰트란에게 애정 어린 시선을 보내며 자리를 권했다.

"어제 작별 인사를 드렸는데, 오늘 꼭 뵙고 가라는 메시지를 보고 왔습니다. 무슨 일이신지요?"

8년간 음으로 양으로 최대한의 지원과 관심을 보여준 학장이었기에 출발 시간을 늦춰가면서 학장을 만나러 온 팰트란이었다.

"허허, 왕자님을 떠나보내기가 너무 애석해서 연락을 드렸습니다."

"말씀 낮추시지요. 왕자님이란 호칭이 거북스럽습니다. 이전처럼 팰트란 학생이라고 불러주십시오."

"아카데미의 학생이라면 신분이 어떻든 반드시 그렇게 호칭합니다만, 왕자님은 이제 이곳의 학생 신분이 아닌 어엿한 트로니아의 왕자님이시지요."

어제까지 학생의 신분으로 자신을 대하던 학장이 오늘은 깍듯이 왕자로서 대하자 괜히 얼굴이 붉어지는 팰트란이었다.

북부 대륙 최대의 교육기관을 운영하는 학장으로, 자국 및 타국에서 온 다양한 계급의 학생들을 지도하며 아무런 잡음 없이 학문 기관으로서의 기능을 십분 발휘하게 한 학장은 정말 대단한 능력의 소유자였다.

"제가 20여 년을 이 자리에 있으면서 여러 다양한 학생들을 겪었습니다. 황제의 자식부터 일반 평민의 자식, 아니, 노예 신분의 학생까지 있었으니까요."

학장은 앞에 놓인 차를 한 모금 마시면서 다시 말을 이었다.

"그중에 왕자님처럼 신분 고하를 막론하고 상대가 누구이든 잘 어울리며 지내는 사람을 보질 못했습니다. 참 훌륭하십니다."

"과찬이십니다."

팰트란은 짤막하게 대답하며 학장의 말을 경청했다.

"이곳에서 경험하셨으니 잘 아시겠지만, 신분이 그 사람의 능력을 대변하는 것이 절대 아닙니다. 능력을 보셔야 합니다. 사람을 보셔야 합니다. 절대 신분을 보고 그 사람을 평가하지 말길 왕자님보다 세상을 좀 더 오래 산 선배의 입장에서 다시 한 번 당부드립니다."

펠트란은 당연하다는 듯이 고개를 끄덕여 긍정의 뜻을 나타냈다.

학장은 결코 자신이 사람을 잘못 보지 않았다는 것을 확신하며 계속해서 말을 이어갔다.

"아마 왕자님께서 귀국하게 되시면, 들리는 소문으론 곧바로 왕위에 오르셔야 할 겁니다. 오랜 기간 왕자님을 곁에서 지켜보며 떠나실 때 반드시 한 사람을 소개시켜 주려고 생각하고 있었습니다."

예상치 못한 학장의 말에 펠트란은 흥미롭다는 표정으로 학장의 얼굴을 쳐다보았다.

"왕자님, 혹시 4년 전 팔랑가스 제국에서 벌어졌던 황자의 난을 기억하고 계시는지요?"

"기억하고 있습니다. 타키온 제국의 주도로 발키아 제국과 전쟁을 벌였던 그해 발생한 내란이었지요."

펠트란의 아버지인 그레고리 국왕이 치명적인 부상을 입은 해라 분명히 기억하고 있었다.

"제가 기억하기로 아마 그때 황제 측에서 발군의 실력으로 황자파를 제압한 인물이 제이크라는 장군이었을 겁니다."

“장군이라 하기에는 좀 그렇지만 제이크라는 사람이 맞지
요.”

“황자파에 속해 있는 아버지와 동생과의 싸움도 마다하지
않아 진실한 충성의 귀감이라고 일컬었었지요.”

“예, 잘 알고 계시는군요. 그럼 역으로 황자파에 섰던 바실리
스와 루카스 카라티노스 부자에 대해서도 잘 알고 계십니까?”

“배덕한 인물로 알려지게 되었지만, 전설적인 병법가로 알
려져 있는 사람들이 아닙니까? 어, 혹시 바실리스와 루카스
부자가 바로 그 제이크라는 사람의……."

“하하, 맞습니다. 지금 팔랑가스의 재상인 제이크 카라티
노스의 아버지와 동생이지요.”

“아아! 그들 세 사람이 바로 친 부자지간이었군요.”

“세상 사람들은 대부분 왕자님이 알고 계신 내용처럼 팔랑
가스 제국에서 발생했던 황자의 난을 이해하고 있습니다. 하
지만 실상은 세상에 알려진 것처럼 그렇게 단순한 내란 사건
이 아니었습니다.”

학장은 팰트란에게 당시 진행되었던 황자의 난에 대한 전
말을 자세히 설명하기 시작했다.

The God of War

CHAPTER 02

팔랑가스의 카라티노스 부자(父子)

The God
of War

북부 대륙에 타키온과 발키아 양대 제국이 있다면 대륙 남부에는 크리타스와 팔랑가스 제국이 있었다.

팔랑가스 제국의 율리우스 황제는 호색한은 아니지만 여복이 많아서인지 황후와 다섯 명의 후비를 포함해 여섯 명의 부인을 거느렸다.

부인이 많다고 많은 아들이 태어나는 것은 아닌가 보다. 율리우스 황제는 많은 부인 수에 비해 그리 아들 복이 없었다.

황후 소생으로 유클리드 황자가 있었고, 두 번째 후비 소생으로 필립스 황자 단 두 명의 아들만 있었다.

역사 이래로 군주들의 사생활을 살펴보면, 정비(正妃)를 후비(后妃)보다 사랑한 황제는 손가락으로 꼽을 정도로 드물다.

젊어서 명철한 황제로 이름났던 율리우스 황제 역시 남녀 간의 관계에 있어서는 다른 사람들과 크게 다르지 않았다.

그 역시 다른 황제들의 전철을 고스란히 밟아 정비보다는 젊고 아름다운 후비를 더 사랑했다.

인간의 욕심이란 끝이 없다. 황제의 사랑을 독차지한 후비. 자신이 낳은 아들이 성장하면서 그녀의 마음속에 그를 황태자로 만들고 싶은 욕망이 같이 자라기 시작했다.

처음 후비가 장자인 유클리드에 대해 무고와 모함을 퍼부어댈 때, 황제는 후비의 따귀를 때릴 정도로 장자에 대한 신뢰가 돈독했다.

그러나 열 번 찍어 넘어가지 않는 나무가 없다고 하듯, 속살을 맞대며 생활하는 후비의 모함이 거듭되자 황제도 서서히 장자에 대한 신뢰에 금이 가기 시작했다.

황자가 그저 그런 보통 사람이었다면 별문제가 없었을 것이다. 그러나 재기(才氣)란 감출 수 있다고 감춰지는 것이 아니다.

유클리드 황태자는 점점 자라나면서 일취월장(日就月將), 성군의 자질을 보이기 시작했다.

동시에 억측에 억측이 더해지며 율리우스 황제는 자신도 모르게 훌륭하게 성장하는 황태자에게 질투와 시기, 그리고 두려움을 느끼기 시작했다.

불안한 부자 관계를 유지하던 두 사람의 관계는 율리우스 황제가 황후를 폐하고, 세 번째 후비를 황후 자리에 앉히며 돌아올 수 없는 길을 가게 되었다.

황후 폐비의 부당함을 주장하며 유클리드 황태자 주위로 팔랑가스 제국의 인물들이 모이기 시작한 것이다.

이건 아니다 싶어 황태자는 자중하며 오히려 이들을 멀리하기 위해 애썼다.

황태자의 노력에도 불구하고 불온한 움직임에 촉각을 곤두세우던 황제는 크게 노해 마침내 황태자의 폐위를 명했다.

다른 명령은 다 따라도 폐위 명령은 따를 수가 없었다. 황태자와 황자의 측근 대신들은 황제의 명에 정면으로 대항했다.

자고이래(自古以來)로 한 산에 두 마리의 호랑이가 있을 수 없다.

율리우스 황제는 황태자를 죽이려 들었고, 황태자는 자연스럽게 대의를 외치며 반란을 일으켰다.

팔랑가스 제국의 대소 관료들은 각각 황제파와 황태자파로 나뉘어 내전을 전개했다.

당연히 대다수의 관료들이 황제파에 가담해 충성을 맹세했다. 여인의 치맛바람에 휩싸여 황태자를 갈아치운 사례는 역사적으로 간간이 나타나는 현상이었다.

진정으로 제국의 미래를 걱정하는 일부 관료와 황자와 깊은 관계에 있던 신하들이 황자 진영에 가담했다.

그 가운데 한 사람이 황태자의 스승으로 오랜 기간 야인(野人)으로 정치 활동을 금했던 바실리스 전 제국군 총사령관이었다.

제국민은 황제파의 조기 승리를 확신했다. 모든 면에서 압도적인 우위에 있었기 때문이다.

하지만 모든 사람의 예상을 깨고 내전은 장기전으로 돌입하게 되었다. 황태자파에 있었던 바실리스와 그의 아들 루카스라는 걸출한 인물이 놀랄 만한 활약을 보였다.

바실리스 카라티노스는 북부 타키온 제국의 몰트케와 종종 비교되는 대륙 남부의 명장이었다.

바실리스에게는 두 아들이 있었다. 잘 알려진 황태자의 난을 평정한 장남 제이크와 아버지 바실리스를 도와 끝까지 황제파를 괴롭힌 차남 루카스였다.

호랑이 부모에 개 같은 자식이 없다고, 제이크와 루카스 역시 출중한 기량을 발휘하는 군사 전략가이자 장군으로 성장했다.

알려지지 않은 비사를 듣는 펠트란, 흥미진진한 표정으로 학장의 다음 얘기를 기다린다.

"이때 카라티노스 부자의 운명이 갈리게 됩니다."

"아!"

"황태자파에 가담하기로 결정을 내린 바실리스는 내전이 발발하기 전, 두 아들을 불러놓고 그들의 의향을 물었다고 합

니다.”

“대단한 사람이군요.”

“예. 자식의 의사를 물은 그도 대단하지만 자신의 뜻을 명확히 밝힌 그의 두 아들도 대단하다고 할 수 있습니다.”

냉철한 장남 제이크는 아버지와 적이 되는 비극을 무릅쓰고 과감하게 정통성을 지니고 있는 황제파를, 차남 루카스는 제국의 미래와 황태자와의 의리를 지키느라 황태자의 편을 들길 원했다.

“너희들은 성인이다. 아비는 너희들이 잘 생각하고 판단했으리라 믿는다. 대의멸친(大義滅親)이라는 말이 있다. 우리의 운명이 어떻게 되더라도 이 말을 절대 잊지 말거라. 그나저나 우리 카라티노스 가문은 누가 승리하든 제국의 기둥으로 남겠구나. 잘된 일이라고 보아야 하나. 허허허!”

바실리스가 내전으로 진영이 갈리기 전 두 아들을 불러놓고 마지막으로 했다는 말의 내용이다.

“하하하, 참 재밌는 말입니다. 어떻게 생긴 분인지 한번 보고 싶네요.”

“바실리스는 큰아들의 의견을 존중해 제이크로 하여금 황제파에 가담시켰습니다. 난세가 아니면 보기 드문 진풍경이 연출되었다고 볼 수 있지요.”

펠트란은 학장의 말에 그 당시의 모습을 나름대로 그려보 았다.

대의멸친! 말은 쉽지만 실행에 옮길 수 있는 사람은 거의 없다고 보면 된다. 그래서 영웅이 드문 것이 아니겠는가.

"그래서 어떻게 되었습니까?"

"제이크를 중심으로 압도적인 전력을 갖고 있는 황제파는 초기에 황태자파를 격파하고 기선을 제압했습니다. 바실리 스와 루카스 부자는 황태자를 모시고 로레아 산성으로 도망 을 쳤지요."

느긋하게 황자를 추적해 온 제이크는 로레아 산성을 포위 하는 데 성공했고, 1년간 치열한 공격을 가했다.

바실리스의 용맹과 루카스의 귀신같은 전략이 없었다면 산성은 1, 2개월을 버티기 어려웠을 것이나, 두 사람의 귀신 같은 전략에 제이크는 번번이 실패를 거듭했다.

초조해진 제이크는 도저히 정상적인 공격으로 로레아 산 성을 깨뜨릴 방법이 없자 최후의 비책을 이용했다.

"어떤 비책을 이용했습니까?"

"듣고 나면 좀 허무할 겁니다. 제이크는 어쌔신을 이용했 습니다."

"어쌔신을 이용했다면… 그럼……."

"예. 산성 내에 있는 황태자를 암살해 버렸지요."

펠트란은 잠시 멍하니 어깨를 으쓱거리는 학장의 얼굴을

바라보았다. 그의 말대로 허무하기 그지없었다.

바실리스와 루카스는 땅을 치며 자신들의 소홀함을 한탄했지만 물은 이미 엎질러진 상태였다. 황태자라는 구심점이 사라진 황태자파는 더 이상 황제파에 대항할 의미가 없어졌다.

암살당한 황태자의 시신을 보며 통곡하던 두 사람은 옥쇄를 결심하고 최후의 결전을 준비했다.

그때 율리우스 황제의 사자가 바실리스 진영을 찾아왔다. 황제는 일족을 버리고 자신을 위해 분투한 제이크의 공을 높이 사 부자 상잔의 비극을 막았다.

제이크의 의견을 받아들인 황제는 로레아 산성의 문을 여는 조건으로 바실리스와 루카스 부자의 국외 도주를 허용키로 했다.

"이렇게 해서 2년간 끌었던 황자의 난이 평정되었습니다."

흰장의 말이 끝났다.

비록 승부에서는 패했지만 자신들의 실력을 유감없이 발휘한 바실리스와 루카스의 명성은 한동안 대륙을 진동시켰다.

뛰어난 인재인 바실리스와 루카스를 등용하기 위해 여러 국가에서 두 사람의 행방을 찾았으나 이들은 지금까지도 행방이 묘연했다.

"뭐라 할 말이 없네요. 참으로 듣기 민망한 말을 들었습

니다.”

펠트란은 허탈한 웃음을 지었다.

“간간이 신하의 재능을 시기하는 군주에 대한 말은 들어봤지만, 자식의 재능을 시기하는 부모는 처음 들어봅니다. 이 세상에 그런 부모가 있긴 있나 보군요.”

“드물긴 하지만 꼭 없다고 볼 순 없답니다. 특히 권력의 최정점에 있는 사람들은 일족 자체가 경쟁자이니까요.”

“학장님 말씀을 들으며 아쉬운 점이 많았습니다.”

“어느 점이 아쉽게 느껴지던가요?”

“제 생각에 그 황자가 정말 나라를 위하는 마음이 있었다면, 당연히 묵묵히 참으며 자신의 소양을 닦는 데 더 노력했어야 합니다. 최악의 경우 후계자 자리를 양보하고 물러나더라도 말입니다.”

“허허, 이론적으로 맞는 말씀이지만, 그럴 사람이 이 세상에 몇이나 되겠습니까?”

“물론 힘들긴 하겠지만, 제국의 황자라면 그 정도 배포는 있어야 한다고 생각합니다. 주머니 속의 송곳은 절로 튀어나오게 되어 있지 않습니까? 인내하다 보면 언젠가 자신의 기량을 충분히 발휘할 기회가 왔을 것인데… 쯧쯧!”

“그 상황에서 부동심을 갖고 인내할 수 있는 사람은 결코 많지 않습니다. 물론 왕자님은 그 많지 않은 사람 가운데 하나이겠지만요.”

"하하, 아닙니다. 학장님께서 절 너무 치켜세우시는군요."

"왕자님 같으면 어떻게 했을까요?"

"음, 저라고 '그렇지 않을 것이다' 라고 단언 지어 말하는 것은 어렵습니다. 그러나 하나 분명히 말씀드릴 수 있는 것은 대의, 국가, 상식, 인류의 선에서 결정을 내릴 겁니다."

"좋은 말씀이십니다."

학장이 역시라는 듯 고개를 연신 끄덕인다.

"참, 그런데 저에게 누굴 소개시켜 준다고 하시더니……."

팰트란은 말을 하다 말고 돌연 어떤 생각이 떠올랐는지 손바닥을 치며 두 눈을 크게 치켜떴다.

"혹시 조금 전에 언급된 그……."

"허허, 왕자님께서 생각하시는 그들이 맞습니다. 바로 바실리스와 루카스 부자입니다."

팰트란은 학장의 말을 듣고 처음에는 크게 기뻐하다 잠시 후 말없이 허공을 응시했다. 그리고는 고개를 갸웃거리며 담담하게 학장에게 질문을 던졌다.

"그런데 어째서 저에게 그런 인재들을……. 타키온 제국에서도 필요로 할 텐데……."

학장은 그의 질문을 예상했다는 듯 바로 대답한다.

"바실리스 부자는 자존심이 무척 강하답니다. 만일 타키온 제국에 출사를 하게 된다면 안톤 재상이나 몰트케 사령관 밑에서 일을 해야 합니다."

“그 말씀은?”

“바실리스 부자는 당연히 출사를 거절할 겁니다. 아니, 그에 앞서 안톤 재상과 몰트케 사령관이 반대할 겁니다.”

‘천재라 자부하는 그들의 성향을 볼 때 그럴 수도 있겠구나!’

팰트란은 학장의 말에 고개를 끄덕였다.

“그들은 지금 권토중래(捲土重來)를 노리고 있습니다. 지난날보다 훨씬 성숙된 기량을 펼칠 무대를 찾고 있지요. 그러나 분명한 건 아무나 그들을 거둘 수 있는 것은 아닙니다.”

‘이분의 말씀이 틀리지 않겠지. 수많은 사람들이 그들 부자를 접촉했을 것이다.’

팰트란은 학장의 말에 골몰히 생각에 잠겼다. 바늘 떨어지는 소리가 다 들릴 정도로 무거운 침묵이 두 사람을 감싸기 시작했다.

“왕자님, 제가 그들 부자의 소재지를 일러드리겠습니다.”

“예에? 정말입니까?”

“단, 그들이 왕자님을 선택할지 그렇지 않을지는 왕자님의 역량과 그들과의 인연을 보아야 할 것입니다.”

“당연하지요. 감사합니다. 저에게 이런 귀중한 정보를 일러주셔서…….”

팰트란은 자리에서 일어나 학장에게 정중히 머리를 숙이며 인사를 했다.

　이 모습을 본 학장은 다시 한 번 흐뭇한 웃음을 입가에 그렸다.

　'안톤, 너는 드미트리 2세에게 희망을 걸었지. 난 트로니아의 젊은 왕자에게 미래의 희망을 걸어보겠다. 두고 보자, 누가 이 난세를 극복하고 최후의 승자가 될지 말이다.'

　학장은 기묘한 눈빛을 내며 바실리스 부자의 소재지를 일러줌과 동시에 소개서를 한 통 작성해 펠트란에게 건네주었다.

　"타키온에서 트로니아로 향할 때, 알파니아 가도(街道)를 이용하지 말고 스바인 산을 넘어가셔야 합니다. 돌아가기 때문에 귀국 시간이 며칠 더 소요되겠지만, 이렇게 해야 그들과 접촉할 수 있으니까요."

　학장은 마치 할아버지가 손자에게 하듯 자상하게 길을 일러주었다.

　"고맙습니다. 제가 어떻게 이 은혜를 갚아야 할지……."

　"은혜라니요. 저는 단지 왕자님에게 물고기가 있는 곳을 일러드렸을 뿐입니다. 그 물고기가 펠트란이라는 바다에 수용이 될지는 두고 봐야지요."

　'그들 부자에게 제 진심을 보여주겠습니다. 결과는 하늘에 맡길 것이고요."

　"옳은 말씀이십니다. 왕자님, 마지막으로 단 하나의 바람이 있다면 늘 백성을 먼저 생각하는 군주가 되길 바랍니다."

학장은 마지막 덕담과 함께 펠트란에게 무릎을 꿇었다.

"아니, 왜 이러십니까?"

"왕자님, 어떤 어려운 일을 겪던 간에 평소 갖고 있던 신념을 절대 잃지 마십시오."

어쩔 줄 몰라 하는 듬직한 시골 왕자에게 학장은 머리를 조아리며 최대한의 예를 올렸다.

'그분이 왜 그랬을까? 나에게 뭘 기대한 것일까?'

펠트란은 학장실을 나와 기숙사로 돌아오며 많은 생각을 했다.

부왕, 고국, 타키온 제국, 팔랑가스 제국, 바실리스 부자, 죽임을 당한 황자, 황실 아카데미의 학장, 타국의 친구들, 그리고 길거리를 배회하는 수많은 전쟁 과부와 고아, 버림받은 노인과 불구자들, 구속받은 삶을 살아야 하는 노예들.

얼핏 보면 아무런 상관관계가 없어 보이지만, 이들 단어를 하나로 묶을 수 있는 광의의 개념이 하나 있었다. 그것은 바로 난세였다.

'난세! 이 상황에서 나는 무엇을 어떻게 해야 할까?'

앞에 있는 물웅덩이를 그냥 밟고 지날 정도로 골몰히 생각에 잠긴 펠트란. 머리를 몇 차례 흔들더니 혼자 중얼거린다.

"뜻이 있는 곳에 길이 있다고 하지 않는가. 바로잡아야겠다는 이 마음을 절대 잃지 말자. 그러면 내가 나아갈 길이 반드시 보일 것이다."

우직한 시골 왕자다운 결론이었다.

＊　　　＊　　　＊

펠트란의 귀국이 결정된 대륙력 1766년은 다사다난하다고 할 정도로 많은 일이 발생했다.

그 가운데 특기할 만한 사건을 살펴보면, 대륙에 있는 네 제국 가운데 두 제국의 황제가 유명을 달리했다.

황자의 난을 유발시켰던 팔랑가스 제국의 율리우스 황제가 영원한 대지의 품으로 돌아간지 얼마 되지 않아, 팔랑가스와 함께 대륙 남부에 있어 양대 세력을 형성하고 있는 크리타스 제국의 바이마르 황제가 그 뒤를 이어 세상을 떠났다.

발키아 제국에서는 안톤의 예상대로 2황자의 황제 암살 기도 사건이 발생했다. 황제는 사경에 빠졌고, 황자들의 후계자 다툼이 표면화되기 시작했다.

타키온 제국의 드미트리 2세는 제국의 좌청룡, 우백호인 안톤 재상과 몰트케 총사령관에게 명령을 내려 군비를 강화하는 한편, 발키아의 향후 정국을 예의 주시하게 했다.

마침내 북부 대륙의 패권을 차지할 수 있는 절호의 기회가 온 것이다.

제국의 이런 움직임은 주변 3국 가운데 제국의 입김을 가장 많이 받고 있고, 타키온과 발키아 양 제국과 국경선을 직접 맞대고 있는 트로니아 왕국에도 영향을 미치고 있었다.

정(正)과 반(反)의 원리가 역사를 지배해 온 것과 같이, 대륙의 짧은 고요는 다가올 긴 폭풍을 암시하고 있었다.

그 가운데, 트로니아 왕국과 펠트란 왕자는 자신에게 주어진 운명에 따라 서서히 폭풍의 중심을 향해 다가서게 되었다.

제도 앙카라를 떠난 펠트란 일행은 호위무사 매튜와 두 사람의 시종, 그리고 외무장관 로긴스가 이끌고 있는 60기의 기병으로 구성되어 귀국길을 재촉하고 있었다.

말을 타고 알파니아 가도를 이용한다면, 트로니아의 수도 코린트까지 대략 한 달 조금 넘는 시간이 소요된다.

펠트란의 명령에 의해 스바인 산을 경유하게 된 왕자 일행은 당초 여정보다 10여 일이 더 소요되게 되었다.

펠트란은 일반 장교들과 같이 말을 타고 가면서, 로긴스와 그들로부터 트로니아 본국의 상황 및 타키온, 발키아를 포함한 주변국 정세에 대해 많은 이야기를 들었다.

"대략 로긴스 장관의 말을 정리해 보면 금년부터 북부에 큰 풍운이 일겠구려."

"예, 왕자님. 아마 드미트리 2세가 미치지 않고서는 발키아 공략의 이번 호기를 절대 놓치지 않을 겁니다."

"감이 잘 익은 듯 노랗게 보이지만, 제가 보기에 아마 황제의 뜻대로 발키아란 감을 쉽게 삼키긴 어려울 것이오."

길가 감나무에 달려 있는 노랗게 익은 감을 바라보며 팰트란이 자신의 생각을 꺼냈다.

"한데 이번에는 워낙 감이 잘 익어서 건들지 않아도 떨어질 것 같은데요, 왕자님."

"하하, 그럴까요? 인간이 어떤 일을 추진하기 위해선 좋은 방법을 강구하고 계획을 수립하오. 연후에 진행을 하지만 하늘의 뜻이 없으면 실패로 돌아가기 쉽소."

구름 한 점 없는 높고 푸른 가을 하늘을 쳐다보며 팰트란은 여러 차례 심호흡을 했다.

'후우, 정말 좋구나!'

널따란 대지 끝에서 누렇게 변한 들판과 파란 하늘이 만나며 절묘한 조화를 이룬다. 하늘을 V자 대형으로 날고 있는 기러기 떼도 이에 뒤질세라 아름다운 모습으로 날갯짓을 하고 있었다.

"로긴스 장관, 스바인 산까지는 얼마나 더 가야 하오?"

"제 기억으로 내일 저녁이면 산 초입 지역에 도달할 수 있을 겁니다."

팰트란을 근거리에서 호위하고 있던 매튜가 재빠르게 대답했다.

"매튜는 스바인 산에 와본 적이 있어?"

"예. 이전에 타키온 제국에서 거행된 네이쳐류의 사범 인증식이 있었습니다. 사형들과 함께 인증식에 참가했다 돌아가는 길에 그 지역에 가족을 두고 있는 사범의 요청에 의해 같이 스바인 산을 경유해 간 적이 있습니다."

"아, 그런 일이 있었군."

"왕자님, 그런데 귀신도 울린다는 바실리스가 정말 스바인 산에 살고 있을까요? 그가 행적을 감춘 뒤로 타키온 제국에서도 여기저기 안 찾아본 곳이 없다고 하던데요."

"로긴스 장관, 그분이 나를 속일 이유가 없다고 생각하오. 의심을 한번 하기 시작하면 그 의심은 또 다른 의심을 낳소. 그럼 이 세상을 살아가기가 너무 힘들지 않을까 생각하는데, 어떻게 생각하오?"

"그렇긴 합니다만……."

팰트란은 로긴스의 어깨를 가볍게 두드리며 말을 잇는다.

"그리고 이미 우리는 국도를 벗어난지 오래고, 내일이면 도착을 한다니 긍정적으로 생각합시다. 만에 하나 그분이 우리를 속였다 해도 그래야 십여 일을 지체했을 뿐이오. 너무 깊이 생각하지 마시오."

로긴스는 가볍게 머리를 돌려 옆에 가고 있는 왕자의 얼굴을 힐끔 쳐다보았다.

'참 희한하단 말이야. 어떻게 트로니아에 저런 느긋한 성격의 왕자님이 태어났을까? 주군도 주모도 성격이 급하기로는 유명하셨는데 말이야.'

건장한 체구에 나이에 비해 노련해 보이고, 미남이라기보다는 호남형의 왕자를 보며 로긴스는 속으로 혼자 반문해 보았다.

타키온 제국 북서부에 위치한 스바인 산은 그랑디 산맥의 지류에 위치하고 있는 산으로, 제국에서 가장 해발이 높은 산이었다.

다만 명성에 비해 국경에서 멀리 떨어져 있는 관계로 전략적 가치가 없었고, 주변은 거대한 산악군을 이루고 있기 때문에 농경지로도 부적합한 지역이었다.

이런 이유로 이곳을 찾는 사람이 적었고, 사람이 적은 곳은 발전할 가능성이 적었다.

스바인 산 인근에는 제국 정부에서 파견한 관리소를 중심으로 조그마한 마을이 하나 형성되어 있을 뿐, 주위에 다른 군락을 이루고 사는 사람들은 없었다.

소수의 화전민과 약초를 캐거나 재배하는 농민들, 무속인, 그리고 사냥꾼들이 주로 이곳에 삶의 터전을 잡고 살고 있었다.

정기적으로 상단 일행이 마을을 방문해서 마을 사람들이 필요로 하는 생필품을 판매하고, 그 대가로 스바인 산에서 채취한 약초나 사냥을 통해 포획한 짐승 가죽을 사들였다.

투걱! 투걱!

어둑해질 무렵 마을 어귀에 일단의 말을 탄 사람들이 모습을 드러냈다.

스바인 산 파견 관리소 경비대장 브로우는 멀리서 들려오는 말발굽 소리에 크게 놀라 경비병을 대동하고 초소 밖으로 튀어나왔다.

"짐, 며칠 전 상단 일행이 다 돌아갔는데 지금 이곳으로 오고 있는 자들은 누구인가?"

"모르겠습니다, 대장님. 보아하니 도적 떼는 아닌 것 같은데……."

"뭐, 도적 떼라고?"

"아휴, 아니요. 도적 떼는 아닌 것 같다고요."

도적이란 말을 듣고 놀란 브로우는 나무라는 짐의 말에 안도의 한숨을 내쉬었다.

경비대원들 가운데 눈이 가장 좋은 짐이 잠시 뚫어져라 다가오는 무리를 보더니 경비대장 브로우에게 급히 소리쳤다.

"대장님, 트로니아의 병사들입니다!"

"트로니아의 병사들이라고?"

"어? 저… 저 깃발은 트로니아의 왕실기인데, 저게 왜 이곳에……."

이전에 제국의 정규병으로 발키아와의 전쟁에 참전했던 경비대원 짐은, 트로니아의 왕실기인 레드 드레곤의 모습을 보고 탄성을 내질렀다.

"트로니아의 왕실기?"

브로우가 어떻게 된 일인지 갈피를 잡지 못하고 어리둥절해 있을 때, 말에 탄 일행이 초소 앞에 다다랐다.

"트로니아의 병사들이 무슨 연유로 여기까지 온 거요?"

브로우가 검 손잡이에 손을 갖다 댄 채 큰 소리로 외쳤다.

"오, 씩씩한 경비대장이로고. 자, 자, 긴장을 풀고!"

로긴스가 콧노래를 부르며 말에서 내리더니 경비대장 쪽으로 걸어갔다.

그는 긴장한 표정으로 자신의 일거수일투족을 지켜보고 있는 경비대장에게 품 안에서 제국 정부의 통행증을 꺼내 보여주었다.

"대장님, 맞습니다. 제국 황실에서 발급한 통행증입니다."

"허허, 저 병사의 눈썰미가 보통이 아니군. 제국 황실 통행증을 알아보니 말일세."

로긴스는 경비대원 짐의 해박한 지식에 짐짓 놀랐다는 표정을 그리며 자신들의 신분을 밝혔다.

"우리는 트로니아의 왕자님을 모시고 가는 사절단일세. 본래 알파니아 가도를 따라갈 예정이었으나, 팰트란 왕자님께서 타키온 제국 최고의 명산을 보고 가시겠다고 하는 바람에 이곳에 오게 되었네. 밤이 더 깊어지기 전에 묵을 곳을 안내해 주었으면 고맙겠구먼."

로긴스는 이미 정신이 반 나간 경비대장의 모습에 실소를 금치 못하며 한마디 더 했다.

"참고로 이 늙은이는 트로니아의 외무장관 로긴스라고 하네."

"어, 어서 오십시오. 이, 이리로……."

브로우는 넋이 반쯤 나간 상태로 스바인 산을 관광하러 온 왕자 일행을 마을에 있는 유일한 여관으로 안내했다.

상단 일행이 올 때 시장이 서는 여관 옆 공터에 병사들은 숙영 준비를 시작했고, 브로우는 펠트란과 로긴스, 매튜를 안내해 안으로 들어갔다.

짐을 풀고 왕자 일행과 브로우 경비대장은 한 테이블에 앉아서 식사를 하기 시작했다. 그냥 가려고 했는데 억지로 권하는 로긴스의 청을 이기지 못했다.

시골이라 요리라고 부르기도 뭐한, 간단한 빵 조각과 프라이드, 그리고 몇 조각의 치즈가 전부였다.

"이름이 브로우라고 했나?"

"예, 왕자님."

연신 머리를 수그리며 대답을 하는 브로우. 소국이긴 하지만 트로니아의 왕자와 함께하는 자리가 무척 영광스러운가보다. 극존칭이 절로 나온다.

"이곳은 살기가 괜찮은가?"

"한 70호 정도 되는 조그만 마을입니다. 특별한 수입원은 없지만 그럭저럭 먹고살 만한 곳이지요."

"오다 보니까 병사들이 주둔했던 곳이 몇 군데 있던데 어찌 된 일인가?"

"아, 병사들의 진지를 보셨군요?"

"병사들의 진지? 이곳에 무슨 전쟁이 있었나?"

로긴스가 의아하다는 표정으로 묻는다.

"전쟁은 아니지만 사연이 있습죠. 이전에 이 지역에 도적들이 가끔 출몰을 했었습니다. 그래서 도적들을 없애기 위해……."

"호오, 제국군이 간만에 좋은 일을 했구려."

"그런데 그게 사실 좀 이상한 점이……."

로긴스의 말을 듣고 말끝을 흐리는 브로우 경비대장. 시선이 자신에게 집중되자 헛기침을 두어 차례 내뱉고는 곧 말을 이어나간다.

"도적 떼가 얼마나 신출귀몰한지 제국군이 와서 몇 달을 추적했지만 한 놈도 잡지 못했습죠. 결국 토벌에 실패하고 병사들은 그대로 돌아갔고요."

"그럼 아직도 이 지역에 도적들이 출몰한단 말인가?"

"아닙니다, 왕자님. 제국군마저 물리쳤다고 한때 그놈들이 엄청 기승을 부리더니 희한하게도 요 몇 년 전부터 자취를 싹 감췄답니다."

"그래? 대략 언제부터 그리되었는가?"

"음, 정확치는 않지만 4년이나 3년 정도 된 것 같습니다."

“4년이나 3년 정도라…….”

펠트란과 로긴스가 서로 의미심장한 눈빛을 교환했다. 긴가민가하던 학장의 말에 점점 확신이 가기 시작했다.

“소신 생각에는 이곳 경비대장의 뛰어난 무용에 도적들이 없어진 것 같은데, 왕자님의 생각은 어떠신지요?”

“나도 처음 경비대장을 보는 순간 그 기세에 압도당했으니, 일반 도적들은 아마 전혀 맥을 못 췄을 것이오.”

로긴스의 말에 머리를 끄덕이며 한술 더 뜨는 펠트란 왕자. 죽이 척척 맞는 군신(君臣) 간이었다.

계속되는 두 사람의 칭찬에 한껏 고무된 경비대장은 자신이 알고 있는 모든 사실을 털어놓기 시작했다.

“참내, 아니, 저것들이 정말 왕자 일행이 맞아?”

주방에서 접시를 닦던 여관 주인이 고개를 갸웃거리며 중얼거렸다.

“왜 그러세요, 아저씨?”

“메리야, 요즘 왕자들은 저렇게 아무하고나 식사하며 낄낄대고 그러냐?”

“저도 좀 이상하긴 하지만, 옆에 야영하는 병사들을 보면 뭔가 좀 있지 않을까요?”

“쩝, 그래, 그걸 보면 또 그렇긴 한데…….”

왁자지껄 떠들며 식사하는 왕자 일행을 바라보며 여전히

이상하다는 듯 고개를 갸웃거리는 여관 주인과 종업원 메리의 대화였다.

　아침 일찍 팰트란 일행은 바실리스 부자를 찾아 길을 나섰다.
　어제저녁 식사 후, 약간의 술까지 곁들인 팰트란과 로긴스는 경비대장을 한껏 띄운 결과 바실리스 부자의 소재지를 쉽게 파악할 수 있었다.
　등잔 밑이 어둡다는 옛말이 있듯, 발상의 전환없이 어떤 문제의 실마리를 찾기는 쉽지 않다. 이 말은 역으로 또 그만큼 쉽다는 얘기도 된다.
　최근 3, 4년을 전후로 이곳에 이주해서 사는 사람들을 확인한 결과 바실리스 부자로 여겨지는 사람이 있었다.
　스바인 산 서쪽 기슭에 약초를 재배하는 가문이 3년 전 무렵 이곳으로 이주해 왔다고 한다.
　일문의 식솔이 대략 30여 명가량이고, 사냥을 통한 동물 가죽도 많이 내다 팔곤 하는데, 때로는 큰 맹수의 가죽도 들고 온다는 것이었다.
　그 가문에서 일하는 사람들의 동작이 보통 날렵한 것이 아니어서, 경비대장은 장시간 그들을 감시도 했다 한다.
　팰트란과 로긴스는 대번에 이들이 바로 바실리스와 그의 종자들임을 알아차렸다.

“장관입니다, 왕자님. 정말 좋은 곳입니다.”

“그렇구려. 산세와 경치가 보통이 아니구려.”

마을에서 산 서쪽으로 오르길 두 시간가량 지나자, 북서 방향의 그랑디 산맥이 동에서 서로 길게 뻗어 있는 모습이 눈에 들어왔다.

남서 방향으로 탁 트인 평야 지대가 널찍하게 펼쳐져 있고, 그 너머로 북부 대륙의 젖줄이라 부르는 레탄 강이 유유히 흐르고 있었다.

“바실리스 부자는 은둔을 해도 참 좋은 곳을 선택했군요. 이것 하나만 보아도 그가 똑똑하긴 한가 봅니다.”

“하하하!”

로긴스의 진심 어린 말을 듣고 펠트란은 큰 소리로 웃음을 터뜨렸다.

기슭에서 아름드리 거목이 빽빽이 자리 잡은 숲 속으로 들어가자, 분위기가 순식간에 변한다.

조그만 길을 제외하곤 온통 낙엽으로 둘러싸여 있다. 습하고 낙엽 썩는 냄새가 울창한 숲 속에 왔다는 것을 실감나게 만들어준다.

후다닥!

그때 묵묵히 펠트란의 뒤를 따르던 매튜가 갑자기 앞으로 나서며 전면의 숲을 향해 발검 자세를 취했다.

“매튜 경, 무슨 일……?”

“쉬잇!”

돌연한 그의 행동에 질문을 던지는 로긴스를 팰트란이 얼른 막아 세웠다.

순식간에 퍼져 나가는 매튜의 진한 살기에 팰트란과 로긴스가 흠칫 놀랐다.

챙그렁!

로긴스가 검을 뽑으며 팰트란을 자신의 몸으로 막아섰다. 정확한 내용은 파악하지 못했지만, 매튜의 동작으로 보아 위험한 상황이 닥쳤음을 깨달았다.

팰트란은 이런 일련의 사태를 지켜보면서 곧 마음을 가라앉히고 침착하게 매튜가 노려보고 있는 전면의 숲을 바라보았다.

“매튜 경, 무슨 일이오?”

날카로운 눈빛으로 사방을 경계하며 로긴스가 매튜에게 물었다.

매튜는 아무런 대답 없이 계속해서 한곳만을 노려보고 있었다.

“후~ 우!”

얼마의 시간이 흘렀을까? 매튜가 무거운 한숨을 내쉬며 발검 자세를 풀었다.

매튜는 고개를 갸웃거리며 팰트란을 바라보았다.

“누군지는 모르겠지만 상당한 고수였습니다. 저로 하여금

검을 뽑기 일보 직전까지 몰고 갔으니까요. 하지만 절대 북부
대륙의 고수는 아니었습니다."

차분히 말을 했지만 이마에 흐르는 땀을 보아 그가 얼마나
긴장하고 있었는지를 쉽게 알 수 있었다.

"음, 누구일까요, 왕자님? 제가 알기로 그 집안에서 검술은
바실리스 경이 가장 강한 것으로 알고 있는데 말입니다. 새로
고수를 영입했나?"

로긴스가 검대에 검을 집어넣으며 너스레를 떤다.

"나도 그렇게 들었소만, 설마 그가 노구를 이끌고 이런 행
동을 하진 않았을 거요."

팰트란은 고갤 돌려 매튜를 바라보았다.

"아무튼 누군지 몰라도 매튜가 이렇게 긴장하는 모습은 처
음 보오. 매튜, 아마 상대도 그대 때문에 어지간히 놀랐을 것
이야."

팰트란은 매튜의 어깨를 가볍게 두드리며 가던 길을 재촉
했다.

"자, 얼마 남지 않았으니 조금 빨리 가도록 합시다."

'기세로 봐서는 절대 네이쳐류의 고수는 아니다. 아큐트?
아니면 디스트로이? 아냐, 내가 지금까지 전혀 경험해 보지
못한 새로운 기운이었는데 도대체 누구일까?'

매튜는 팰트란의 뒤를 따르며 아직도 자신의 심장을 쿵쿵
뛰게 만든 상대에 대해 깊은 의문을 가졌다.

‘코린트로 돌아가면 사형에게 꼭 물어봐야겠구나.’

좀 전에 있었던 일 때문에 주변에 주의를 기울이며 다시 한 시간가량 산을 오르자 세 사람의 시야에 한 채의 커다란 장원이 들어왔다.

“왕자님, 저기 보이는 저 장원인 것 같습니다.”

“그런 것 같구려.”

세 사람은 걸음을 재촉하며 장원으로 다가섰다.

그런데 장원이 가까워지면 질수록 매튜는 인상을 찌푸렸다. 두 사람은 느끼지 못하지만 곳곳에서 날카로운 기세가 느껴졌기 때문이다.

‘이런, 병사들을 데려올 걸 잘못한 건가?’

매튜는 가볍게 탄식하며 더욱 팰트란의 뒤에 바로 붙어서 언제든지 발검할 수 있는 자세를 갖추었다.

장원 앞에는 촌부 차림의 장정들이 약초로 보이는 풀을 공터에 펼쳐 말리고 있었다.

하나, 팰트란 일행이 다가옴에도 누구 하나 이들을 거들떠보는 사람이 없었다.

“왕자님, 제가 먼저 가서……..”

“그럴 필요 없소. 누가 누군지 모르는 상황에서 상대방에게 괜히 안 좋은 선입견만 줄 뿐이오. 저기 저들 가운데 바실리스 경이 있을 수도 있지 않겠소? 같이 갑시다.”

팰트란 일행은 가장 가까운 곳에서 약초를 말리고 있는 사내에게 다가가 말을 걸었다. 하지만 누구 하나 대꾸하는 사람이 없었다.

"이놈들이 정말!"

"쉬잇! 로긴스 장관, 진정하시오."

팰트란은 무례한 그들의 태도에 발작하려는 로긴스를 뜯어말린 후 직접 장원 문이 있는 곳으로 다가가 문을 두드렸다.

삐이걱!

"누구야?"

문이 열리며 날카로운 고성이 흘러나왔다.

"저는……."

팰트란은 자신을 소개하려다 말고 일순 벌린 입을 다물지 못했다.

길게 자란 금발을 위로 틀어 올리고, 긴 민소매 차림에 몸에 바싹 달라붙는 옷을 입은 여인이 목검을 쥔 채 자신을 바라보고 있는 것을 보았다.

팰트란보다 한두 살 많아 보이는 그녀는 깊고 푸른 눈에 오뚝한 코, 주홍빛 입술을 갖고 있었다. 북부 대륙에서 흔히 보기 어려운 타입의 여인이었다.

팰트란은 순간 인형극에서나 등장할 듯한 공주의 모습에 얼굴을 붉히며 황급히 시선을 다른 곳으로 돌렸다.

"어머, 이 사람 좀 봐. 말을 하다 말고 왜 시선을 다른 곳으로 돌리는 거예요? 내가 그렇게 못생겼어요?"

"아… 아닙니다, 아가씨."

"흥!"

"저는…….."

"약초나 모피는 며칠 전 상단이 왔을 때 다 넘기고 없으니까 다음에 다시 오세요."

"이런 버릇없는 계집 같으니. 감히 뉘 앞이라고 주둥이를 함부로 나불대는 것이냐?"

"호오, 이 노인네는 또 누구인데 이렇게 목청이 크나요? 할아버지, 여기가 지금 어딘지 알아요? 여긴 우리 집이란 말이에요. 남의 집에 와서 왜 그렇게 소리를 지르는 거예요? 그리고 나를 언제 봤다고 계집이라고 부르는 거지요?"

"아니, 이… 이 싸가지없는……."

"로긴스 장관, 그만 하시오."

"왕자님, 이런 버릇없는……. 예, 알겠습니다."

팰트란의 싸늘한 시선을 받은 로긴스는 얼른 머리를 조아리며 뒤로 물러선다.

로긴스가 조금 전에 꺼낸 왕자라는 말에 열을 내던 여인의 표정이 변했다. 하지만 기세는 전혀 위축되지 않았다.

"흥, 만에 하나라도 왕자라는 말로 저를 위협하려 들지 마세요. 난 왕자도 전혀 무서워하지 않는 사람이니까요."

"하하, 잘 알겠습니다. 절대 그런 일은 없을 겁니다."

시원하게 웃어 젖히는 펠트란을 보며 여인이 고개를 갸웃거린다. 지금까지 그녀가 봐온 왕자라는 사람들과 다른 분위기를 풍기는 사람이었다.

"아가씨, 우린 사람을 찾아왔습니다."

"사람이요? 누구요?"

"바실리스 카라티노스라는 분입니다."

여인은 흠칫하며 펠트란을 놀란 눈으로 쳐다보았고, 순간 여기저기서 짙은 살기가 펠트란 일행에게 폭주해 오기 시작했다.

굳이 고개를 돌리지 않더라도 공터에서 약초를 말리던 장한들이 일정한 위치를 점하고 다가오는 것도 느껴졌다.

로긴스는 잔뜩 긴장해 자신도 모르게 검에 손을 가져갔고, 매튜는 기에는 기로 압도를 하려는 듯 자신의 기운을 최대한 방출시켰다.

일촉즉발의 긴장 상태가 장내의 분위기를 팽팽하게 만들었다.

그때였다. 펠트란은 아무 일 없다는 듯 여인을 바라보며 다시 말을 이어갔다.

"저는 트로니아의 펠트란 왕자입니다."

그리고 잔뜩 긴장하고 있는 두 사람을 가리켰다.

"아가씨가 노인네라고 부른 이 양반은 트로니아의 외무장관 로긴스 경, 그리고 이쪽은 저의 호위무사인 매튜라고 합

니다.”

여인은 전혀 당황하지 않고 침착하게 자신을 소개하는 펠트란의 모습에 일순 눈빛을 반짝였다.

“여기 바실리스 경에게 전할 소개장이 있습니다.”

펠트란은 품 안에서 황실 아카데미의 학장이 써준 서신을 꺼내 여인에게 건네주었다.

“잠깐만요.”

여인은 창졸간에 그가 건넨 서신을 받아 들고 말없이 장원 안으로 들어갔다.

그녀가 사라진 장원 앞의 분위기는 여전히 살벌하기 그지 없었다.

“흠!”

펠트란은 그런 분위기를 전혀 의식하지 않았다. 그는 그녀의 뒷모습을 한번 바라보고는 천천히 공터 옆에 있는 바위로 다가가 털썩 주저앉았다.

그리고는 문 앞에서 한 발자국도 움직이지 못하고 있는 로긴스와 매튜를 바라보았다.

“로긴스 장관, 여기 자리가 무척 넓소. 매튜도 이리 와서 쉬도록 하고.”

펠트란의 이 한마디에 장내를 짓누르던 팽팽하던 살기가 순식간에 풀어져 버렸다.

짧은 시간이었지만 로긴스는 이마에서 흐르는 땀을 훔치

며 팰트란의 곁에 와서 시립했고, 매튜 역시 신중한 모습으로
그의 곁에 다가와 주위를 둘러보았다.

짝! 짝! 짝!

갑자기 난데없는 박수 소리가 터져 나왔다. 장내에 있던 모
든 사람의 시선이 박수 소리가 난 곳을 향했다.

공터 옆 숲 속에서 일련의 사태를 지켜보던 얇은 후드 차림
의 사내 한 명이 박수를 치며 팰트란이 앉아 있는 바위 근처
로 걸어왔다.

로긴스는 다시 긴장하며 왕자에게 다가오는 사내를 주의
깊게 바라보았으나, 오히려 매튜는 그를 한 번 바라보았을 뿐
어떤 주의도 기울이지 않았다.

그 사내에게서는 아무런 살기를 느낄 수 없었다. 이런 사람
은 그다지 위험하지 않다는 것을 경험을 통해 체득하고 있는
매튜였다.

팰트란은 담담히 자신에게 다가오는 사내의 얼굴을 바라
보았다.

'여인의 일족이로구나!'

조금 전 문 앞에서 보았던 여인의 윤곽이 사내의 얼굴에서
느껴졌다.

나이는 대략 30대 중반으로, 까칠까칠한 턱수염이 없었다
면 상당한 미남으로 불릴 만한 용모의 소유자였다.

팰트란의 앞에 와서 우뚝 선 그와 팰트란의 눈이 정면으로

부딪쳤다. 순간 두 사람은 알 수 없는 미증유의 거대한 격정이 밀려오는 것을 느꼈다.

무엇 때문에, 왜 그런 격정이 밀려오는지 알 수 없었다. 하지만 팰트란은 자신의 운명을 바꿀 수 있는 인물이 바로 이 사람이라는 것을 직감했다.

비록 찰나의 시간이나 두 사람은 몇 년, 아니, 몇십 년의 시간이 흘러간 듯한 착각에 빠졌다.

"하하하하!"

"와하하하!"

얼마의 시간이 흘렀을까. 두 사람은 약속이나 한 듯 크게 웃으며 인사를 나누었다.

"정식으로 인사를 드리겠습니다, 왕자님!"

그는 팰트란에게 가볍게 머리를 숙이며 인사를 올렸다.

"저는 바실리스 카라티노스 가문의 차자인 루카스 카라티노스라 합니다."

"반갑소, 루카스 경. 난 트로니아의 팰트란 하노버요."

팰트란 역시 몸을 일으키며 루카스에게 가볍게 머리를 끄덕이며 인사를 한다.

"어어!"

팰트란과 루카스의 첫 만남을 지켜보던 로긴스와 매튜는 크게 당황했다. 뭔가 할 말이 있는데 감탄사만 터져 나온다.

불세출의 군사, 천재 병법가, 전략의 일인자, 죽음의 사자 등등으로 불리는 루카스를 이렇게 쉽게 보리라고는 전혀 예상을 못했다.

'트로니아 인들이 보통 강골이 아니라더니 이 어린 왕자 역시 보통 인물이 아니로구나!'

루카스는 이들과는 다른 각도에서 놀라움을 금치 못하고 있었다.

첫 번째는 일국의 왕자이면서 매사에 자연스럽게 행동한다는 것이다. 루카스가 지금까지 알고 있던 여타의 귀족들과 다른 행동 양식이었다. 또 이것이 그의 묘한 매력으로 루카스에세 다가왔다.

두 번째는 무모하리만치 대담한 왕자의 성격이었다.

얼마 전 숲에서 매튜와 신경전을 벌이고 돌아온 수하의 말을 통해 루카스는 팰트란에 대해 관심을 갖게 되었다.

상전인데 무공은 그리 높아 보이지 않는 자가 가장 침착하게 대처를 했다고 한다. 그리고 조금 전, 무서운 대치 상황을 자연스럽게 풀어버리는 왕자의 행동을 직접 두 눈으로 확인했다.

전쟁터에서 굴러먹은 용병도, 오래된 역전의 용사들도 자신의 목숨을 아낀다. 특히 위급한 상황에 처했을 때 신분이 높은 자일수록 자신의 목숨을 더 중히 여기는 것이 일반적이다.

그런데 이 왕자는 자신이 직접 몸을 움직여 위급함을 풀어 준다. 이런 상전을 모시고 있으면 수하들은 운신의 폭이 넓어진다. 위험한 상황에 처해 오히려 쉽게 위험을 해소시킬 수 있었다.

생각하면 생각할수록 팰트란에 대해 점점 호감이 가는 루카스였다.

그때 소개장을 갖고 들어갔던 여인이 급한 걸음으로 팰트란 일행에게 다가왔다.

"오라버니, 어떻게 이곳에……."

팰트란과 같이 있는 루카스를 보며 그녀가 의외라는 표정을 짓는다.

"안젤리나, 설마 나에게 볼일이 있는 것은 아니겠지?"

"치, 당연하지요."

'이 여인의 이름이 안젤리나로구나!'

개인적으로 팰트란에게 있어 가장 소중한 사람이 되는 안젤리나라는 여인과의 운명적인 만남은 이렇게 이루어졌다.

"이보세요, 왕자님. 아버님께서 모시고 들어오라네요. 저를 따라오세요."

"자, 왕자님, 들어가시지요. 아버님과 좋은 만남이 되길 기원하겠습니다."

루카스는 팰트란 일행을 문까지 안내한 후 같이 들어가지는 않았다.

“한눈팔지 말고 잘 따라오세요.”

냉기가 풀풀 날리는 그녀의 말투에 로긴스가 입을 삐죽 내밀다가 갑자기 고개를 돌리는 그녀의 행동에 놀라 양손으로 입을 가린다.

“나이 값도 못하고, 쯧쯧!”

“아니, 저런 개 같은…….”

“로긴스 장관!”

“예, 예, 왕자님!”

욕설을 퍼부으려던 로긴스는 펠트란의 노성에 얼른 입을 다물었다.

‘저… 저런 싸가지없는 계집을 봤나!’

로긴스는 코와 귀로 연기가 쏟아져 나올 정도로 화가 치밀어 올랐다. 앞서 걷는 그녀의 어깨가 흔들거리는 것으로 보아 고소해 죽겠다는 모양이다.

너무 오래 살아 이런 수모를 겪는 것이 아닌가 하고 로긴스는 고개를 푹 수그린 채 심각한 고민에 빠져들었다.

장원은 산 중턱에 천연적으로 조성된 평평한 곳에 지어졌다. 여기저기 이름 모를 화초와 약초들이 자라고 있었고, 약초를 키우는 밭 옆에 공터가 있었다.

“얏! 얏!”

그 공터에서 웃통을 벗은 몇몇 젊은이들이 목도를 휘두르며 구슬땀을 연신 흘리고 있었다.

일행 가운데 가장 관심을 갖고 그들의 검법을 지켜보는 이는 매튜였다. 그리고는 고개를 끄덕였다.

'아큐트류군. 검로(劍路)가 날카로운 것이 상당한 실력자의 가르침을 받은 것 같은데 누구일까?'

순수한 무사로서의 호승심이 슬슬 일어나는 매튜는 눈을 예리하게 빛내며 사방을 둘러보았다.

The God of War

CHAPTER 03

수어지교(水魚之交)

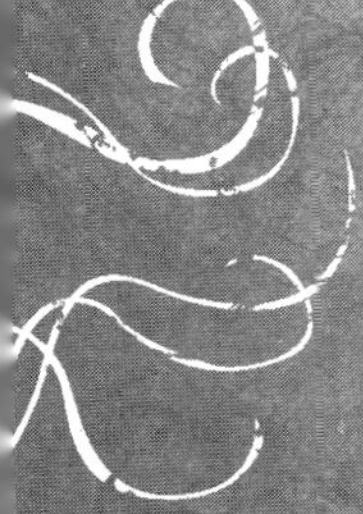

The God of War

검소하지만 단아하게 꾸며진 거실에는 반 백이 다 된 인물이 앉아 있다 팰트란 일행을 맞이했다.

"자, 이리로 앉으시지요."

"고맙습니다."

그의 안내에 따라 맞은편 좌석에 팰트란이 앉고 그 옆에 로긴스가, 그리고 매튜는 팰트란의 뒤편에 자리를 잡고 섰다.

"먼저 객이 인사를 올려야겠지요. 사전에 아무런 통보도 없이 갑작스럽게 찾아온 결례를 먼저 사과드립니다."

"아닙니다. 이렇게 얼굴을 맞대고 만나게 된 마당에 다 쓸 모없는 말이지요."

“저는 트로니아의 왕자 팰트란 하노버라고 합니다. 여기는 외무장관 로긴스 경, 그리고 뒤편에 있는 사람은 제 호위무사 매튜라고 합니다.”

팰트란의 소개를 받으며 바실리스는 일일이 머리를 끄덕이며 그들에게 인사를 했다.

“전 바실리스 카라티노스라고 합니다. 남아대장부로 태어난 것이 부끄러울 정도로 아무런 위업 없이 그저 자연에 묻혀 사는 촌로입니다.”

흰머리가 여기저기 모습을 보이는 그의 머리칼과 검게 그을린 얼굴을 보고 있자니, 처음 보는 사람들은 착각할 만도 할 것 같았다.

그러나 여기 이 자리에 있는 사람들이 누군가!

검게 그을린 굵은 선의 얼굴에, 언동 가운데 은은한 기도를 내뿜고 있는 그를 보고 누가 감히 촌로라는 그의 말에 동의를 하겠는가.

“하하하, 재밌는 말씀입니다. 바실리스 경이 촌로라면 전 이제 걸음마를 시작하는 어린아이가 되겠지요.”

“전 이미 관 속에 들어가야 할 시체가 되어 있을 거고요, 왕자님. 그렇지 않습니까?”

팰트란의 농담을 멋지게 잇는 로긴스의 재치 넘치는 말에 세 사람은 가벼운 웃음을 터뜨렸다.

간단한 인사말이 오가고 마침내 바실리스가 본론을 꺼낸

다. 그는 웃음을 걷고 굳은 표정으로 팰트란을 바라보며 질문을 던졌다.

"그나저나 왕자님께선 이 황량한 곳까지 무엇을 하러 오셨습니까?"

학장이 소개한 서신에 어떤 글이 있는지는 모르나 자신의 방문 목적을 잘 알고 있을 바실리스의 질문이었다.

"바실리스 경과 루카스 경, 두 분의 도움을 받을 수 있을까 해서 오게 되었습니다."

"……"

너무 솔직하고 간단한 팰트란의 대답에 바실리스는 물론 대화의 기교를 잘 모르는 전형적인 트로니아 인 로긴스조차 놀라움을 금치 못하며 혀를 찼다.

썰렁한 팰트란의 대답에 잠시 거실에는 어색한 침묵이 흘렀다.

"험, 험! 허어!"

로긴스는 연신 헛기침을 하며 시선을 한곳에 두지 못하고 있었다.

"그 이유로 여기 오셨다는 겁니까, 왕자님?"

"그렇습니다, 바실리스 경. 그것이 오늘 이곳을 찾은 저의 유일무이한 목적입니다."

팰트란의 가식없는 모습에 바실리스는 약간 당황했다. 뭔가 이상했다. 비록 친구인 황실 아카데미의 학장이 소개장에서 솔직하고 담백한 팰트란 왕자에 대해 언급을 했지만, 이 정도로 직선적일 줄은 몰랐다.

지금까지 그를 찾아와 바실리스 부자의 출사를 청하던 사람들과 너무나 달랐다. 바실리스는 이런 경우를 전혀 예상치 못했다.

바실리스는 지그시 눈을 감고 깊은 생각에 잠겼다. 팰트란은 그런 바실리스를 바라보며 담담한 표정으로 차를 마셨다.

'허어, 이거 참 어쩌나! 이렇게 쉽게 꺼낼 얘기가 아닌 것 같은데. 만일 거절하면 우리 트로니아 입장에서 정말 좋은 기회를 놓치는 건데, 아, 이거 참. 정중하게 상대의 의중을 묻고, 조건을 듣고 이야기를 풀어가야 하는데 왕자님이 아직 경험이 부족하셔서 그런가. 아, 이거 어쩐담!'

조용한 침묵이 흐르는 가운데 오직 혼자서 오만가지 인상을 쓰며 갖가지 상상을 하는 로긴스였다.

마침내 바실리스가 천천히 눈을 뜨더니 정광이 어린 눈초리로 팰트란을 쏘아보았다.

"왕자님, 한 가지만 여쭙겠습니다."

"괘의치 말고 질문하십시오."

"군왕의 가장 큰 덕목은 무엇이라고 생각을 하시는지요?"

"예에?"

이번엔 팰트란이 당황했다.

그는 바실리스가 당연히 현재 트로니아의 현 정세와 향후

전망, 그리고 카라티노스 가문에 대한 대우 내지 펠트란의 미래에 대한 포부를 질문할 것으로 예상했다.

군왕의 덕목은 정치학이나 각종 역사서를 통해 수없이 언급되는 주제 가운데 하나였기 때문에 무엇을 하나 딱 집어 말하기가 무척 어려웠다.

'군왕의 덕목이란 이런 것이다!' 라는 많은 이론과 가설이 난무했다. 어떤 이는 덕(德)을, 어떤 이는 인(仁)을, 어떤 이는 지(智)를, 어떤 이는 의(義)를, 어떤 이는 예(禮)를, 어떤 이는 파격(破格)을, 어떤 이는 패도(覇道)를, 어떤 이는 결단력(決斷力)을 군왕의 덕이라 주장했다.

이 외에도 이루 헤아리기 어려울 정도로 많은 이론이 수없이 있었다.

이처럼 이론과 설이 많기 때문에 바실리스의 질문에는 대답을 쉽게 할 수 있다. 하지만 역으로, 이론과 설이 많기 때문에 객관적인 답이 어려운 문제이기도 했다.

모두의 주관이 다 다르기 때문에 백 개의 질문에 백 개의 답이 나올 수 있는 문제였다.

로긴스는 기대에 찬 눈빛으로 펠트란을 바라보았다. 아카데미에서 수학을 한 왕자라면 능히 훌륭한 대답을 할 수 있을 것으로 여겨졌다.

펠트란은 로긴스의 기대와 달리 허공을 바라보며 쉽지 않은 문제에 대한 자신의 의견을 정리했다.

‘어디, 어떤 대답을 하나 지켜볼까?’

바실리스는 흥미진진한 눈빛을 띠고 앞에 앉아 고민하는 애늙은이 같은 왕자를 쳐다보았다.

시간이 얼마나 지났을까. 한참을 생각한 후 말을 꺼낸 팰트란의 답은 의외로 간단했다.

“인륜, 상식, 도덕, 준법을 바탕으로 한 정도 정치를 할 기량이 있으면 그 어떤 덕목을 가진 군왕도 성군이 될 수 있다는 생각이 듭니다.”

그는 계속해서 말을 이었다.

“한마디로 정리를 하면, 그런 정도 정치를 받아들일 수 있는 도량(度量)을 군왕의 가장 큰 덕목이라고 정의 내리겠습니다.”

바실리스는 그의 말을 듣고 다시 눈을 지그시 감았다.

‘도량이라……’

바실리스는 과거 있었던 황자의 난을 떠올렸다. 황자의 난 자체가 하나부터 열까지 다 주군의 도량이 부족해서 생긴 문제가 아니었던가.

“으음!”

앓는 소리와 같은 묵직한 탄성이 바실리스의 입에서 터져 나온다.

“지금의 나는 작은 비가 내려도 금방 차버리는 길가의 작은 웅덩이에 불과할 겁니다. 하지만 부단히 노력할 겁니다.

작은 웅덩이가 못이 되고, 저수지가 되고, 큰 강이 되고, 마지막에는 대해(大海)가 될 수 있도록 말입니다.”

바실리스의 어깨가 움찔거린다.

흔히 군신의 관계를 물과 물고기로 비유하곤 한다. 물은 군주요, 물고기는 신하를 의미한다.

큰 바다에는 커다란 물고기가 마음껏 헤엄치며 노닐 수 있지만, 작은 못에는 그에 어울리는 송사리만 산다.

바실리스의 표정이 수시로 변했고, 로긴스는 그런 그의 태도를 바라보며 뭔지는 잘 모르겠지만 팰트란이 대답을 잘한 것으로 여겨져 한시름 놓았다.

한 시간의 시각이 3년처럼 느껴지는 정적이 계속되었다. 로긴스는 이마에서 흐르는 땀을 닦느라 연신 부스럭대고 있었고, 매튜 역시 긴장한 표정으로 마음을 다스리느라 애쓰는 모습이 역력했다.

마침내 바실리스가 두 눈을 뜨며 팰트란의 흔들리지 않는 눈동자를 바라보았다.

‘좋은 눈을 갖고 계시구나!’

“왕자님, 소인은 이미 주군을 한 번 잃은 큰 불충을 저지른 자입니다.”

“잘 알고 있습니다.”

팰트란이 손을 가볍게 들어 그의 말을 가로막는다.

“하지만 난 그것이 경의 잘못이라고 생각하지 않습니다.

어쌔신을 통한 암살은 한계가 있다고 알고 있습니다. 만일 전쟁에서 원하는 사람을 다 암살할 수 있다면 율리시안 대륙은 진즉에 통일이 되고도 남았을 겁니다."

조용한 가운데 펠트란의 얘기가 계속 이어진다.

"군왕은 어린아이가 아닙니다. 자국 내에서, 그것도 자신의 성안에서 어쌔신에게 목숨을 잃는다는 것은 그 본인에게도 문제가 있다고 생각합니다."

바실리스가 눈가가 파르르 떨린다.

"어떻게 암살을 당했는지 당시 상황은 정확히 모릅니다. 하나, 확신할 수 있는 것은 매사에 조심하고 평소 단련을 게을리 하지 않았다면 그런 일은 안 일어났을 겁니다. 이는 전쟁터에서 난전 중에 목숨을 잃는 것과 확연히 다르니까요."

펠트란은 격동에 온몸을 떨고 있는 바실리스를 똑바로 쳐다보았다.

"바실리스 경, 나는 바다와 같은 사람이 되고 싶습니다. 난 경에 비해 무술이 뛰어나지도, 경험이 풍부하지도, 전략 전술에 능하지도 않습니다. 그러나 나는 어느 누구도 포용할 수 있는 바다와 같은 마음을 갖도록 노력할 겁니다. 바실리스 경, 펠트란이라는 미완의 바다를 한번 믿어보시지 않겠습니까?"

"주… 주군!"

바실리스가 자리에서 벌떡 몸을 일으켜 펠트란에게 다가

왔다. 그는 이내 팰트란에게 무릎을 꿇고 머리를 깊숙이 조아렸다.

친구인 아카데미 학장이 보내온 서신의 한 내용이 그의 뇌리에 맴돈다.

이보게, 바실리스. 그 트로니아의 왕자는 결코 총명하지 않다네. 오히려 둔재에 가깝지. 덩치가 크고 트로니아 왕족의 피를 이어 무술은 좀 하네만 그것도 일류는 아닐세. 그런데 그에게는 두 가지 큰 특징이 있네. 포용력과 인내력이 바로 그것이라네. 적도 끌어안을 수 있는 그가 어떻게 국민을 대하겠는지 생각해 보게. 속내를 드러내지 않고 참는 인내력을 갖고 있는 사람들은 꽤 있다네. 하지만 그가 지닌 인내력은 다르다네. 그는 아플 때 아프다고 얘기하네. 괴롭고 슬프면 괴롭고 슬프다고 털어놓지. 그러나 그는 절대 좌절하지 않는다네. 이런 인내력을 지닌 사람은 내 장담하건대 이 세상에 그리 많지 않다네. 그것도 왕족 가운데서 찾아보라면 난 한 명도 없다고 확신하네.

"주군, 미천한 소인의 힘이라도 필요하다면 제 생이 끊어지는 그 순간까지 왕자님께 충성을 다 바치겠습니다."

"바실리스 경, 만일 경이 나를 인정해 준다면 내 경에게 한 가지 부탁드리고 싶은 것이 있습니다."

"무… 무엇인지요?"

"난 그 황자와 같은 최후를 맞이하지 싶지 않답니다. 두 번 다시 그런 일이 발생하지 않도록 최선을 다해주십시오.”

“허허허허! 허허허허! 여부가 있겠습니까?”

크게 웃는 바실리스의 두 눈에서 눈물이 뚝뚝 떨어졌다. 팰트란은 자리에서 일어나 바실리스를 안아 일으키며 아무 말 없이 그저 그의 어깨를 따듯하게 감싸 안았다.

자신보다 덩치가 큰 바실리스를 부둥켜안고 격려하는 팰트란의 모습이 보는 이의 웃음을 자아내게 하기에 충분했다.

그러나 그 자리에 있는 어느 누구도 웃지 않았다. 도리어 그 자리엔 남자들만 느낄 수 있는 비장감만이 가득했다.

팰트란 일행은 바실리스의 권유에 의해 장원에서 하루를 더 묵고 출발하기로 했다.

그날 바실리스는 일족과 가신들을 불러 모은 후, 오늘 팰트란 왕자와 자신 사이에 있었던 대화의 내용을 일러주며 그들의 의견을 물었다.

“나 바실리스는 오늘부터 트로니아의 팰트란 왕자를 나의 주군으로 모시기로 했다.”

“예? 그 시골 촌놈을…….”

“안젤리나, 무슨 말버릇이 그러냐.”

“사실이잖아요, 오빠! 그 촌놈 말고도 훌륭한 사람이 얼마나 많은데…….”

“이놈! 사람은 외모를 갖고 판단하면 안 된다고 내 몇 번을 말했더냐! 어리석은 계집 같으니!”

노성을 터뜨리는 바실리스의 말에 안젤리나가 입술을 삐죽 내밀며 고개를 돌린다.

“나의 결정에 무조건 복종할 필요는 없다. 합리적이고 타당한 이유가 있다면 나와 다른 길을 가도 좋다. 너희들은 과거 제이크의 경우를 잘 알 것이다.”

바실리스의 이번 결정에 있어 관건은 루카스의 의중이었다. 바실리스의 가신들이야 자신의 의견을 반대하지 않을 것이다.

하지만 루카스는 아들이긴 하지만 카라티노스 가문 내에서 또 하나의 일파를 이끌고 있는 당주이기 때문이었다.

“아버님, 저 역시 아버님의 결정을 따르겠습니다.”

“오, 정말이냐?”

시원하게 동의하는 루카스의 말에 바실리스의 얼굴엔 희색이 만면해진다. 루카스가 거절하면 어쩔까 하는 근심 걱정이 확 날아가 버렸다.

“마음에 들더군요. 좋은 군신 관계가 될 것 같다는 생각이 듭니다.”

“그래, 그래! 루카스도 그렇게 생각하는구나!”

가문의 두 핵인 바실리스와 루카스가 동의하자, 나머지 가신들은 아무런 반대 없이 바실리스의 결정에 따르기로 했다.

"자, 이것으로 카라티노스 가문은 오늘부터 팰트란 왕자님을 우리의 주군으로 모실 것이다. 앞으로 신명을 다해 충성을 바쳐야 할 것이다."

"알겠습니다, 주군!"

루카스의 적극적인 찬성으로 팰트란은 카라티노스 가문의 힘을 얻게 되었다.

웅비할 때를 기다리고 있던 바실리스 부자와 난세를 극복하겠다는 팰트란!

신의 운명은 이들로 하여금 수어지교(水魚之交)의 인연을 맺게 만들어주었다.

바실리스 부자를 신하로 거둔 것은 그에게 큰 행운이 아닐 수 없었다. 팰트란은 나중에 알게 되지만, 그는 바실리스 부자 두 사람뿐 아니라 그들이 거느리고 있는 카라티노스 군단을 함께 신하로 맞이하게 된 것이다.

팔랑가스를 떠나 바실리스 부자와 운명을 같이하기로 맹세한 가신단은 총 80명이었다.

카라티노스 가의 여인들과 시종들을 빼곤 각 분야에서 충분히 한몫을 할 수 있는 사람들이었다.

그 구성 현황을 간단하게 살펴보면 다음과 같았다.

바실리스와 그의 가신단 30명.

루카스의 그의 가신단 20명.

안젤리나를 비롯한 부녀자 및 시종 30명.

바실리스와 루카스의 가신단은 제국의 행정과 군무를 다루던 사람들로, 풍부한 경험과 실력을 바탕으로 언제든 바로 실무에 투입해 가용할 수 있는 인력들이었다.

또 하나 특기할 만한 사항으로 루카스 휘하의 블랙 섀도우라는 특수부대를 거론하지 않을 수 없다.

블랙 섀도우 부대는 팔랑가스의 황자의 난 때 그 위력을 십분 발휘했다.

정보 수집, 후방 교란, 요인 암살을 주 임무로 하는 그들은, 고대 대륙 남부에 살았다고 알려져 있는 터닌 족의 후예였다.

특이하게 붉은 눈동자를 지니고 있는 이 부족은, 빌헬름 대제에 대한 암살을 시도했다는 죄목으로 부족이 몰살당하는 비극을 겪게 된다.

루카스가 젊은 시절 각지를 주유하며 다닐 때, 깊은 산속에서 우연히 중상을 입고 죽어가는 노인을 구해주게 되었다.

그 노인은 바로 몰살당했다고 알려진 터닌 족 후예의 우두머리였다.

노인은 자신을 도와준 루카스가 보통 인물이 아님을 첫눈에 깨달았다. 노인은 자신의 목숨을 구해준 은혜에 보답하는 마음으로 일족 가운데 가장 뛰어난 일곱 명의 전사를 수하로 거두게 했다.

루카스 역시 특수한 능력을 지닌 이들을 높이 평가해, 터닌 족 전사들 한 명 한 명과 피의 맹세를 통한 결의형제의 의식을 치렀다.

어떻게 보면 루카스의 가신이기도 하지만, 또 한편으론 카라티노스 가문의 일원으로 볼 수도 있는 관계를 지니게 되었다.

루카스는 이들에게 블랙 섀도우라는 명칭을 내려주고, 여러 전쟁터에서 큰 명성을 떨쳤다.

바실리스를 찾아 산길을 오르던 중, 무형의 기운으로 매튜를 긴장시켰던 인물이 바로 블랙 섀도우의 대장인 데릭 파이론이라는 인물이었다.

"요리가 변변치 않은데 잘 드셨습니까?"

"아, 맛있게 잘 먹었소. 누가 요리를 했는지 몰라도 훌륭한 솜씨요."

펠트란 일행은 바실리스 부자와 만찬을 같이했다.

"하하하! 왕자님, 우리 요리사는 요리도 잘하지만 검술도 잘하고, 무엇보다 한 치 혀로 사람을 죽음에 이르기까지 만들 수 있는 묘한 기술을 지니고 있답니다."

“예?”

“오라버니, 지금 무슨 말을 하는 거예요?”

시큰둥하게 앉아 식사를 하는 둥 마는 둥 하던 안젤리나가 루카스의 말을 듣고 날카롭게 소리를 지른다.

“하하하! 하하하!”

루카스의 말뜻을 이해한 사람들이 큰 소리로 웃음을 터뜨렸다.

팰트란은 가볍게 웃으며 안젤리나의 비위를 맞춰주었다.

“안젤리나 양께서 이런 훌륭한 요리를 만드셨군요. 실로 오랜만에 배부르게 먹었습니다.”

“흥!”

이 세상에 칭찬 듣기를 싫어하는 사람은 하나도 없다. 특히 젊은 여인의 입장에서 상대가 마음에 들든 들지 않든 간에 일국의 왕자가 하는 칭찬이라면 두말할 나위 없다.

안젤리나는 픽 콧소리를 내며 고개를 다른 데로 돌렸지만, 얼굴에 떠오르는 미소를 감출 수는 없었다.

처음 팰트란을 보았을 때, 곰같이 시골티가 풀풀 풍기는 애송이 왕자로 보였다.

하지만 만찬을 같이하며 팰트란의 과거에 대한 역정(歷程)을 듣자, 가엾은 마음이 들며 애틋한 감정이 피어오른다.

‘흠, 자세히 보면 못생긴 구석은 없잖아. 시원시원하게 생긴 게 남자다워 보이고… 아버지의 마음을 얻을 정도니 능력

이야 의심할 필요없고…….'

안젤리나는 힐끔힐끔 바실리스 부자와 대화를 나누는 팰트란을 훔쳐보았다.

'하하하, 안젤리나의 마음이 움직이는 모양이구나!'

남들이 눈치 채지 못하게 행동을 했지만 안젤리나의 행동은 루카스의 눈길을 벗어나지 못했다.

'이 오라버니가 힘 좀 써보마!'

루카스는 혼기가 꽉 찬 누이 안젤리나와 듬직한 젊은 왕자 팰트란을 번갈아 바라보며 고개를 끄덕거렸다.

만찬을 마치고 팰트란과 바실리스 부자는 거실에서 카라티노스 가문의 일원에게 인사를 받은 후, 향후 정국과 트로니아의 운영 방안에 대해 의견을 나누었다.

"우선 각지에 있는 옛 가신과 지인들에게 연락을 취해 트로니아로 모이게 하는 게 어떻겠습니까?"

"좋은 생각이다, 루카스."

"아직 더 불러올 수 있는 인재들이 있소?"

"겉으로 표명하지 않았을 뿐 아직 아버님을 따르는 사람들이 꽤 있습니다."

"하하, 그것 참 좋은 소식이구려."

팰트란은 루카스의 말에 크게 기뻐했다. 그는 트로니아가 기존의 한계를 벗어나기 위해서는 무엇보다 인재가 절실히 필요하다는 것을 잘 알고 있었다.

"그럼 아버님 명의로 통지를 하겠습니다."

"그렇게 하거라. 멀리 있는 가신들이 많으니 서두르고."

"알겠습니다, 아버님."

'신께서 나 팰트란과 트로니아를 돕는구나! 이들만 해도 감지덕지해야 할 판인데, 팔랑가스 제국의 인재들을 더 모을 수 있다 하니……. 아!'

팰트란은 펄쩍펄쩍 뛸 듯한 기쁜 감정을 감추기 위해 무진 노력을 다해야 했다.

화기애애한 분위기에 더 이상의 위험은 없겠다고 생각한 매튜는 조용히 팰트란의 곁을 떠났다. 그는 가벼운 옷차림에 검을 찬 차림으로 장원 안에 있던 공터로 걸음을 옮겼다.

"얏! 이얍!"

밤이 꽤 늦었음에도 무술 훈련을 게을리 하지 않는지, 검술을 익히는 기합 소리가 여전히 들려온다.

'블랙 섀도우의 7인이라……. 실력이 어느 정도나 될까?'

팰트란과 루카스의 대화를 통해 블랙 섀도우에 대한 이야기를 들었다.

매튜는 장원에 올 때부터 지금까지 자신의 신경을 계속 건드리는 자들이 아마 그들이 아닐까 하고 생각했다.

'사부님께서 대륙은 넓고 기인(奇人)과 기사(奇事)가 많다고 하더니, 정말 저런 일족이 있었구나.'

매튜도 터닌 족의 존재에 대해 들은 적이 있었다.

그러나 그들은 빌헬름 대제 이후 한 번도 세상에 모습을 드러낸 적이 없었다.

매튜의 스승인 아리우스처럼 검술 수업이나 심산유곡에서 수행을 하던 검사(劍士)들의 입을 통해 간간이 알려졌을 뿐이다.

‘이들에게 한 수 가르침을 받을 수 있는 기회가 있겠구나.’

무도를 추구하는 사람들에게 있어 새로운 상대를 발견했을 때의 기쁨이란 이루 말할 수 없다. 매튜는 심호흡을 하며 달아오르는 마음을 다스렸다.

“얏!”

쉭! 쉬익! 쉬익!

공터로 가까이 갈수록 기합 소리와 바람을 가르는 소리가 선명히 들려온다.

매튜가 관심을 갖고 지켜보니, 보기에도 날카로운 기세를 풍기는 한 중년인이 예리한 기세로 검로에 대한 시범을 보이고 있었다.

‘음, 역시 내가 잘못 보지 않았구나!’

분명한 아큐트류의 검술이었다.

‘희한한데. 대륙 남부의 서부 지역은 디스트로이류의 발원지인데, 어떻게 이들은 아큐트류의 검술을 배우고 있을까?’

디스트로이류는 네이쳐류의 아리우스, 아큐트류의 클라디우스와 더불어 대륙삼대검성 중의 하나인 베리우스가 설립한

검파였다.

그들의 활동 지역을 중심으로 각 유파가 발전했기 때문에 베리우스가 활동했던 남서부 사람들은 디스트로이류를 배우고 익혔다.

대륙 남부의 팔랑가스 제국은 디스트로이류가 일반에 널리 알려져 있었고, 그 총본산 역시 팔랑가스의 수도인 팔랑스에 있었다.

바실리스 부자는 팔랑가스 제국의 명문가여서 당연히 디스트로이류를 익혀야 하는데, 아큐트류의 검술을 배우고 있다. 매튜는 고개를 갸우뚱거렸다.

'아큐트류의 진수를 제대로 익힌 사람이구나.'

매튜는 한곳에 서서 조용히 그 중년 사범의 시범 동작을 바라보았다. 역시 아큐트류 특유의 날카로움이 느껴진다.

얼마간의 시간이 흘렀을까. 검로 시범을 보이던 사범이 자신을 바라보고 있는 매튜를 몇 번 훔쳐보더니 동작을 멈추고 그에게 다가왔다.

"누구신지……?"

"아, 사전에 양해를 구하고 관람을 해야 했는데 죄송합니다. 저는 트로니아 펠트란 왕자님의 호위무사인 매튜라고 합니다."

"왕자님 일행이셨군요. 나는 카라티노스 가문의 무술 사범 스탠리라고 합니다."

40여 세나 되었을까. 건장한 체구에 구레나룻이 얼굴의 반을 잔뜩 덮고 있고, 구릿빛 피부에 울퉁불퉁한 근육이 표범을 연상케 하는 사범이 매튜에게 자신을 소개한다.

"검 손잡이를 보아하니 네이쳐류의 검술을 익히신 모양인데, 어느 분께 가르침을 받았는지요?"

손잡이에 하얗게 각인된 조그만 풀잎 문양을 보고 대번 매튜가 네이쳐류 검객임을 알아본다. 버드나무 잎의 문양은 네이쳐류를 상징하는 일종의 표기였다.

횃불이 일렁이는 밤에, 그 조그만 문양을 확인하고 대번에 상대방의 정체를 알아맞히는 사범의 수준이 보통이 아님을 매튜는 즉시 깨달았다.

"운이 좋아 아리우스님께 가르침을 받았습니다."

"예— 엣?! 아, 아리우스 검성께 말입니까?"

화들짝 놀라며 스탠리가 매튜를 바라보았다.

동시대이긴 하지만 유파를 창설한 대륙의 삼대검성은 이미 전설상의 인물이 되어 있었다. 유파는 다르지만 이들 검성은 모든 검사들의 우상이자 신화였다.

나이를 떠나 스탠리는 흠모 가득한 표정으로 매튜에게 정식으로 인사를 했다.

"전 아큐트류 바실리우스님의 대제자인 아이작 코튼 사부께 가르침을 받았습니다. 허허, 따지고 보면 매튜 경이 저보다 항렬이 하나 위로군요."

매튜도 들어본 적이 있는 아이작 코튼이었다. 출사를 하지 않고 제자만 양성하며 유파의 발전에 힘쓰고 있는 인물로 알려져 있다.

"그러셨군요. 그런데 스탠리 경, 제가 궁금한 점이 있습니다."

"질문하시지요."

"제가 알기로 팔랑가스 제국 사람들은 디스트로이류를 많이 접하고, 배우고 있다고 들었습니다."

"그렇지요."

"카라티노스 가문 역시 팔랑가스의 명문인데 어째서 아큐트류의 검술을 배우고 있는지요?"

"아아, 그 점이 궁금하셨군요."

스탠리는 친절하게 그 연유를 매튜에게 설명해 주었다.

원래 카라티노스 가문의 선조는 팔랑가스 제국 사람이 아니고, 지금은 크리타스 제국에게 병탄되어 사라지고 없는 조그만 소국의 영주였다.

그들은 국가의 멸망과 더불어 바실리스의 조부 대에 일족을 이끌고 팔랑가스 제국에 망명을 했다.

팔랑가스 제국에 출사는 했지만, 출신 지역이 남동부인지라 카라티노스 가문 사람들은 자연스럽게 아큐트류의 검술을 익히고 배우게 되었던 것이다.

동일한 목표를 추구하며 동일한 길을 걷는 두 사람이 만나자 쉽게 의기투합하게 되었다.

검술에 대해 이런저런 대화를 나누던 매튜와 스탠리는 검술 대련을 갖기로 했다.

이 이야기는 삽시간에 장원에 퍼졌고, 바실리스 일족과 팰트란도 달려와 그들의 대련을 지켜보았다.

"바실리스 경, 매튜는 북부 대륙에서 손가락에 꼽는 고수인데 상대방은 어떤 고수인지 모르겠구려."

"스탠리 사범은 아큐트류의 2대 제자입니다. 제가 알기로 그 역시 아큐트류 파에서 수위에 올라 있는 검객입니다."

"듣기로 바실리스 경 역시 보통 실력이 아니라고 들었는데, 경하고는 비교해서 어떻소?"

"허허허, 소신은 이미 나이가 있는지라 그들과는 비교가 안 될 겁니다."

바실리스가 너털웃음을 터뜨리며 겸양의 말을 내뱉는다. 팰트란은 매튜를 통해 그가 이미 절정에 다다른 고수라는 것을 잘 알고 있었다.

공터에 두 사람이 대련할 수 있는 자리가 마련되고, 횃불을 가득 밝혀 대련에 지장이 없도록 만들었다.

곧 대련이 시작되었다. 친목을 위한 단순한 대련이므로 안전을 고려해 두 사람은 목검으로 대결을 벌이게 되었다.

수인사를 나눈 뒤 자세를 취하는 두 사람.

매튜는 하단 자세에 검끝을 바닥 쪽으로 떨어뜨렸다. 전형적인 네이쳐류의 검세(劍勢)였다.

스탠리는 중단 자세에 찌르기의 검세로 매튜를 맞이했다. 고수들인지라 시작하자마자 한 치의 흔들림도 없이 부동자세를 유지했다.

숨소리 하나 들리지 않고 바늘 떨어지는 소리가 들릴 정도로 고요함이 두 사람을 감싼다. 매튜도 스탠리도 미동도 않고 유심한 눈초리로 상대방을 바라보았다.

정중동(靜中動)!

주위에서 보기에 전혀 움직임이 없어 보이는 두 사람이었으나, 어느 사이 두 사람의 위치가 바뀌어 있었다.

타핫!

전광석화처럼 스탠리의 목검이 매튜의 가슴을 노리고 들어온다.

"아!"

팰트란은 자신도 모르게 가벼운 탄성을 내지르며 매튜의 무사를 빌었다. 도저히 피할 수 없을 정도로 정확하고 빠른 속도의 공격이었다.

탁!

팰트란의 걱정과 달리 매튜는 조금도 당황하지 않고 상체를 좌측으로 구부리며 스탠리의 공격을 무위로 돌렸다.

쉬익! 쉬익!

스탠리로부터 아큐트류의 진수가 펼쳐지기 시작했다. 일

렁이는 횃불의 음영과 조화를 이루며 바람을 가르는 소리만 공터를 진동시켰지 스탠리의 검은 전혀 모습을 드러내지 않았다.

"허어, 매튜 경의 경지가 보통이 아닙니다."

바실리스가 팰트란의 귀에 조용히 소곤거렸다. 공격을 가하는 스탠리보다는 그 공격을 자연스럽게 무위로 돌리는 매튜의 실력을 간파했다.

두 사람의 대련에 몰두하고 있는 팰트란은 바실리스의 말에 대답할 여유가 없었다. 위태위태하게 피하는 매튜의 모습에 그는 두 주먹을 불끈 쥐었다. 두 손에 땀이 흥건하게 고인다.

시간이 점점 흐르자 스탠리의 이마에 땀방울이 맺히기 시작한다. 움직일 때마다 횃불에 반사되어 반짝거리는 땀방울이 그의 어려운 처지를 대변해 주고 있었다.

보기에는 스탠리의 날카로운 기세가 매튜를 압도하는 듯했지만, 매튜는 숨소리 하나 흐트러지지 않는 가운데 고요한 신색으로 평온하게 스탠리의 두 눈을 바라보았다.

이것이 바로 네이쳐류의 경지였다. 자연과의 동화를 추구하는 네이쳐류는 일정 수준을 넘어서면 상대와의 동화도 가능케 한다.

동일한 실력과 기술로는 도저히 이 동화를 깨뜨릴 방법이 없다. 상대방이 이를 극복하기 위해서는 더 강한 기세와 힘을 갖고 있어야 한다.

끼~ 익! 끼~ 익!

컴컴한 밤하늘을 가로지르는 새 한 마리가 큰 소리를 내며 두 사람의 머리 위를 날아간다. 조용했던 터라 일순간 모두의 이목이 그 방향을 향했다.

탓!

순간 스탠리가 마지막 기력을 짜내며 번개처럼 매튜에게 몸을 날렸다. 그 큰 몸집이 어떻게 이리 빨리 움직일 수 있을까라는 생각이 들 정도였다.

매튜의 신형도 움직였다. 전처럼 스탠리의 공격을 피하는 자세가 아닌, 스탠리와 같은 모습의 움직임이었다.

그러나 매튜의 움직임은 그 대련을 지켜보는 모든 사람들이 똑똑히 볼 수 있을 정도로 느렸다.

스탠리를 맞이해 가는 매튜의 하단 자세가 중단 자세로 전환을 한다.

휘익! 퍼벅!

둔탁한 소리와 함께 두 사람의 몸이 서로 교차한다.

기세는 스탠리가 앞서 보였다. 매튜를 마음속으로 열렬히 응원하고 있던 펠트란과 로긴스도 같은 생각을 갖고 있었다.

교차한 두 사람은 목검을 움켜쥔 채 움직이지 않고 있었다. 주위에 있던 사람들은 침만 꿀꺽 삼키며 두 고수의 승패 여부를 기다렸다.

"아아!"

여기저기서 감탄성이 터져 나오며 스탠리의 몸이 앞으로 천천히 기울어져 간다.

털썩!

요란한 소리와 함께 스탠리가 결국 바닥에 쓰러졌다.

"후우!"

매튜는 아주 깊은 한숨을 내쉬더니 손을 들어 이마의 땀을 훔쳤다.

"건드리지 마시오."

매튜는 스탠리의 몸을 부축하려는 그의 제자들을 만류한 후 천천히 그에게 다가갔다.

"몸에 진탕(震蕩)이 가해졌기 때문에 갑자기 건드리면 내장을 크게 해치는 수가 있소."

매튜는 품 안에서 하얀 가루약을 꺼내 스탠리에게 조심스럽게 먹인 후, 그의 몸을 부축해 눕힐 수 있는 방으로 그를 데려갔다.

"와아아!"

걸어가는 매튜의 등 뒤에서 참고 참았던 관중들의 환호성이 터져 나왔다.

*　　　　*　　　　*

바실리스, 루카스라는 두 영웅의 합류에 한껏 고무된 팰트란 일행은 바실리스와 작별을 고했다.

바실리스는 옛 가신들이 합류하는 대로 트로니아의 수도 코린트로 오기로 약속을 했다.

"아름답구나!"

팰트란은 전면에 펼쳐진 광경에 절로 감탄을 토해냈다.

가을의 추수기에 접어든 트로니아의 벌판에는 황금빛 이삭이 신의 축복을 드러내는 듯 바람에 흔들거리고 있었다.

풍년과 더불어 귀환하는 팰트란 왕자의 소식에 온 트로니아 인들이 즐거워했다.

선발대로 출발한 전령이 각 도시와 성에 왕자의 입경(入境) 소식을 전달했다.

"내 나라에 돌아왔다는 생각을 하니 공기마저 달콤하게 느껴지는구려."

"왕자님!"

어린애처럼 기뻐하는 팰트란의 모습을 지켜보며 로긴스가 눈물을 글썽거린다.

두두두! 두두두!

그때였다. 멀리서 뿌얀 먼지를 일으키며 일단의 기병이 모습을 드러냈다.

"왕자님, 전방에 병사들이 나타났습니다."

"아, 키발트 요새의 네이팜 장군일 겁니다."

매튜의 경고에 로긴스가 얼굴을 환히 펴며 팰트란에게 말을 건넸다.

로긴스의 말대로 그들은 트로니아와 타키온 제국 국경 지대에 있는 키발트 요새의 수비병들이었다.

"로긴스 경!"

"어이구, 이런. 네이팜 장군이 직접 마중을 나왔구려."

"왕자님의 귀환인데 제가 필히 나와 영접을 해야지요."

왕자님이 국경을 넘었다는 전령의 보고를 받고 5㎞의 거리를 달려왔다.

50세를 넘긴 노장 네이팜은 말 위에서 내리더니 대번 팰트란 앞으로 달려와 넙죽 무릎을 꿇고 머리를 조아린다.

"왕자님, 귀환을 진심으로 축하드립니다."

"고맙소, 네이팜 장군! 자, 어서 일어나도록 하시오."

팰트란은 네이팜의 안내를 받으며 국경을 넘은 이래 처음으로 트로니아의 도시를 방문하게 되었다.

타키온 제국에서 트로니아로 들어올 수 있는 유일한 관문인 키발트 요새에는, 두 개 사단 일만 명의 병력이 주둔하고 있었다. 요새 뒤편에 키발트 시가 자리 잡고 있었고, 인구는 육천 명 내외였다.

그랑디 산맥에서 이어져 오는 지맥(地脈) 선성에 있는 키발트 요새는 천연 지형을 바탕으로 축성된 요새였다.

자연이 만들어준 좁고 가파른 험준한 기세를 이용해, 수비 측에서는 공격하는 적을 상대로 일당백의 능력을 발휘할 수 있었다.

예부터 타키온 제국에서 트로니아를 병탄하려 했음에도 번번이 이 요새에 가로막혀 좌절한 트로니아의 전략 요충지 가운데 하나였다.

"와아! 와아아!"

"왕자님이다!"

"트로니아의 왕자님이 돌아오셨다!"

병사들이 요새 방책 위에서 팰트란 왕자를 보고 무기를 흔들며 열렬한 환호성을 내지른다.

팰트란은 말을 천천히 몰며 요새 입구에 다가갔다. 일정 거리에 도달하자 말에서 내린 팰트란. 일일이 병사들의 손을 잡아주며 격려를 한다.

"와아아! 와아아!"

이 모습에 감격한 병사들의 환호는 절정에 달했다.

팰트란은 군중심리를 이용할 줄 아는 직업 정치인이 아니다. 다만 진심에서 우러나오는 병사들에 대한 그의 애정이 그들에게 전달되며 환성을 지르게 만든 것이다.

투걱! 투걱!

말을 몰며 요새 안에 입성한 팰트란은 연신 싱글벙글 웃는 얼굴을 진정시키지 못했다.

"네이팜 장군, 병사들의 사기가 높은 것이 정말 보기가 좋소."

“트로니아의 전통입니다, 왕자님. 나 하나의 희생이 내 동료를 지키고, 우리의 희생이 국가를 지킨다는 간단한 원리에 충실한 결과입니다.”

일반 병사에서 최고위 지휘관까지 같은 말과 사상을 갖고 있는 것을 보고 펠트란은 자신도 모르게 가볍게 미소 지었다.

‘그래, 이것이 나의 트로니아다. 대륙의 그 어느 누구보다 강한 트로니아의 저력이다. 해내지 못할 이유가 전혀 없지 않은가!’

“네이팜 장군, 좋은 소식이 있소이다.”

펠트란은 네이팜에게 바실리스 부자의 합류 소식을 알렸다.

“아직 그들의 합류 소식을 비밀에 붙이는 것이 좋겠다는 생각이 드는구려. 그들이 키발트 요새에 도착하면 최대한 비밀을 유지하도록 하고 수도로 올 수 있는 편의를 제공해 주시오.”

“정말 신의 축복입니다, 왕자님!”

네이팜은 펠트란이 전해준 소식을 듣고 무척 기뻐했다. 바실리스는 대륙에 있는 군 지휘관들에겐 거의 전설적인 인물이었다.

그의 아들 루카스 역시 아버지 못지않아서 그가 사용했던 병법은 각국에서 군 전략 기본 이론으로 채택해서 장교들에게 교육을 시키고 있을 정도였다.

'어려운 시기가 지나면 달콤한 시기가 온다는 옛말이 맞나
보구나.'

네이팜은 신통방통해 보이는 왕자의 얼굴을 바라보며 트
로니아의 앞날에 서광이 비추는 것을 느꼈다.

키발트에서 하루를 묵은 팰트란 일행은 수도 코린트를 향
해 다시 길을 나섰다. 고국의 길을 밟는 팰트란의 발걸음은
너무나 가벼웠다. 밤새 걸어도 힘들 것 같지 않았다.

수도 코린트를 얼마 남겨두지 않은 지점에 도착한 팰트란
은 전면에 일단의 군마가 질서정연하게 대기하고 있는 모습
을 보았다.

"와아, 왕자님이다!"

병사들이 팰트란을 보고 큰 소리로 외친다.

고함 소리와 함께 멀리서 휘날리는 깃발을 바라보던 팰트
란, 흥분해서 옆에 있는 로긴스에게 크게 소리쳤다.

"로긴스 장관, 저들은 왕실 근위대가 아니오?"

"맞습니다, 왕자님!"

이열 종대로 말을 몰며 다가오는 이들은 트로니아의 왕실
근위대 병사들이었다.

왕실 근위기의 기치에 그려져 있는 트로니아의 수호신 레
드 드레곤의 문양이 바람에 휘날리며 웅장한 자태를 드러냈
다.

그 모습을 바라보는 팰트란은 가슴속에서 무엇인지 형용

할 수 없는 뜨거운 감정이 솟구치는 것을 느꼈다. 열정, 환희, 분노, 비애가 복잡하게 뒤섞인 그럼 감정이었다.

이열 종대로 다가온 근위대 병사들은 팰트란이 지나갈 수 있도록 가운데에 통로를 만든다. 왕자의 귀환을 환영하는 그들만의 의식이 시작된 것이다.

쿵! 쿵! 쿵!

팰트란이 가운데 통로를 지나가는 동안, 근위대 병사들은 검 손잡이로 방패를 두드리며 자신들의 왕에 대한 예의를 표시했다.

아무 말 않고 묵묵한 표정으로 그 앞을 지나는 팰트란. 한껏 달아오른 얼굴과 거칠게 호흡하는 양어깨를 통해 그가 얼마나 격동에 찬 감격을 누리고 있는지 쉽게 알 수 있었다.

대열 끝에 있던 한 인물이 팰트란에게 다가왔다. 그의 등장과 함께 방패를 두드리던 소리가 멈추며 주위가 조용해진다.

30대 후반의 차가운 인상의 사내는 말에서 내려 팰트란 앞에 천천히 무릎을 꿇었다.

"팰트란 왕자님, 저희 근위대는 진심으로 왕자님의 귀환을 환영합니다."

트로니아의 왕실 근위대장 브라이언 아담스가 팰트란에게 깊이 머릴 숙이며 인사를 올린다.

말에서 내려 근위대장을 일으키는 팰트란에게 로긴스가 옆에서 조용히 소개를 했다.

"기억하실지 모르겠지만 근위대장 브라이언입니다. 테리언 전 근위대장의 아들로 4년 전 근위대장직에 올랐습니다."

"4년 전이라면?"

"예. 전하의 퇴각을 끝까지 엄호하다가 그만 전사를 하고 말았지요."

"아, 테리언 근위대장의 아들이었구려. 그대 부친의 장렬한 전사 소식은 부왕의 소식을 접할 때 같이 들었소."

팰트란은 브라이언의 손을 굳게 잡아주었다.

"브라이언 경, 부친의 유명을 이어 이 트로니아의 기둥이 되어주길 바라오. 그리고 장렬히 전사한 그대의 부친은 트로니아 인의 가슴에 영원히 자리 잡고 있을 것이오."

"왕자님, 신명을 바쳐 충성을 다하겠습니다."

눈시울을 붉히며 브라이언은 자신이 모시게 될 팰트란에게 다시 한 번 깊숙이 머리 숙여 인사를 올렸다.

근위대의 호위를 받으며 코린트 성으로 다가오는 팰트란 왕자를 보기 위해 성 외곽에는 수많은 사람들이 연도에 나와 왕자 일행을 기다리고 있었다.

"왕자님이다!"

"어디, 어디?"

"저쪽에 근위대와 같이 오시잖아."

"아, 정말이네."

"와아! 와아아!"

팰트란의 등장에 코린트 주민들이 환호성을 질러댄다. 8년 만에 귀국하는 왕자! 국왕의 중상으로 4년간 공석에 가까웠던 왕위를 계승할 후계자! 주민들은 왕자의 귀환에 열광하지 않을 수 없었다.

팰트란은 열광하는 주민들에게 손을 들어 화답을 해주었다.

각양각색의 악사들이 자신들의 악기를 켜며 다가오는 팰트란을 반긴다. 동시에 오색 종이로 만들어진 꽃가루가 성문을 통과하는 팰트란의 머리 위에 뿌려졌다.

정신적 지주인 국왕이 생사를 알 수 없는 4년간의 시간을 충성 하나로 견디어왔다. 이제 그들의 군주가 돌아왔다. 그것도 트로니아 최대의 풍년과 더불어 말이다.

외성의 환영 인파를 지난 팰트란은 내성에 도달했다.

트로니아의 대소 관료들이 팰트란을 보고 모두 무릎을 꿇었다.

'나의, 트로니아의 기둥들!'

팰트란은 말에서 내려 하나하나 그들을 일으키며 그들의 노고를 치하했다. 전국(戰國)의 혼란한 정세에서 군주 없이 4년간을 버텨온 그들이었다.

"오오, 잘 오셨습니다, 팰트란 왕자님! 아니, 이제는 전하라고 불러야 합당하지요."

머리가 하얗게 세고 얼굴에 검버섯이 가득한 인자하게 생긴 노신이 다가오며 펠트란에게 인사를 올렸다.

펠트란은 일순 그 노신이 누구인지 잘 기억이 나지 않는 듯 미간을 찌푸리며 기억을 더듬었다.

"아, 혹시 더글라스 할아범… 아니, 더글라스 경 아니시오?"

"헐헐헐, 아직 이 늙은이를 기억하고 계시군요."

"정말 더글라스 경이 맞구려. 더글라스 경!"

국왕의 부재라는 특수한 환경에서 재상의 직무를 맡아 아무 잡음 없이 트로니아를 잘 이끌어왔다.

펠트란은 어린아이처럼 기뻐하며 그의 손을 꼭 움켜잡았다. 뼈에 가죽이 붙어 있는 것 같은 노신의 바싹 마른 손에 마음이 저려 온다.

늙었다. 몰라보게 늙었다. 펠트란은 그가 왜 이렇게 늙었는지를 잘 알기에 노신에게 깊숙이 머릴 숙여 감사함을 표시했다.

"이, 이런! 전하, 이러시면 안 됩니다. 자, 자, 어서 안으로 들어가시지요."

"그럽시다. 어서 들어갑시다."

오랜만에 만나는 조손(祖孫)처럼 펠트란과 더글라스는 손을 굳게 잡고 궁 안으로 향했다.

고향에 도착한 흥분으로 인해 펠트란은 더글라스가 전하라고 부르는 말에 주의를 기울이지 못했다.

회색빛 아치형의 궁전은 트로니아 인의 기질처럼 결코 화려하지 않았다. 오히려 질박하다는 느낌을 줄 정도였다.

크롬 제국을 해체시키는 도화선에 불을 지핀 코린트 공작의 거성을 트로니아의 초대 국왕인 사자왕 리처드 1세가 왕궁으로 정한 후, 오늘날까지 그대로 사용하고 있다.

"코린트까지 밀릴 경우 나라의 운명은 끝이다! 적은 국경에서 무찔러라! 결코 코린트에 적의 발길을 허용해선 안 된다!"

리처드 1세의 유명을 후대 국왕들이 착실히 이행했기 때문에 전국시대를 겪으면서 코린트는 단 한 번도 적의 직접적인 공격을 받아본 적이 없었다.

"더글라스 경, 먼저 부왕께 인사를 올려야 하겠소. 그분이 계신 곳으로 안내를 부탁드리오."

"전하, 송구스럽습니다. 자, 이리로 오시지요."

"경, 전하라니요? 엄연히 부왕께서 살아 계시거늘 말씀이 너무 과하시구려."

그제야 자신에게 계속 전하라는 칭호를 사용하는 더글라스의 말투를 깨닫고 펠트란은 눈살을 찌푸렸다.

"이리로 오시면 알 수 있습니다."

더글라스는 직접적인 대답을 피하고 펠트란을 트로니아 역대 선왕들의 유체가 모셔져 있는 납골당으로 데려갔다.

"더글라스 경, 언제 돌아가셨소?"

착 가라앉은 목소리로 펠트란이 더글라스에게 물었다. 펠트란은 바보가 아니었다. 그는 그가 가는 곳이 역대 열왕(列王)들의 유골이 안치되어 있는 납골당임을 잘 알고 있었다.

"왕자님의 귀환 협상을 위해 로긴스 외무장관이 처음 타키온으로 떠나던 날 운명하셨습니다. 일체의 유언도 없으셨고, 주무시던 모습 그대로 편하게 생을 마치셨습니다."

펠트란은 아무 말 않고 더글라스의 뒤를 따라갔다. 몇 발자국 가지 않아 그의 눈시울이 붉어지며 두 눈에서 눈물이 한 방울 두 방울 떨어지기 시작했다.

"전하, 들어가 보시지요. 선왕께서 기다리고 계십니다."

'불쌍하신 분, 부모님의 사랑도 제대로 받지 못하고……'

납골당 문을 여는 더글라스도, 그 안으로 들어가는 펠트란도 눈물이 앞을 가린다.

한줄기 햇살이 들어와 납골당 내부를 비춰주고 있었다. 열 평 남짓한 납골당 벽에는 역대 열왕들의 명패와 영정이 가지런히 걸려 있었다.

초대 사자왕 리처드 1세부터 27대 선왕 그레고리의 영정까지 모든 선조들의 초상화를 쭉 둘러본 펠트란은 저벅저벅 그레고리의 영정 앞에 가 무릎을 꿇었다.

젊은 시절 영준했던 모습의 그레고리가 초상화 속에서 듬직한 모습으로 펠트란을 내려다본다.

'아버님!'

어린 나이에 제국으로 떠나 아버지의 깊은 사랑을 제대로 받지 못했다. 펠트란의 기억 속에 있는 아버지는 적에게는 엄했지만 가족과 백성들에겐 늘 웃음을 잃지 않는 자상한 국왕이었다.

어려운 시기에 왕좌에 올라 선조들이 일궈놓은 영토를 잃기도 했다. 그러나 그의 목숨을 건 분투가 없었다면 트로니아는 이미 타키온이나 발키아의 수중에 떨어졌을 것이다.

그런 그가 대지의 품으로 영원히 돌아갔다.

"편하게 영면하십시오. 소자, 부족한 점이 많지만 아버님의 얼굴에 먹칠하지 않고 트로니아의 영광과 미래를 위해 최선을 다하겠습니다."

어느덧 차분한 안색을 회복한 펠트란은 깊이 머리 숙여 선왕의 명복을 빌었다.

펠트란이 묵념을 마치고 납골당을 나서려는 순간이었다. 우연히 납골당 안을 비추던 햇살이 리처드 1세의 유골 항아리를 지나며 뭔가 반짝하고 빛났다.

'응, 저게 뭐지?'

문을 열다 말고 펠트란은 고개를 갸웃거리며 유골 항아리가 놓여 있는 곳으로 다가갔다.

회백색 유골 가루 사이에 희미하게 일부분을 드러내고 있는 작은 반지가 하나 있었다.

열왕의 납골당. 평소 찾는 이가 없었던 이곳에 팰트란 왕자가 올 것을 예상한 더글라스는 시종에게 특별히 명을 내려 납골당 내부를 깨끗이 청소시켰다.

조그만 창을 열어놓고 청소를 하던 중, 갑자기 바람이 불어오자 뚜껑이 열리며 공교롭게도 창가 쪽에 있던 리처드 1세의 유골이 돌개바람에 휘날렸다. 그 때문에 유골 단지 밑에 있던 반지가 드러나게 되었다.

"무슨 반진데 이곳에 있지?"

거무튀튀한 반지는 모양이 아름답지도, 영롱한 빛을 발하지도 않았다. 다만 반지 위에 달려 있는 돌기된 부분 끝에 드레곤의 모습이 음각되어 팰트란의 주의를 끌었다.

전설에 드레곤의 이빨이 변해 사람이 되었다는 트로니아인의 유래와, 초대 국왕인 리처드 1세 시절 트로니아의 수호신인 레드 드레곤이 세상에 모습을 드러낸 적이 있었다는 전설이 떠오르며, 팰트란은 별생각없이 그 반지를 손가락에 꼈다.

"허, 기가 막히게 딱 맞네."

맞춤 반지처럼 왼손 중지에 딱 맞는 반지를 보며 팰트란은 탄성을 내질렀다.

밖에서 기다리는 더글라스 생각이 나자 팰트란은 급히 납골당을 나섰다. 바삐 움직이던 그는 손가락에 끼고 있는 반지 끝에서 반짝하며 희미한 빛이 나타났다 사라지는 것을 발견하지 못했다.

"오래 기다리셨소. 자, 갑시다."

"예, 왕자님. 저를 따라오십시오."

대륙력 1766년, 트로니아 왕국의 팰트란 왕자가 8년간의 볼모 생활을 마치고 고국으로 돌아왔다.

The God of War

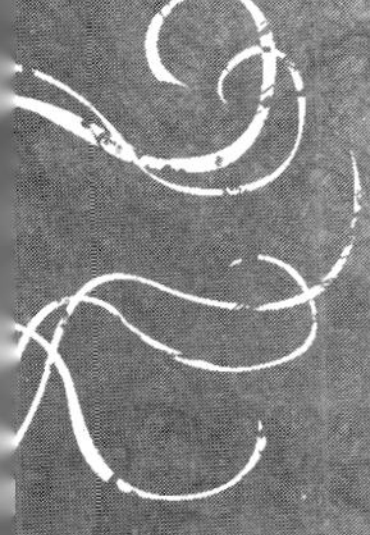

CHAPTER 04

첫 번째 도전(挑戰)

The God of War

　　　　　　펠트란은 코린트에 도착한 후 눈코 뜰 새 없이 바쁜 나날을 지내야 했다. 4일이 지나서야 어머니와 두 여동생을 만날 수 있을 정도였다.

　"전하, 대신들이 다 모였습니다."

　"아, 그래요. 갑시다."

　공석인 선왕을 대신해 신하들과 현안 문제들을 논의하기 위해 어전으로 향했다.

　마치 숫처녀가 첫날밤을 기다리는 마음처럼, 처음 어전회의를 맞이하는 펠트란은 나름대로 초조하기도 하고 긴장되기도 했다.

“전하!”

어전에 들어서자 수많은 신하들이 펠트란에게 머리를 조아리며 한목소리로 인사를 올렸다.

“반갑소이다. 자, 자리에들 앉으시오.”

펠트란은 따갑기 그지없는 시선을 담담히 받아넘기며, 트로니아의 왕으로서 침착하게 첫 번째 어록(?)을 남겼다.

국왕의 자리를 중심으로 좌편엔 하노버 일가의 중신들이, 우편엔 가신 출신의 중신들이 자리를 잡고 있다.

트로니아 왕국의 정치 구조는 크롬 제국의 예를 따라 중앙 집권적 체재를 유지하고 있었다.

일족의 중신들이 주로 자문 기능을 담당했고, 가신 출신의 중신들이 국가의 대소사를 다루었다.

“고생들 많으셨소. 다시 한 번 이 자리를 빌려 그대들에게 감사 인사를 드리오.”

“아닙니다, 전하! 소신들이 무능해서 오늘 이 지경까지 오게 되었으니 전하를 뵐 면목이 없습니다. 무능한 신들을 벌하여 주시옵소서.”

재상 더글라스가 회한에 찬 음성으로 전체 신하들을 대표해 펠트란에게 말을 건넸다.

잠시 장내에 비장한 분위기가 감돈다.

“아니오. 율리시안 대륙의 어느 시대, 어느 나라에 국왕 없이 4년이란 시간을 유지해 온 나라가 있었소? 그대들은 역사에 길이 남을 큰일을 이룬 사람들이오."

"전하!"

"적당한 반성과 겸양은 좋지만 지나친 자학은 좋지 않습니다. 내 부탁드리고 싶은 것은 그대들 손에 이 트로니아의 미래가 있으니, 이전과 같은 자세로 다시 한 번 앞을 향해 나가도록 합시다."

"명심하겠습니다."

대신들은 침착하고 논리 정연한 팰트란의 당부에 마음속으로 흐뭇한 미소를 지으며 일제히 큰 소리로 대답했다.

팰트란은 찬찬히 대신들의 면면을 살펴보았다. 이를 눈치 챈 더글라스가 자리에서 일어나 팰트란에게 대신들을 일일이 소개했다.

좌편에 있는 일가 중신들은 낯익은 사람들이 많았다. 그중 일만 수도 경비군단을 지휘하는 근친 하인츠 장군과 1군 사령관 사칸 장군이 눈에 띈다.

우편의 가신 출신 중신들 가운데에는 재상 더글라스 아라무스를 필두로, 내무장관 한토스, 국방장관 얀드로, 외무장관 로긴스, 재무장관 라이튼, 그리고 감찰원장 마키아벨이 중요 요직의 인물들이었다.

왕국의 일반 행정 사항은 재상의 주도하에 가신 출신 중신들이 모여 국사를 처리했고, 전쟁 및 국가의 비상사태가 발생했을 때에는 오늘처럼 일가 중신들까지 모두 모여 회의를 했다.

감찰원장이라는 자리가 특이했는데, 이는 왕실 직속 기관으로 관리들의 부정부패나 탐관오리를 감찰, 처벌하는 기능을 갖고 있었다.

이들의 감찰 결과는 어느 누구도 거치지 않고 국왕에게 직접 보고되었다.

트로니아가 국왕의 부재중에도 국정을 잘 운영할 수 있었던 배경에는 이들 감찰원의 역할이 적지 않게 작용했다.

"자, 그럼 회의를 시작하도록 합시다. 더글라스 경!"

"음, 오늘은 전하의 첫 번째 어전회의이니 전하의 국왕 즉위식과 관련된 사항만 논의토록 하겠습니다."

"선왕께서 서거하신 지 이미 3개월이 지났고, 펠트란 전하께서 귀국을 하셨으니 곧바로 왕위에 오르서야 할 것으로 여겨집니다."

더글라스의 의제 발언에 외무장관 로긴스가 즉각적인 왕위 즉위를 주장했다.

공석인 자리에 정통 후계자가 돌아왔으니, 여타 제신들도 그의 주장에 아무런 이의가 있을 수 없었다.

"그럼 다음으로, 즉위식은 언제 거행하는 것이 좋겠습니까?"

"칼리언의 신전에도 다녀오셔야 하고, 각국에 사절단도 보내야 합니다. 기타 준비할 다른 부분도 많으니 내년 5월경이 어떨까 합니다."

"로긴스 경, 아니 그럼 내년 5월까지 즉위식을 늦추자는 것이오? 시국이 시국이니만큼 칼리언의 신전에 다녀오는 대로 바로 즉위식을 거행하는 것이 좋을 것 같소."

"하인츠님, 일국의 왕위 즉위식인데 아무리 빨리 치른다 해도 서너 달의 시간은 필요합니다. 선왕께서 오랜 시간 백성들 앞에 모습을 나타내질 않으셨는데, 이번 기회를 통해 대내외에 널리 트로니아 왕실의 건재를 알려야 합니다. 그러기 위해서는 내년 5월이 가장 적합합니다."

딱 잘라서 말하는 로긴스를 보며, 트로니아의 대표적 다혈질인 하인츠 장군이 얼굴을 붉히며 로긴스에게 크게 소리쳤다.

"젠장, 확정된 것도 아닌데 그렇게 단정 짓지 마시오."

"단정이 아니라 그럴 수밖에 없으니 하는 말입니다."

"로긴스, 당신 말이야, 외무장관이 됐다고 너무 잘난 척하는데, 그래, 당신이 말하는 외교해서 우리가 득 본 것이 뭐가 있나? 응? 있으면 말해봐! 트로니아는 우리끼리 알아서 하면 돼!"

"그러니까 우리가 매일 촌놈 취급당하며 자꾸 고립되는 겁니다, 하인츠님!"

"뭐야? 이놈! 정말 많이 컸구나!"

"말조심하십쇼, 하인츠님! 같이 늙어가는 처지에 이놈 저놈 하지 맙시다. 이놈이 뭡니까, 이놈이!”

와당탕!

“아니, 저놈이 정말! 야, 로긴스!”

“로긴스 죽지 않았습니다. 조용히 말씀하셔도 됩니다.”

의자를 밀치고 벌떡 일어나 로긴스를 손가락질하며 하인츠가 고성을 질렀고, 로긴스는 이에 아랑곳 않고 뉘 집 개가 짓는 양 딴청을 피웠다.

“고정하세요, 하인츠님!”

“로긴스 경, 그대가 참으시오.”

“그런데 내가 보기에 하인츠님 말대로 당장 거행하는 게 좋을 듯한데…….”

“허어, 전하께서 돌아오셨는데 정식으로 왕위 즉위식을 치러야지요. 언제까지 무식하게 그럴 겁니까?”

“뭐야? 무식하다고? 야, 너, 정말 말 다했어?”

“아직 할 말이 많지만 그만 하겠소.”

주의의 대신들이 두 사람을 뜯어말리며 갑론을박 자신들의 의견을 개진하다 새로운 다툼을 벌인다.

펠트란은 담담한 표정으로 그들이 하는 양을 지켜보고 있었다.

쾅!

노구의 더글라스가 탁자를 내려쳤다. 순간 떠들썩했던 어전이 조용해졌다.

크게 한숨을 내쉬며 더글라스가 팰트란을 보았다.

"죄송합니다, 전하! 이자들이 너무 주군 없이 지내다 보니 이 같은 망동을 일삼게 되었습니다. 소인의 무능을 책해주시기 바랍니다."

"흠, 흠, 허엄!"

더글라스의 말에 자리에 앉아 있던 대신들이 헛기침을 내뱉으며 얼굴을 붉힌다.

전쟁에 나가 전투에 임하면 누구보다 죽이 잘 맞는 이들이었다. 별다른 작전이 필요없을 정도로 조화를 잘 이루었다.

소국 트로니아와 대결을 벌이는 적들은 트로니아 인들의 이 같은 점을 가장 두려워했다.

그런데 탁자에만 앉으면 이 모양이다. 그것도 하루 이틀이 아니었다. 더글라스가 국정을 대행한 4년 내내 이 모양이었다.

'에이고, 힘들구나!'

오늘도 늘어가는 주름살을 만지며 한숨만 연신 내쉬는 더글라스였다.

회의 결론은 간단하게 도출되었다. 팰트란은 오늘부터 왕의 자리에 올라 트로니아를 다스리기로 했다.

그리고 즉위식은 내년 봄 주변국들에게 정식 사절을 보낸 후 거행키로 했다.

팰트란은 오늘 어전회의를 지켜보며 참 재미있는 신하들

과 함께 정국을 운영해 나가게 되었다고 생각했다.

신분 고하를 막론하고 싸우는 모습에 상하 관계가 문란한 듯하지만, 납득할 만한 설명을 들으면 양보도 빠르고 결론은 더 신속하다.

쉽게 설명하자면, 결론이 나면 아무런 반발 없이 따라가도, 그전에 죽어도 내가 할 말은 다 한다는 트로니아 인들의 한 단면을 적나라하게 보여주었다.

트로니아에 귀국 후 첫 어전회의를 주재한 팰트란이 회의를 끝내려고 막 입을 열 때였다. 그때 그것을 가로막듯 어전의 문이 벌컥 열리며 근위대장 브라이언이 뛰어들어 왔다.

“전하, 큰일 났습니다!”

크게 외치는 그의 말투에는 엄숙한 분위기의 어전에 어울리지 않는 각박함이 담겨 있었다.

평소 누구보다 냉정하기 그지없는 근위대장이 이리 놀랄 정도이니 보통 일이 아닐 것이다.

팰트란은 놀란 표정으로 근위대장 브라이언과 그 곁에 숨을 헐떡이고 있는 국경수비대 복장의 병사를 바라보았다.

먼 거리를 쉬지 않고 달려온 듯, 온몸이 먼지와 땀으로 뒤범벅이 된 병사는 근심 가득한 얼굴로 고개를 폭 숙이고 있었다.

“근위대장, 전하께서 계신데 이 무슨 망동(妄動)이란…….”

“하인츠 장군, 잠깐만요. 근위대장, 무슨 일이오?”

펠트란은 급히 손을 들어 근위대장을 나무라는 하인츠의 입을 가로막았다.

"이 병사는 사르탄 요새에서 파견한 전령입니다."

병사가 고갤 들고 펠트란에게 예를 표했다.

"전하, 지금 발키아 군이 사르탄 요새에 대한 대대적인 공세를 취하고 있답니다."

"사르탄 요새에 대한 공세를?"

펠트란은 놀람보다는 의아함을 느끼며 사르탄 요새에서 달려온 전령을 바라보았다.

"어찌 된 일이냐?"

"전령은 똑바로 대답해야 한다. 혹시 그놈들의 군사 훈련에 놀란 것이 아니냐?"

펠트란의 질문에 이어 하인츠가 병사를 다그쳤다.

"아닙니다, 장군님! 이미 전방 초소 네 곳이 적에게 점령당한 상태입니다!"

전령이 헐떡거리는 목소리로 간략하게 현재의 상황을 보고했다.

트로니아, 발트, 베링 삼국 사이에는 삼국동맹이 체결되어 있어 어느 일 국이 제국의 공격을 받으면 나머지 두 개 국은 자동으로 개입하게 되어 있다.

사르탄 요새는 발키아 지역을 한눈에 내려볼 수 있는 고지에 설치되어 있었다. 발키아 군의 움직임을 가장 빨리 확인할 수 있는 곳이기도 했다.

왕자의 귀환 협상이 시작될 무렵부터 그 지역에서 발키아 군의 빈번한 군사 훈련이 있었다.

사르탄 요새 병사들은 당연히 눈에 불을 켜고 그들의 움직임을 지켜보았다. 여차하면 동맹국의 참전을 유도할 수 있도록 말이다.

걱정했던 것과 달리 한 번, 두 번 아무 일 없이 단순한 훈련으로 끝나자, 사르탄 요새 수비병들의 경계는 자연스레 느슨해졌다.

그러다 얼마 전 왕자의 귀환으로 들떠 있는 시점을 틈타, 발키아 군은 훈련이 아닌 실전에 돌입해 사르탄 요새에 대한 공세를 시작한 것이다.

"이런 쳐 죽일 놈들을 봤나! 남의 경사를 틈타 공격을 가해?"

"허어, 이런 어처구니없는 일을 보았나."

"내 이놈들을 당장에!"

어느 사이 모여든 트로니아의 주요 인물들이 분개하며 소리쳤다.

"전하, 아무리 발키아가 무도하기로서니 선전포고도 없이 우리나라를 공격한다는 것은 뭔가 이상합니다."

난리를 치는 중신들과 달리 외무장관 로긴스는 고개를 갸웃거리며 펠트란에게 다가와 소곤거린다.

"나도 그 점이 이상하구려."

로긴스의 말에 팰트란도 고개를 끄덕였다.

국가 간의 전쟁에는 관례란 것이 있다. 선전포고는 기본이고, 심지어 타국 왕실에 경사(慶事)나 조사(弔辭)가 있을 경우, 설령 교전 중이어도 전쟁을 멈추는 사례가 있을 정도다.

팰트란과 로긴스는 발키아와 같은 대제국이 이런 외교상의 관례를 무시하고, 스스로 자신의 위상을 격하시키는 행동이 이해가 가지 않았다.

'발키아의 행동이 앞뒤가 맞지 않는데, 그렇다고 사르탄 요새의 전령이 잘못 보고를 할 리도 없고 말이야. 음!'

잠시 생각에 잠겼던 팰트란이 어금니를 꽉 깨물며 로긴스에게 명령을 내렸다.

"이해가 가진 않지만, 사르탄 요새의 전령이 거짓말을 하는 것은 아닌 것 같소. 로긴스 장관!"

"예, 전하!"

팰트란은 내막이 어찌 되었던 눈앞에서 벌어지는 일을 수수방관할 순 없었다.

국왕 자리에 오른 후 팰트란은 이제 의견을 개진하는 입장이 아니라, 판단하고 결정하고 명령을 내리는 입장에 있었다.

"즉시 발트와 베링 양국에 사절을 파견하도록 하시오."

"알겠습니다."

"얀드로 장관, 그대는 전군 비상령을 선포하고, 특히 각 지역의 수비 주둔군에게 나의 명령이 있기 전까지 절대 현 위치를 떠나지 말도록 명령을 내리시오."

"분부 받들겠습니다."

"그리고 국경에서 들어오는 정보를 토대로 예비군단의 향배를 정해주시오."

"알겠습니다."

국방장관 얀드로가 큰 소리로 복명한다.

"하인츠 장군의 수도 경비군단과 사칸의 1군단은 출발 준비가 완료되는 대로 가장 빠른 속도로 사르탄 요새로 달려오도록."

"알겠습니다, 전하!"

"근위대장!"

"예, 전하!"

"근위대에 선봉을 명하오. 지금 즉시 떠날 것이니 준비를 갖추도록 하시오."

더글라스를 비롯한 대신들의 얼굴에 감탄의 빛이 떠오른다.

상황을 판단하고 명료하게 명령을 내리는 모습이, 오늘 처음 어전회의를 주재한 사람같이 보이지 않았다.

하나를 보면 열을 알 수 있다는 옛말처럼, 뭔가 범상치 않은 펠트란의 모습에 위급한 상황에 처했다는 것을 잊을 정도였다.

"전하, 그런데 지금 즉시 떠날 것이라니, 무슨 말씀이신지요?"

"더글라스 재상, 트로니아의 국경 요새가 위험에 처했는데 당연히 국왕인 내가 직접 가봐야 하지 않겠소?"

"아니 될 말씀입니다."

"재상 각하의 말씀이 맞습니다."

"아직 그곳의 정확한 상황도 모르는데 직접 출정하셨다 만에 하나 위험한 일이라도 발생한다면 큰일이 아닐 수 없습니다. 재고하시는 게 좋을 것 같습니다."

더글라스의 말을 필두로 모든 대신들이 반대 의견을 개진한다. 심지어 사르탄 요새에서 달려온 병사도 고개를 가로저으며 팰트란의 출전을 반대했다.

"그만 되었소. 위험이 두려워 출정하지 못한다면 이 세상에서 아무 일도 할 수 없다는 말이 되오. 우리가 하는 일 가운데 위험하지 않은 일이 무엇이 있겠소? 길을 걷다 마른벼락에 맞아 죽을 수도 있고, 우마차에 깔려 죽을 수도 있소. 화재가 발상해 타 죽을 수도 있고, 갑자기 홍수가 발생해 물에 빠져 죽을 수도 있소."

"전하, 그건 비약이 너무……."

"이제 그만. 내가 이미 결정을 내렸으니 더 이상 이 문제를 거론하지 마시오."

"전하!"

"촉각을 다투는 일이라 그대들과 논의를 벌일 시간이 없
소. 지금부터 국왕의 명을 거역하는 사람은 국법으로 다스릴
것이오."

더글라스와 로긴스가 펠트란의 출정을 반대하려다 추상같
은 펠트란의 경고에 어쩔 수 없이 입을 다문다.

대신들은 순하고 어수룩해 보이던 펠트란의 또 다른 일면
을 보고 놀랐다. 자신의 뜻을 분명히 밝히고, 강단이 분명한
것이 결코 녹록지 않은 군왕이라는 것을 알 수 있었다.

발키아 군의 공격도 전격적으로 이루어졌지만, 펠트란의
원군은 더 전격적으로 진행되었다. 어전회의가 끝난 직후 펠
트란은 무장을 갖추고 왕실 근위대를 찾았다.

커다란 덩치에 트로니아 왕실의 레드 드레곤 문양이 가
슴에 박힌 검은 갑옷을 입고, 뾰족한 가시가 박힌 투구에
붉은 망토를 두른 펠트란의 모습은 마치 전신(戰神)과 같았
다.

"와아!"

국왕을 기다리던 근위병들이 펠트란의 모습을 보고 자신
도 모르게 감탄을 터뜨린다.

"전하, 출진 준비가 끝났습니다."

"음, 좋소. 출발토록 합시다."

군더더기 없이 펠트란은 즉각 출발 명령을 하달했다. 그는

이번 작전에서 가장 중요한 핵심은 적이 예측하지 못한 시간 내에 도달하는 것이라 보았다.

500기의 기병과 1,500명의 보병으로 구성된 근위대 병사들은, 최대한 가벼운 차림으로 출발하라는 펠트란의 명령에 따라 4~5일분의 식량과 기본 무장만 갖춘 채 국경으로 향했다.

이번 근위대 병력의 출전은 트로니아 왕국이 건국된 이후 두 번째였다. 또 재미있는 것은 그 두 번이 펠트란과 그의 부친 그레고리에 의해 결정되었다는 것이다.

왕실의 권위와 국왕의 권위를 상징하는 근위대인지라, 근위병은 여타 부대에 비해 병사들의 자질도 우수했고, 훈련 양도 상대적으로 많았다.

훈련 양은 군기와 비례하기 때문에 어떤 면에서 보면 트로니아에서 가장 군기가 잘 확립된 부대는 바로 근위대였다.

이상한 것은 이런 우수한 자질의 근위병을 어느 국왕도, 심지어 근위병을 창시한 사자왕 리처드 1세도 이들을 전선에 동원할 생각은 하지 않았다.

이런 근위대를 그레고리 국왕은 전력의 열세를 극복하기 위해, 갓 왕위에 오른 펠트란은 효율성과 합리성에 입각해 근위대를 출전시켰다.

그는 코린트 왕궁에 주둔하고 있는 근위대가 가장 전선에 빠르게 투입할 수 있고, 소수의 병력으로 큰 위력을 발휘할 수 있는 부대라고 보았다.

이론에 비해 실전 경험이 전무한 펠트란이었지만, 그는 이번 문제를 해결하기 위해 대해 두 가지 점에 유의했다.

하나는 적시에 국경 요새에 도착해야 한다는 것이었다. 이를 위해 무엇보다 몸을 가볍게 만들어 행군 속도를 높여야 했다.

통상 국경 요새에는 장기간 농성할 수 있는 식량과 무기가 준비되어 있고, 특히 얼마 전에 하절 수확을 마친 상태여서 먹을 것은 풍부했다.

또 다른 하나는, 아무리 생각을 해봐도 발키아 제국이 아무 선전포고 없이 트로니아를 칠 리가 없다는 것이다. 뭔가 자신이 모르는 내막이 있을 것이라 생각했다.

기습 공격이 좋다는 건 세상이 다 아는 사실이지만, 역으로 자신도 늘 기습 공격의 대상이 될 수 있기 때문에 국가 간에는 일정한 룰이 있다.

이런 관점에서 펠트란은 이번 발키아 군의 정체에 대해 깊은 의문을 갖고 있었다. 무엇보다 요새를 적에게 넘겨서는 안 된다는 생각이 들었다.

"힘든가?"

"아닙니다, 전하!"

"그래야지. 우리가 어려움에 처해 있다면 그들도 우리처럼 달려와 줄 것이다."

하루에도 몇 차례 펠트란은 선두와 후미를 오가며 뒤에 처진 병사들에게 힘과 용기를 북돋아주었다.

펠트란은 코린트를 출발한 이후 병사들과 똑같은 조건에서 강행군을 했다.

같은 음식을 먹고 같은 장소에서 잠을 잤다. 그가 국왕이라고 누린 혜택은 호위무사 한 명과 시종 한 명이 별도로 그를 보필한다는 단 한 가지였다.

펠트란은 국경 요새에 도착하는 시간을 단축하기 위해 강행군을 지시했다.

보통 트로니아의 중장보병들은 출진하게 되면 보름치의 식량과 무구를 지니게 되는데, 이를 다하면 대략 40kg의 무게가 된다.

이 상태에서 강행군을 하게 되면 하루 열 시간씩 45km를 행군하는 것이 트로니아 군의 강행군 속도였다.

율리시안 대륙에 있는 어떤 나라의 군대도 트로니아 군의 강행군 속도를 따라오지 못했다.

트로니아 인과 체형이 비슷한 팔랑가스 제국군 역시 하루 일곱 시간씩 30km를 강행군하는 것이 최대 속도였다.

펠트란은 이미 언급한 대로, 병사들의 군장 무게를 대폭 줄임으로써 동일한 시간에 55km를 주파할 수 있게 했다.

코린트를 떠난 지 사흘째 되는 날, 펠트란과 근위대 병력은 사르탄 요새에서 하루 반 남짓 떨어진 지역에 도착했다.

"전하, 매튜입니다."

"무슨 일인가?"

"사르탄 요새와 코린트에서 사람이 왔습니다."

"그래? 들라 이르라."

숙영지에 있는 펠트란의 군막에 사르탄 요새의 젊은 장교 한 명과 외무장관 로긴스가 들어왔다.

"앗, 로긴스 장관! 그대가 직접 올 줄은 몰랐소."

"전하도 가시는데 신하인 제가 못 갈 곳이 어디 있겠습니까?"

"하하하, 그래요. 자, 앉으시오. 사르탄의 장교, 그대도 앉게."

"감사합니다, 전하!"

"우선 사르탄 요새의 상황을 듣겠소."

자신을 에드문드라고 밝힌 장교는 먼 길을 달려오느라 온몸이 뿌옇게 변해 있었지만, 차분한 음성으로 명료하게 사르탄 요새의 상황을 설명했다.

"총 5만 명의 군세에서 3만이 이탈하고 2만 병력만 사르탄 요새를 공격하려 한다고?"

"예. 처음 사르탄 요새 방면으로 진군하던 발키아 병력은 5만이 틀림없었습니다. 한데 다음날 갑자기 3만이 이탈해 발키아 방향으로 길을 바꾸었습니다."

"내 생각대로 발키아 군 내부에 뭔가 변고가 생긴 모양이로구나.”

펠트란은 거의 단정 짓다시피 말을 내뱉었다.

“맞습니다, 전하!”

“로긴스 장관, 무슨 말이오?”

“전하께서 출전하신 다음날, 발키아 제국 정부에서 사신이 달려왔습니다.”

“발키아의 사신이 말이오?”

“사르탄 요새를 공격하는 발키아 군은 반란군 세력으로 이번 일은 제국 정부와 무관하다는 내용을 전달했습니다.”

“어떻게 된 일이오?”

발키아 제국에서 발생한 황제 암살 사건의 주범으로 알려진 2황자는 이미 체포되어 처형되었으나, 2황자의 측근으로 국경 지역에서 병력을 양성하고 있던 지방 호족 소렌티노 장군이 반란을 일으켰다.

그는 자신을 체포하러 온 정부의 사자를 베어 죽이고 휘하 5만 병력을 이끌고 반란을 일으켰다.

“아, 발키아 군이 왜 국경 지역에서 대규모 군사 훈련을 계속 진행했는지 의아했는데, 그런 이유가 있었군요.”

젊은 장교 에드문드가 고개를 끄덕이며 중얼거렸다.

“그런데 그의 휘하 장수 가운데 몇몇이 소렌티노의 반란에 반대하며 반군 진영을 떠났다고 합니다.”

“쯧쯧, 한심하긴. 그렇다면 그 수가 3만에 달하는 이탈 병력이겠구려."

"맞습니다."

"그들 반군이 발키아 제국군이 아니라니 다행이라는 생각이 들지만, 하필 그들이 우리 트로니아를 공격하려는지 화가 나는구려."

펠트란은 노한 표정으로 소릴 치더니 로긴스를 바라보았다.

"로긴스 장관, 그런데 소렌티노가 왜 트로니아를 공격하게 된 것이오?"

"당초 소렌티노의 계획은 2황자의 거사에 호응해 수도로 진격하는 것이었는데, 일이 틀어지자 공격의 화살을 트로니아로 바꿔 양국 국경 지대에 자신의 근거지를 마련하려는 모양입니다."

"음, 이제야 전후 사정이 분명해지는구려. 교활한 발키아 놈들 같으니."

"예?"

"아마 소렌티노란 자를 발키아 정부에서 꼬드겼을 가능성이 클 것이오."

'자신들이 직접 피를 흘려가며 소렌티노를 토벌하느니, 차라리 트로니아의 손을 빌어 그를 처리하는 것이 더 좋겠다고 생각했겠지.'

"듣고 보니 전하의 말씀이 맞는 것 같습니다."

무슨 뜻인지 아직 이해를 못하는 로긴스에 비해, 사르탄 요새의 젊은 장교 에드문드는 대번 팰트란의 말뜻을 이해하고 동의를 표한다.

'흐음, 쓸 만한 자로구나!'

팰트란은 재기가 넘치는 젊은 장교 에드문드를 눈여겨보았다.

날이 밝기 전에 행군을 시작한 팰트란은 사르탄 요새에서 5km 떨어진 곳까지 접근했다. 명령이 떨어지면 곧 전투를 전개할 수 있는 위치였다.

소렌티노의 발키아 반군은 팰트란의 원군이 요새 인근에 도착했음을 전혀 모르고 있었다.

이 강시 소렌티노 장군은 트로니아의 원군이 오려면 적어도 일주일 이상은 걸릴 것으로 예상했다.

소렌티노는 발키아, 트로니아 양국 국경을 모두 아우를 수 있는 사르탄 요새를 점령한 후 그곳에 독자적인 세력권을 형성하려 했다.

발키아와 트로니아의 역학적인 관계를 적절히 이용하면, 그의 계획이 불가능한 목표는 아니었다.

사르탄 요새에서는 팰트란이 도착하기 하루 전부터 양측의 공방전이 시작되어 격렬하게 전투가 진행되고 있었다.

팰트란은 직접 척후대를 이끌고 쌍방의 공성전을 지켜보았다.

"허어, 요새가 고지에 있지 않았다면 하루를 버티기 어려웠겠구나."

병력의 열세에도 불구하고 사르탄 요새 수비병들은 선전을 다하고 있었다. 하지만 사르탄 요새는 석재로 쌓아올린 석성이 아니고, 통나무에 진흙을 발라 만든 목성이었다.

투석기를 이용해 불덩어리를 쏘아대는 소렌티노 군의 공격에 성벽 곳곳에 불이 붙어 검은 연기를 내뿜고 있었다. 팰트란이 보기에 이런 상태라면 3일을 넘기기 어려워 보였다.

"근위대장, 휘하 장교들을 지휘 막사로 소집하시오."

"알겠습니다."

전황을 살피고 돌아온 팰트란은 근위대 장교들을 지휘 막사로 소집했다. 총 25명의 장교가 한자리에 모였다.

팰트란은 오늘 척후 활동을 통해 보았던 쌍방의 정황을 자세히 들려주었다.

"적은 다수고, 우리는 소수다. 적의 약점을 정확히 찾아 기습 공격을 가하지 않는다면 우리는 도리어 위험에 처할 수 있다."

팰트란은 사르탄 요새를 남쪽으로 우회해 적의 배후를 공격하기로 했다. 가장 간단하면서 커다란 효과를 볼 수 있는 작전이었다.

"적이 후방에 있을지도 모릅니다."

"그럴지도 모르오. 하지만 여기서 시간을 더 지체하면 사르탄 요새가 위험하오. 그렇다고 2천 병력으로 소렌티노 군의 2만 대군을 상대할 수도 없고 말이오."

브라이언의 염려에 팰트란은 고개를 가로저으며 부정적인 입장을 나타냈다.

"신중해야 하는 건 잘 알지만, 어떤 때는 단순하게 접근하는 것도 의외의 효과를 볼 때가 있소."

별다른 의견이 없는 지휘관들은 단순명료한 팰트란의 작전에 따르기로 결정했다.

다음날, 팰트란과 2천 명의 근위병은 사르탄 요새를 남하해 역으로 발키아 국경을 넘었다.

황금빛 물결로 변해가는 발키아의 평야가 널리 펼쳐져 있다. 그 지역을 지나며 팰트란은 인구에 비해 초지가 많은 발키아가 내심 부럽기만 했다.

"좋은 토지구려."

"예. 그런데 발키아 놈들은 하도 배가 불러 이런 곳을 그대로 내버려 두고 있으니 원."

"나는 필요없지만 너에게는 절대 주지 않겠다! 그게 열강 제국들의 습성 아니겠소?"

"이곳에서 서쪽으로 나아가면 발키아의 타부록 성이 있습니다. 이전에는 그 성 근처까지 모두 트로니아의 영토였지요."

“언젠가는 반드시 수복할 것이오.”

팰트란은 로긴스와 이런저런 말을 주고받으며 근위대와 함께 소렌티노 군의 후미를 공격하기 위해 북상하기 시작했다.

척후대의 정찰 결과, 예상대로 국경선 주위에 발키아 제국군의 모습은 전혀 보이지 않았다. 보나마나 일정 범위를 정해놓고 서로 침범하지 않기로 했을 것이다.

'하하, 내 생각이 맞았구나. 하지만 이것 때문에 나에게 덜미를 잡힐 것이다.'

팰트란은 속으로 쾌재를 불렀다.

훗날 사르탄 전투로 기록된 이 전투는 너무도 기막히게 트로니아 쪽으로 행운이 집중되었다. 하나부터 열까지 팰트란이 의도했던 대로 적이 척척 따라줬으니 말이다.

팰트란은 전열을 가다듬으며 해가 중천에 떠오르길 기다렸다.

단 한 번의 공격으로 적에게 결정타를 먹여야 한다. 그렇지 않으면 사르탄 요새는 물론 팰트란 자신의 생명도 위험해질 수 있었다.

“전원 공격하라!”

팰트란의 공격 명령이 하달되었다.

두두두! 두두두!

오백 기의 기병대가 먼저 적진을 향해 달리기 시작했다. 지

축을 뒤흔드는 말발굽 소리와 뿌연 먼지가 온 대지를 뒤덮는
다.

달리는 기병대의 중심에 팰트란이 있었다.

"전하에게 뒤지면 안 된다!"

근위대 기병들은 팰트란의 참전에 한껏 고무되어 무서운
속도로 달려갔다.

"엉? 이게 무슨 소리야?"

"앗, 후방에 정체 모를 기병대가 나타났다!"

"기병이라고? 무슨 소리야?"

영문을 모르는 후미의 소렌티노 병사들이 어안이 벙벙해
멍한 채 달려오는 팰트란의 원군을 바라보고 있었다.

휙! 휙! 휙!

트로니아의 근위대 기병들이 흔들거리는 마상에서 화살을
발사한다. 기병이 많진 않지만 능력에서는 타국 기병에 전혀
뒤떨어지지 않는다.

쉬이이익! 퍼억!

"끄으윽!"

점선으로 대기를 가르며 날아온 화살이 병사의 목덜미를
파고들자, 그 병사는 고통스런 비명을 지르며 앞으로 고꾸라
진다.

푸욱! 파악!

"크악!"

"적이다! 적이… 캐액!"

순식간에 200~300명의 병사가 동일한 공격을 받고 쓰러졌다.

"악! 후방에 적이다!"

"적이 나타났다."

그제야 놀란 소렌티노의 병사들이 아우성을 친다.

"저런 나쁜 놈들, 우릴 공격하지 않기로 해놓고!"

가장 좌측 진영에 있던 소렌티노가 병사들의 아우성치는 모습을 보고 화를 벌컥 냈다.

"장군님, 저들은 발키아 정규군이 아닙니다. 트로니아 군입니다."

"뭐라고? 트로니아 군이라고? 어떻게 그들이 우리 배후에서 나타난단 말이냐?"

"그건 저도 잘 모르겠지만 트로니아 군이 틀림없습니다."

소렌티노는 부관의 답변에 영문을 모르겠다는 듯 멍한 표정으로 후미에 곧 들이닥칠 팰트란의 트로니아 군을 바라보았다.

"저들은 정면 공격밖에 모르는데 어떻게 이런……."

숫자나 전력에 상관없이 늘 정면 승부를 해오는 트로니아 군이 이런 기습 공격을 감행할 줄은 꿈에도 생각하지 못했다.

소렌티노 군에게 전혀 예상하지 못했던 일이 발생했다. 남에서 북으로 두터운 포위망을 구축한 채 사르탄 요새를 공격하던 소렌티노 군은, 난데없이 나타난 트로니아 군의 공격에 혼비백산했다.

두두두! 두두두!

"공격하라! 공격하라! 승리는 우리의 것이다!"

펠트란은 달리는 말에 박차를 가하며 큰 소리로 외쳤다.

첫 출전에 첫 전투!

거친 숨을 헉헉 몰아쉬며 달리는 말 근육의 경련이 펠트란의 허벅지에 그대로 전달된다.

툭툭 꿈틀거리는 말의 경련, 휙휙 귓가를 스치는 바람 소리, 쉭쉭 화살이 만들어내는 파공음이 펠트란을 무아지경으로 인도했다.

"후웃! 후웃!"

일정 거리에 도달한 펠트란은 단창을 손에 쥐고 거친 호흡을 진정시켰다.

"이얏!"

쉬익! 퍼걱!

"크아악!"

잔뜩 힘이 들어간 단창이 펠트란의 손아귀를 떠났다. 1m를 조금 넘는 트로니아의 단창은 허공을 가르며 날아가더니, 놀란 표정으로 말과 함께 달려오는 자신을 바라보던 소렌티노 군 장교의 미간을 강타했다.

그 장교의 머리가 터지며 검붉은 뇌수가 허공에 비산했다.

평소 같았으면 욕지거리가 나올 광경이었으나, 여기는 삶과 죽음이 오가는 전쟁터였다.

두두두! 두두두!

"트로니아의 영광을 위하여!"

팰트란은 힘차게 검을 뽑아 들고 커다란 소리를 지르며 적진영으로 돌진했다.

말과 함께 달려드는 자신을 보고 적병이 눈을 동그랗게 뜨고 뭐라 소리쳤으나, 그의 귀에는 아무것도 들리지 않았다.

사가각! 서걱!

콰다당!

"크윽!"

팰트란의 검이 허공을 갈랐다. 그의 검에 걸린 적병들의 살과 뼈가 갈리며 섬뜩한 비명이 터져 나왔다.

동시에 육중한 전마에 부딪친 병사가 입에서 피분수를 내뿜으며 좌우로 나뒹굴었다. 중장갑을 입힌 말 역시 전차와 같은 위력을 발휘한다.

"물러서지 마라! 물러서지 마… 커억!"

히히힝! 히히힝!

"으악! 밀지 마! 살려줘!"

"끄으윽!"

갑작스런 공격에 당황한 적병들이 서로 살기 위해 밀고, 밀리며 넘어진다. 한번 넘어진 병사는 절대 일어날 수 없었다.

그는 동료들의 발에 밟혀 육신이 너덜너덜해진 채 비참하게 목숨을 잃었다.

좌에서 우로, 우에서 좌로 펠트란과 500기병은 놀라 당황하는 적진을 제집 드나들 듯 드나들며 그들을 유린했다.

오래지 않아 소렌티노 군의 대열은 중앙에서부터 완전히 좌우로 분열되었다.

스가각!

"커헉!"

창을 들고 있던 팔이 잘리며, 또 한 차례의 피분수가 솟구친다. 팔과 함께 동맥이 잘린 병사는 살려달라고 애원했지만, 그를 찾아온 것은 싸늘한 트로니아 군의 검이었다.

푸욱!

"우욱!"

"전하를 보호하라!"

"목숨을 바쳐서라도 전하를 지켜야 한다!"

펠트란을 호위하는 근위대 기병들 역시 젖 먹던 힘을 다해 적을 공격하며 펠트란의 주위를 바짝 뒤따랐다.

"으아악!"

귀가 떨어져 나갈 정도로 커다란 비명 소리가 터지며 왼쪽에 있던 근위기병 한 명이 말 위에서 떨어져 내렸다.

펠트란은 이를 보고 무의식적으로 왼손에 들고 있던 방패를 높이 치켜들었다.

캉! 캉! 챙!

연속해서 세 차례 강한 쇠 울림 소리와 함께 묵직한 충격이 전해졌다.

"트로니아의 개! 나 스푸리오의 검을 받아라!"

금색 갑옷에 화려한 전포(戰袍)를 입은 50대의 장군이 좌측에 있던 근위기병을 죽이고 팰트란을 공격했다.

스푸리오 오스카!

트로니아 병사들에겐 이름이 그다지 알려져 있지 않지만, 타키온 제국군 병사들에겐 공포의 대명사로 알려져 있는 발키아의 장군이었다.

남부 국경 지대에서 활약하고 있던 그가 왜 소렌티노 휘하에서 활약하고 있는지는 모르지만, 대외적으로 소렌티노보다 더 인지도가 높은 장군이었다.

"스푸리온지 스푸린턴지는 내 알 바 아니다만, 주둥이가 상당히 거칠구나!"

"뭐라고? 이 애송이 놈이!"

둘 다 상대의 정체에 대해 자세히 몰랐다. 만일 알았다면 나름대로 예의를 갖춘 결투가 진행되었을 것이다.

챙! 챙! 캉! 챙!

히히힝! 히힝!

말과 혼연일체가 된 팰트란과 스푸리오는 아무것도 의식하지 않고 상대의 움직임과 눈빛만 바라보며 검을 겨뤘다.

쉬익! 쉬익!

챙! 챙!

대기를 가르는 날카로운 파공음과 검과 검이 부딪치며 내뿜는 불꽃이 두 사람의 격렬한 전투를 증명하고 있었다.

"으윽!"

"으음!"

펠트란의 검에 옆구리를 베인 스푸리오의 입에서 묵직한 비명이 튀어나온 반면, 펠트란은 방패를 들고 있는 왼 팔뚝에 가벼운 찰과상을 입었다.

경험과 기교에서 스푸리오가 한 수 위였지만 결정적인 찬스를 잡지 못했고, 시간이 지나면서 뚝심에서 젊은 피의 펠트란에게 밀렸다.

처음에 날카롭게 공격을 가하던 스푸리오의 안색에 당황한 기색이 서리며 점점 검의 예기(銳氣)가 무뎌진다. 게다가 허리 상처에서 흘러나오는 출혈 역시 멈추질 않으며 그의 피로를 가중시켰다.

'어린 놈이 대단하구나!'

스푸리오는 끊임없이 새로운 무장들을 배출해 내는 트로니아가 한편으론 무척 부러웠다. 죽여도 죽여도 또 훌륭한 무장이 탄생한다.

무아지경에 빠진 펠트란은 아무 생각이 없었다. 오직 눈앞에 있는 무장의 목숨을 빨리 거둬야 한다는 생각이 그를 지배하고 있었다.

"와아아! 와아!"

그때 두 사람의 귀에 멀리서 커다란 함성이 들려왔다. 팰트란과 스푸리오는 결투를 벌이던 와중에 힐끔 고갤 돌려 소리의 진원지를 확인했다.

"이런, 젠장할!"

스푸리오의 입에서 자신도 모르게 거친 욕이 튀어나온다. 포위 공격을 받던 사르탄 요새의 성문이 열리며 트로니아 군이 쏟아져 나오는 광경이 눈에 띈 것이다.

팰트란의 입가에 흐뭇한 미소가 떠올랐다.

'에드문드가 내 계획을 잘 전달한 모양이구나!'

적의 진형이 흐트러지면 요새에서 나와 협공을 가하기로 작전을 짰는데, 마침내 요새 수비병이 뛰어나와 소렌티노 군을 공격하는 것을 보니 작전대로 공격이 잘 진행된 것 같았다.

신체적인 조건이 비슷한 상태에서 한 사람에겐 상승효과가, 다른 한 사람에겐 하락 효과가 발생했다.

모든 것이 작전대로 진행되는 것을 확인한 팰트란은 오로지 스푸리오에게 모든 정신을 집중하며 공격을 가할 수 있었지만, 스푸리오는 그럴 수 없었다.

여기저기 고개를 돌리며 아군의 정황을 살펴야 하는 스푸리오! 일기토를 벌이며 정신을 분산시키는 것은 자살 행위와 별다를 바가 없었다.

"내가 그리 만만한가 보네. 타핫!"

푸어억! 으드득!

"으아악!"

한눈파는 틈을 이용해 팰트란은 스푸리오에게 치명적인 공격을 가했다. 뼈가 부서지는 소리가 들리며 스푸리오가 무서운 비명을 토해냈다.

팰트란의 검이 무서운 힘으로 그의 갑옷을 뚫고 들어갔다. 검이 가슴을 뚫고 등 뒤로 튀어나왔다. 가슴을 관통당한 스푸리오의 몸통에서 앞뒤로 피분수가 쏟아져 나오며 허공 가득 빨간 물방울이 흩어졌다.

"아아, 스푸리오 장군님이 전사했다!"

"이런, 모든 것이 끝이다!"

주변에서 두 사람의 결투를 지켜보던 소렌티노 군 병사들이 피를 흘리며 말에서 떨어진 스푸리오의 처참한 모습을 보고 깊은 한탄을 토해냈다.

스푸리오의 죽음을 전후로 소렌티노 군의 트로니아 공격은 사실상 실패로 끝났다.

국왕이 직접 원군을 이끌고 왔다는 소식에 크게 사기가 오른 사르탄 요새의 수비병들과 정확한 병력을 모르는 상태에서 배후를 공격하는 트로니아 군 때문에 소렌티노 군은 급속도로 무너져 내렸다.

부우우웅! 부우우웅!

전투가 개시된 후 대략 세 시간가량이 흘렀을 무렵, 소렌티노 군 진영에서 거대한 나팔 소리가 울려 퍼졌다. 퇴각을 알리는 신호였다.

곳곳에 수많은 사상자를 남겨놓고 소렌티노 군은 꽁지가 빠져라 퇴각하기 시작했다.

"추격하라! 트로니아를 공격한 자들은 결코 쉽게 물러갈 수 없다!"

퇴각할 때 가장 많은 피해가 발생한다. 다시 인간의 인간에 대한 대학살이 시작되었다.

한 발자국이라도 더 빨리 도망치기 위해 무구를 버린 소렌티노 군 병사들은 뒤에서 쫓아오며 공격을 가하는 트로니아 군에 의해 요새 공방전보다 더 많은 사상자가 발생했다.

팰트란과 근위병들은 요새에서 서쪽 방향으로 약 2km 지점까지 퇴각하는 소렌티노 군을 공격한 후 사르탄 요새에 입성했다.

"와아아! 와아아!"

"팰트란 전하 만세! 트로니아 만세!"

입성하는 팰트란에게 요새 수비병들이 양손을 높이 쳐들며 만세를 불렀다.

팰트란은 피칠갑을 한 갑옷을 그대로 착용한 채 환호하는 병사들에게 손을 흔들어주었다.

"와아아! 와와와!"

요새 안은 열광의 도가니로 변했다.

국왕이 직접 원군을 이끌고 요새를 구원하기 위해 달려왔다. 그는 직접 전투에 참가해 부상을 입어가면서 스푸리오라는 대어를 잡았다.

뿐만 아니라, 이전에 보지 못했던 속도전을 전개해 패색이 짙던 전황을 뒤집어 대승을 만들어냈다. 첫 전투, 그것도 그다지 영양가가 있는 전투는 아니었지만, 펠트란은 병사들의 마음속에 깊은 인상을 남겨주었다.

"심려를 끼쳐 드려 죄송합니다, 전하!"

수비대장 게르트 장군이 송구스런 표정으로 인사를 올린다.

"하하, 무슨 말이오. 어려운 상황에서 최선을 다해준 그대에게 도리어 고맙단 말을 전하오."

"전하 때문에 저희 3천 수비병이 목숨을 건질 수 있었습니다."

"그대들이 있기 때문에 트로니아가 있고, 트로니아가 있으므로 하노버 왕가가 있지 않소이까. 이제 그런 말은 그만 합시다."

"허허, 알겠습니다, 전하!"

"아, 그나저나 이곳은 참 아름답구려."

　게르트의 안내로 전투의 흔적이 곳곳에 남아 있는 사르탄 요새 망루에 오른 팰트란은 사방을 바라보며 탄성을 내지르지 않을 수가 없었다.

　북으로는 그랑디 산맥의 웅장한 모습이, 남서로는 발키아 제국의 광활한 평야가, 그리고 동부로는 모국 트로니아의 은은한 산악 지대가 일목요연(一目瞭然)하게 시야에 들어온다.

　"병법서에서 일컫는 전략적 요충지라는 명칭이 바로 이곳에서 나온 것 같구려."

　"맞습니다. 이를 지키고 위해 선왕 전하와 수많은 트로니아 전사들이 피를 뿌렸지요."

　"게르트 장군, 저기 저 부서진 성이 바로 그……."

　"예, 고담 성이 있던 곳입니다."

　팰트란은 고개를 끄덕이며 아버지 그레고리 국왕이 발키아 군과 전투를 벌이다 부상을 입은 고담 성을 바라보았다.

　무진 노력을 다했지만 결국 성은 빼앗겼고, 발키아 제국군이 터만 남겨놓고 모두 부숴 버려 성은 흉측한 모습으로 변해 있었다.

　고담 성을 상실함으로 트로니아는 그 지역에 있던 다섯 개 마을을 발키아에게 빼앗겼다. 트로니아로서는 뼈아픈 손실이 아닐 수 없었다.

　"기필코 저 성을 되찾아야 하오."

"그러셔야지요. 영민한 전하께서 오셨으니 꼭 되찾을 수 있을 겁니다."

'이에는 이, 눈에는 눈, 제국이라고 결코 위축되거나 두려워하는 일은 없을 것이다.'

팰트란은 이를 꽉 깨물었다. 제국을 상대로 결코 쉬운 일은 아니었지만 팰트란은 마음속으로 자신에게 깊은 다짐을 했다.

이만 명의 대군으로 삼천 수비병의 사르탄 요새를 공격했던 소렌티노 군.

이들은 팰트란의 원군과 사르탄 요새 수비병의 합공으로 일만 이천 명에 달하는 어마어마한 전사자를 냈다.

그에 비해 오천 병력으로 대적했던 트로니아 군의 사상자는 삼백을 넘지 않았으니 대승을 거둔 셈이 되었다.

팔천 명도 남지 않은 소렌티노 군은 다시 한 번 사르탄 요새를 공략하기 위해 전열을 가다듬었지만, 이 역시 무위로 돌아갔다.

팰트란을 뒤쫓아 밤낮을 가리지 않고 강행군을 계속한 하인츠의 수도 경비군단과 사칸의 1군단 병력 사만 명이 사르탄 전투가 벌어진지 이틀 뒤에 요새에 도착했다.

소렌티노 군은 머리를 푹 떨어뜨린 채 곧 들이닥칠 발키아 제국 정규군의 토벌을 피해 랑케 왕국이 있는 북서부로 발걸음을 옮겼다.

트로니아 인들은 팰트란 국왕이 사르탄 요새에 대한 새로운 축성 명령을 지시하고 코린트에 돌아올 무렵이 되어서야 사르탄 전투 소식을 접했다.

무를 숭상하는 트로니아 인들은 이 소식을 듣고 뛸 듯이 기뻐하며 거리로 튀어나왔다.

근래 대외적으로 늘 좋지 않은 소식만 듣던 차에 사르탄 전투에서의 대승 소식은 가뭄의 단비 같았다.

제국에 볼모로 갔다 귀환한 왕자에 대해 확신을 갖지 못하고 있던 사람들도 이번 승리를 계기로 그에게 열렬한 지지를 보내게 되었다.

또 하나 재미있는 사실은 특별한 오락거리나 이야깃거리가 없던 트로니아 인들에게 좋은 소재거리가 생겨났다.

사르탄 전투의 승리가 소문에 소문이 더해지면서 팰트란은 인간이 아닌, 반신반인(半神半人)의 경지에까지 오르게 되었다.

이런 현상은 도시보다는 시골로 내려갈수록 심했고, 지식인보다는 평민들 사이에 널리 퍼졌다. 그 가운데 몇 가지를 살펴보면 다음과 같다.

먼저 오천 병력으로 이만 병력을 상대해 승리했다는 소문은 눈덩이처럼 불어나, 적군 이만 병력이 지역에 따라 차이가 보이긴 했지만 거의 십만 병력으로 늘어났다.

전광석화(電光石火)같이 전선으로 달려가 적의 배후를 공격한 작전은 레드 드레곤의 진정한 후예로 마음만 먹으면 어느 곳이든 하루면 갈 수 있는 신비한 능력을 지닌 국왕으로 변모되었다.

팰트란과 일기토를 벌여 목숨을 잃은 적장 스푸리오는 악마의 화신으로 둔갑해, 팰트란은 구마(驅魔)의 능력까지 지닌 선신(善神)으로 알려졌다.

훗날의 일이 되겠지만, 이로 인해 팰트란의 후예들이 왕위 즉위식을 거행할 때가 되면 전국에서 회귀한 병에 걸린 병자와 귀신 들린 사람들이 국왕을 찾는 웃지 못할 촌극이 벌어질지도 몰랐다.

인생을 살아나가는 데 있어, 그 자신의 실력도 중요하지만 적절한 타이밍과 행운 역시 무척 중요하다. 그런 점에 있어 팰트란의 시작은 최상이었다.

주변 강대국에 억눌리며 억압받던 상황에서, 왕좌에 오르자마자 백성들에게 첫 승리를 안겨준 팰트란!

용맹하되 어리석지 않고, 대범하되 교만하지 않으며, 겸손하되 속되지 않다는 평가와 함께, 자신도 모르는 사이 백성들로부터 군신(軍神)이라는 칭호를 받기 시작했다.

인생은 동전의 양면과 같다. 양이 있으면 음이 있듯, 팰트란은 국내적으로 트로니아 인의 절대적인 지지를 획득하게 되었지만, 대외적으로는 주변 국가들의 견제, 감시의 대상이 되어버렸다.

　타키온, 발키아 양 제국은 물론 삼국동맹의 일원인 발트와 베링에서도 아직 즉위식도 치르지 않는 이 젊은 국왕에 대해 깊은 관심을 갖게 되었다.

The God of War

CHAPTER 05

내정파악(內政把握)

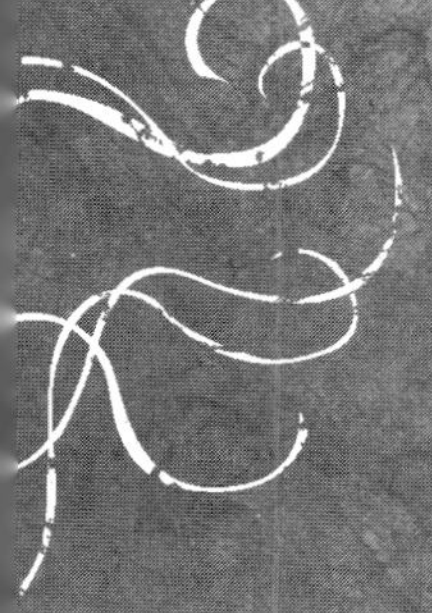

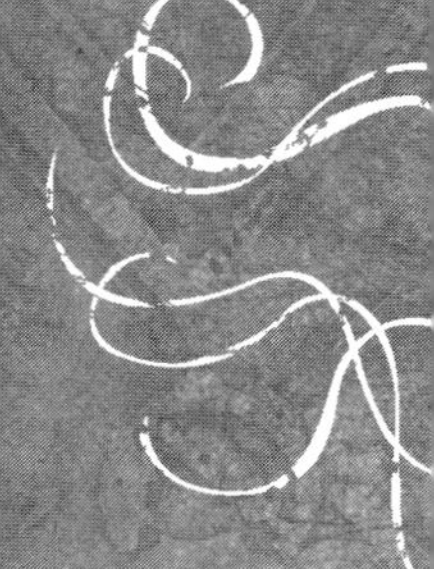

The God of War

“**백**성들이 나를 군신이라고 부른다고요?”

“예, 백성들 사이에 그렇게 불리는 모양입니다.”

내무장관 한토스는 트로니아 인들 사이에 떠도는 소문을 정리해 보고를 올렸다.

“하하하, 재미있구려. 내가 10만 병력을 물리친 반인반신의 레드 드레곤의 후예라……. 거참!”

“좋지 않은 유언비어(流言蜚語)도 아니고, 왕실의 권위를 높일 수 있는 소문들이니 잘된 것 같습니다.”

“정치에 있어 홍보의 기능이 중요하긴 한데, 소문이 너무 과장되게 나니 좀 그렇구려.”

"그들에게 큰 해를 끼치는 것도 아니고, 도리어 마음의 위안을 줄 수 있는 소문이니 너무 괘의치 마십시오."

"그래야겠구려."

사르탄 전투에서 노획한 전리품을 정리해 전사자와 부상자에게 최대한 보상이 돌아가도록 한 팰트란은 전투에서의 공적을 근거로 엄격하게 상벌을 부과했다.

승리한 전투였지만 동료를 버리고 도망친 비겁한 행위를 한 근위병 세 명은 현장에서 공개 처형되었고, 동료의 공을 가로채거나 전리품을 몰래 챙기려던 병사는 책형을 당한 후 강제 전역되었다.

적장의 목을 베고 수많은 적병을 죽인 병졸은 그 자리에서 백부장으로 승진하는 영예도 누렸다.

공정하고 무사(無私)한 전과 처리 결과가 알려지며 팰트란은 더더욱 백성들로 하여금 경외감을 품도록 했다.

전후 문제를 처리한 후 팰트란은 정식으로 왕의 집무를 시작했다.

은퇴하고 싶다는 더글라스 재상을 억지로 붙잡아두어 현안 문제들을 처리하게 한 그는, 각부의 장관들을 하나씩 불러 트로니아의 현황을 살피는 데 주력했다.

팰트란이 가장 먼저 호출한 사람은 한토스 파블로티였다. 트로니아의 내무장관으로 하노버 왕가를 섬긴지 3대가 되는 40세 전후의 역전용사였다.

트로니아 인치고 외무장관을 맡고 있는 로긴스와 함께 드물게 현실 정치에 감각을 지닌 인물이었다.

"지금부터 트로니아의 인구 현황, 교육 시설, 산업 현황, 치수 현황 및 치안 상태에 대해 보고를 드리겠습니다."

한토스의 보고에 의하면 현재 트로니아의 총인구는 1,100만 명으로 추산되었다. 수도 코린트에 30만 명의 주민이 거주하고 있었고, 네 개 대도시에 각 10만 명의 인구가 거주하고 있었다.

남녀 성비는 일 대 이로 여자가 남자에 비해 두 배가량 많았다. 특히 장년층과 노년층에서 불균형이 심각했다.

"한 가지 아쉬운 건 이 자료가 10년 전에 실시했던 통계 자료라 지금과 얼마만큼의 오차가 있는지는 잘 모르겠습니다."

"10년 전이면 차이가 크겠구려. 새로운 호구조사를 해야 할 것 같소."

"요즘 같은 상황에서 쉽지 않은 작업입니다만 방법을 찾아보겠습니다."

팰트란은 엄숙한 표정으로 한토스를 바라보았다.

"늘 우리가 할 일은 무척 많소. 현명한 자와 어리석은 자의 가장 큰 차이가 무엇인지 아시오? 현명한 자는 그 많은 일 가운데 우선순위를 두어 일을 처리한단 것이오."

"옳으신 말씀입니다."

“한토스 장관도 이를 명심하시오. 정확한 호구조사는 호구조사 자체로 끝나는 것이 아니고, 나라의 경제, 국방, 교육 등 각 분야의 사업 운영에 밀접한 관련이 있소.”

“명심하겠습니다, 전하!”

녹록지 않은 펠트란의 지적에 식은땀을 흘리며 한토스가 쩔쩔맨다.

“교육 부분은 어떻소?”

한토스는 펠트란의 질문에 난감한 표정으로 제대로 입을 열지 못했다.

“끙!”

펠트란은 대략 트로니아의 교육 환경을 미루어 짐작하고 한숨을 내쉬었다.

전국시대를 사는 트로니아 인이라 문보다는 무를 숭상하는 기풍이 무척 강했다. 트로니아의 일반적인 부모들은 자식들이 학문보다는 무술 수련에 전념해 출사하기를 원했다.

그러다 보니 전문적인 교육기관이라고는 수도 코린트와 네 개 대도시에 회계(會計)와 수리(手理), 토목(土木) 같은 기술 학원만이 몇 개 있었다.

일부 뜻있는 교육자들이 지방에 사설 교육 시설을 운영하며 기초 학문을 가르치고 있었으나, 부모들의 반응이 그다지 좋지 않아 운영에 큰 어려움이 있었다.

“교육은 그 나라의 백년대계라 할 정도로 중요한 부분인데 이리 취약하니 큰일이구려."

팰트란의 말을 듣고도 딱히 묘안이 없는 한토스는 묵묵히 고개만 숙이고 있었다.

"당장 해결할 수 있는 문제는 아니니 시간을 갖고 생각하도록 합시다. 하나, 분명한 것은 무엇보다 트로니아의 미래를 위해 선결해야 할 부분이라는 것이오."

"알겠습니다."

트로니아의 산업은 지형적 특성에 의해 농업보다는 광업과 공업이 발달했다. 대륙제일의 철광석 생산지로 양질의 철이 많이 생산되어 대륙 곳곳에 공급되었다.

아이러니한 것은 전쟁의 피해자인 트로니아가 어떤 면에서는 전쟁에 있어 가장 필요한 무기의 원료 공급을 한다는 것이다.

"트로니아의 철을 갖고 무기를 만들어 다시 트로니아의 병사들 죽이는 데 사용되니 기분이 묘하구려."

"저희도 그 점을 잘 알지만 국가 재정을 위해 딱히 다른 방법이 없는지라 어쩔 수 없는 상황입니다."

"허어, 이거 참!"

'이 부분도 반드시 개선을 해야 한다. 공급량을 통제하든지, 아니면 농기구 만드는 철광석만 수출을 하든지 해야지 무기 제작용 철광석은 곤란하다. 그러기 위해서는 뭔가 대체 수입원을 찾아야 할 것인데, 음!'

한토스는 깊은 생각에 잠겨 있는 팰트란을 바라보다 계속해서 설명을 이어갔다.

농업은 팰트란의 조부 때부터 농경지 개간사업에 박차를 가해왔다. 최근 그 결실이 나타나 완전한 자급자족의 수준은 아니나 외부에서 수입해 와야 하는 식량의 양이 상당히 줄어들었다.

"개간할 토지는 얼마나 있소?"

"남부 지역에 개간할 지역이 꽤 있습니다. 만일 그 지역에 대한 개간이 끝난다면 식량의 자급자족이 가능해질 것으로 보고 있습니다."

"기간은 얼마나 걸릴 것으로 예상하오?"

"에, 그것이… 지금 개간되는 면적을 기준으로 보면 앞으로 60년 정도는 더 소요될 것으로 예상됩니다."

"60년이오?"

"더 많은 노동력과 예산이 투입되면 좀 더 당겨질 수 있을 겁니다."

"허허, 60년이라……. 알겠소."

팰트란은 고개를 가로저으며 너털웃음을 터뜨렸다. 아무리 생각해도 트로니아는 양질의 군사력 이외에는 아무 내세울 것이 없는 국가였다.

치수(治水) 부분에 있어서는 큰 문제가 없었다. 트로니아를 가로질러 타키온 제국으로 들어가는 레탄 강이 그랑디 산맥에서 시작되기 때문에 용수 상황은 그 어느 국가보다 좋았다.

단, 몇몇 지역에 있어 제방 시설이 부족하거나 낙후되어 있어 내년 장마철이 오기 전에 대대적인 제방 개보수 공사를 하지 않으면 위험하다는 보고가 올라와 있다는 것이다.

"트로니아의 장마철은 언제부터 언제까지요?"

"앞뒤로 차이는 좀 있지만, 대략 7월에서 8월까지입니다."

"제방 공사는 당장 처리해야 할 문제이구려."

"그렇습니다. 레탄 강이 한번 범람하면 그 피해가 상당합니다."

"알겠소. 내 명심하고 있겠소."

트로니아의 치안은 5년간의 병역을 두 번 이상 치른 성인 남성 가운데 십부장 이상의 경력자를 대상으로 지방 치안대를 조직해서 운영했기 때문에 아무 문제가 없었다. 타국에 비해 지방 소요 사태가 전혀 없는 이유가 바로 여기에 있었다.

이들은 또한 유사시에 해당 지역 예비군을 이끌 수 있도록 편제가 갖추어져 있어 정규군과 밀접하게 연동을 할 수 있도록 체계가 수리되어 있었다.

"트로니아가 끈끈하게 버텨온 이유가 바로 여기에 있다고도 볼 수 있습니다."

한토스가 가슴을 활짝 펴며 자신있게 입을 열었다. 소국의 생존을 위해 하나부터 열까지 모든 것이 국방과 연결되어 있는 트로니아였다.

“범법 상황은 어떻소?”

“치안대원들의 실력이 뛰어나고 충성심이 강한지라 거의 범법자가 없다고 보시면 됩니다. 그래도 가끔 나오는 위법자들은 지방에 있는 치안소에 구금을 시킨 후 가까운 도시에서 재판을 받게 하고 있습니다.”

“치안 부분은 운영이 잘되고 있는 것 같구려.”

“또 감찰원장 마키아벨이 워낙 철저하게 부정부패를 감시하기 때문에 대륙에서 트로니아처럼 깨끗한 국가는 더 이상 없을 겁니다.”

한토스는 간단하면서 명료하게 트로니아의 내정 상태를 설명했다. 그러나 현재의 상황을 어떻게 개선하고 어떻게 발전시킬 수 있느냐에 대해서는 별다른 해답을 제시하지 못했다.

다음으로 외무장관 로긴스를 호출했다.

“전하께서도 잘 알고 계시겠지만, 다시 한 번 트로니아의 주변 정세와 외교적 역학 관계에 대해 설명을 드리겠습니다.”

“좋소.”

트로니아와 이웃한 발트, 베링 양국은 트로니아와 함께 삼국동맹을 체결하고 있었다. 타키온과 발키아라는 양 제국 사이에서 이들이 취할 수 있는 유일한 자기 보호책이었다.

“삼국동맹을 맺고 있지만 각국의 외교 노선은 조금씩 다릅니다.”

“어, 외교 노선이 다르다고요? 어떻게 말이오?”

펠트란은 로긴스의 말에 깊은 호기심을 나타내며 질문을 던졌다. 그로서는 처음 듣는 얘기였다.

“저희 트로니아는 처음부터 지금까지 독자적 외교 노선을 견지하고 있습니다. 다만 선대부터 타키온 제국의 입김을 좀 많이 받고 있긴 하지만요.”

타키온 제국에 볼모로 8년을 보낸 펠트란이라 로긴스의 말에 쓰디쓴 미소를 지었다.

“그에 비해 발트 왕국은 타키온과, 베링 왕국은 발키아 제국과 비교적 깊은 우호 관계를 유지하고 있습니다.”

“발키아의 내정 상태가 흔들리고 있는데, 로긴스 장관은 이를 어떻게 보시오?”

“발키아의 내정 불안은 타키온 제국의 기회로 연결됩니다. 들리는 소식에 의하면 타키온은 군비를 증강하고 있다더군요.”

“나도 들었소.”

“조만간 삼국도 발키아와 타키온의 분쟁에 휘말려 들어갈 겁니다. 소신 생각에 빠르면 후계자 내분이 극에 달할 내년 무렵이 되지 않을까라고 생각합니다.”

“내년이라……. 휴우, 시간은 없는데 할 일이 무척 많구려.”

“그나마 전하께서 제 시간에 맞춰 도착을 하셨으니 망정이

지, 금년에 귀국하지 못하셨다면… 트로니아의 앞날이 어떻게 되었을지 장담하기 어려울 뻔했습니다."

"로긴스 장관, 그대 생각에 타키온과 발키아의 전쟁에 같이 몰려 들어가기 전, 우리가 할 수 있는 외교적 교섭에 대한 방안이 있소?"

"에, 그게… 별다른 방법은 없고, 삼국동맹을 더 강화해서 양대 제국을 견제해야 한다고 생각합니다."

"어떻게 말이오?"

"전쟁이 발발하면 저희의 피해를 최대한 줄이기 위해 노력해야지요."

"그건 알겠는데, 어떻게 줄이느냔 말이오."

"두 제국에게 미움을 사지 않는 범위 내에서 말려들지 않도록 해야 합니다."

다람쥐 쳇바퀴 도는 듯 질문의 핵심을 피해가는 로긴스의 대답에 펠트란은 더 이상 질문을 던지지 않았다.

"죄송합니다, 전하."

자기 자신이 대답해 놓고도 한심스럽다는 표정을 짓는 로긴스를 보고 펠트란은 황급히 손사래를 치며 그를 위로한다.

"아니오. 난 로긴스 장관이 외교 업무를 충실히 수행했기에 트로니아가 이만큼 위상을 찾았다고 생각하오. 절대 실망하거나 위축될 필요없소."

역량이 안 되는 것을 자꾸 나무라면 그나마 하고 있던 일도 그르치기 쉽다.

"전하의 즉위식은 내년 5월 1일 코린트에서 거행하는 것으로 각국에 사신을 파견해 통보했습니다."

"벌써 보냈소?"

"적어도 반년 정도 시간은 주어야 그쪽에서도 준비를 하니까요. 사르탄 전투 때문인지 몰라도 각국에서는 모두 참석하겠다는 의사를 보내왔습니다."

"음, 이거 괜한 주의를 끄는 것은 아닌지 모르겠구려."

"있는 사실을 속일 수는 없는 노릇이고, 접근하는 나라들의 속내를 살펴가며 적절히 대응하는 수밖에 없습니다."

"그래야겠구려. 오늘 보고하느라 수고 많으셨소, 로긴스 장관."

로긴스를 보내고 난 후 팰트란은 집무실 발코니로 나갔다. 멀리 북쪽으로 웅대한 기상을 자랑하는 그랑디 산맥이 눈에 들어왔다.

"온갖 풍상을 겪으며 늘 변함없는 자태를 지니고 있는 너의 도습이 부럽구나."

팰트란은 산이 좋았다. 흔들리지 않고 오랜 세월 묵묵히 자신의 모습을 견지하는 그 모습이 좋았다.

휘이잉! 휘잉!

가슴을 탁 트이게 하는 시원한 바람이 불어온다. 산맥 쪽에서 불어오는 바람에서 팰트란은 고국 트로니아의 냄새를 맡을 수 있었다.

갑자기 자신도 모르게 납골당에서 보았던 사자왕 리처드 1세의 모습이 떠올랐다. 그와 동시에 손가락에 끼고 있는 정체불명의 반지를 쳐다보았다.

"시작은 미약하지만 끝은 장대하게 변하는 트로니아를 만들 것이다. 암, 꼭 그렇게 할 것이다."

스스로 되뇌이며 팰트란은 그를 보고 씩씩하게 경례를 하는 근위병들에게 가볍게 손을 흔들어주었다.

다음날 오전부터 팰트란은 재무장관 라이튼을 불러 트로니아의 재정 상태에 대한 보고를 받았다.

한 나라의 국력을 가늠하는 중요한 요소 중의 하나가 재정의 충실성을 꼽을 수 있다. 충분한 재정이 확보되지 않을 시, 이 난세에 전쟁을 수행하는 것이 근본적으로 불가능하기 때문이다.

충성심에 호소해 어느 정도 버틸 수 있다. 그러나 그것은 단시간이나 가능한 것이지 장기화되는 전쟁에서는 불가능하다.

"트로니아의 재정 상황은 비교적 양호합니다. 정부의 재정 수지 흑자 규모가 크진 않지만, 최근 5년간 계속 흑자를 내왔습니다."

"오, 좋은 얘기로구려."

"철광석은 전량 국가에서 통제를 합니다. 광산 개발과 채

굴, 그리고 판매에 이르기까지 모든 과정을 국영 회사가 운영합니다. 이곳에서의 수입이 가장 크다고 볼 수 있습니다."

"애로점은 없소?"

"최근 광산 기술자의 보고에 의하면 점점 철광석 채굴량이 줄어들고 있다고 합니다. 과거의 예에 비춰보면 매장량이 얼마 남지 않았다는 말이 되지요."

"음, 서둘러 대체 광물을 찾아야겠구려. 어차피 철광석 수출은 내 마음속에 생각하던 바가 있으니 그리 염려하지 마시오."

"알겠습니다, 전하."

"세수(稅收) 상황은 어떻소?"

"백성들의 세 부담은 기본 세율 20%에 누진세율을 적용해 최고 50%까지 징수하고 있습니다."

"누진세율을 적용하고 있단 말이오? 호오, 상당하구려."

팰트란은 라이튼의 보고에 감탄사를 내뱉었다. 많은 소득을 올리는 사람에게 많은 세금을 물린다는 누진세율은 말은 쉽지만 실제 실행하기가 여간 어려운 제도가 아니었다.

재산은 곧 권력과 비례하는 세상에서, 많이 버니 많이 내라는 식의 발상은 권력자들에 의해 제대로 통용되지 않았기 때문이다.

"누진세율 적용에 반발은 없었소?"

"더글라스 재상과 하인츠 장군께서 솔선수범해 누진세율

을 내시니 누가 반대를 하겠습니까."

"하하하, 그랬구려."

트로니아의 최고 권력 집단인 왕실 일족과 가신단의 대표인 두 사람이 주동이 되어 별문제없이 자릴 잡았다.

이외에 트로니아 재정 수지 흑자의 또 하나의 이유는 트로니아 인들의 국민 의식이었다.

숭무정신에 검소한 생활에 물들어 있는 트로니아 인들은 생필품을 제외하고는 그다지 선호하는 물건이 없었다. 자연 수입되는 사치품은 그다지 많지 않았고, 양질의 철광석을 수출하니 무역에서 흑자를 기록한 것이다.

비록 걸출한 능력을 갖고 있진 않았으나, 기본을 잘 충실히 수행해 온 재무장관 라이튼이었다.

'그나마 국가의 재정이 튼튼하다니 다행이로구나!'

팰트란은 재정 부분의 보고에 그 어느 때보다 더 기분이 좋았다.

"라이튼 장관, 수고 많이 하셨소. 국가의 재정을 맡아 운영하면서 혹 어려운 점이나 건의하고 싶은 사항이 있으면 거리낌 없이 얘기해 주시오."

팰트란의 말에 라이튼이 곤혹스런 표정으로 잠시 생각에 잠겼다 입을 연다.

"죄송합니다, 전하. 솔직히 말씀드려 소신은 능력이 모자라 선임자가 하던 일을 따라 하기만 했습니다. 무엇이 문제이고 무엇을 개선해야 할지 잘 모르겠습니다."

"기존에 하던 정책을 충실히 수행하는 것도 쉬운 일은 아니오. 내가 보기에 라이튼 장관은 재무장관으로 충분한 자질을 갖고 있소. 힘내시오."

'흐음, 쓸 만한 자로구나. 자신의 문제가 무엇이고 자신의 능력이 어느 정도인지를 솔직히 말하기가 쉽지 않은데.'

자신의 능력을 가감없이 정직하게 평가하는 라이튼의 말에 괠트란은 더 강한 신뢰를 보냈다.

다른 건 팰트란도 잘 모르겠지만 재정을 관리하는 사람으로 그가 정직하다는 건 확실했다.

감찰원장이란 부서는 타국에 없는 트로니아의 특이한 국가 부서였다.

한 집단이나 국가를 이끄는 영도자도 사람인 이상 편견이나 사고의 오류에 빠질 때가 있다. 이런 편견과 오류가 계속될 대, 그 집단은 내부로부터 불화가 싹터 큰 분열을 야기하게 된다.

결국에 가서는 이런 불화가 그 집단이 해체하는 단초를 제공한다.

트로니아의 건국왕인 사자왕 리처드 1세는 인간의 이런 약점을 잘 알고 있기에 감찰원이란 부서를 설립하고 운영토록 했다. 초기 감찰원의 주 업무는 왕에 대한 간언(諫言)을 하는 기관이었다.

리처드 1세는 감찰원장에게 명문법으로 '면책특권'을 부여해, 그로 하여금 왕의 잘못된 언행이나 정책을 비판하도록 했다.

이런 본래의 역할을 하던 감찰원에 시대가 흘러가며 중앙정부 부서 및 지방 행정 관료들의 부정과 비리를 적발, 처벌토록 하는 기능이 추가되었다.

물론 감찰원이 왕의 전횡(專橫)이나 관료들의 부정부패를 모두 막을 수는 없었다. 다만 상당한 정도의 순기능을 하고 있는 것으로 평가되었다.

감찰원장 마키아벨은 얼굴 표정에서부터 냉기가 풀풀 날리는 초로의 근엄한 인상을 지니고 있었다.

다른 가신들과 마찬가지로 트로니아 왕가를 3대째 섬기는 가신단의 일원이었다.

일찍부터 청렴결백한 언행으로 이름이 높았고, 펠트란의 조부 시절부터 감찰원에 들어와 감찰원장까지 오른 입지전적인 인물이었다.

"마키아벨 원장, 본인이 부족한 점이 많아 과오를 범할 때가 많이 있을 것이오. 그때마다 가차없는 원장의 간언을 기대하오."

"저의 업무입니다. 걱정하지 마십시오."

"또한 지휘 고하를 막론하고 부정과 비리가 있을 시에는 설령 나의 일족이라 해도 가차없이 처벌할 것이니 원장의 임무가 막중하다는 것을 반드시 기억하시오."

마키아벨은 진심 어린 목소리로 부패 척결을 다짐하는 팰트란을 보며 입가에 보일 듯 말 듯한 미소를 그렸다.

"전하, 이 세상에 완벽한 사람은 없습니다. 실수를 하게 되어 있습니다. 문제는 그 실수가 고의로 지지른 실수냐, 아니면 모르고 저지른 실수냐에 따라 경중이 달라집니다."

"모르고 저지른 실수는 좀 봐줘야 하겠구려."

"그럴 때가 있고, 알고 한 실수보다 더 엄하게 다스려야 할 때가 있습니다."

"무슨 말씀이시오?"

"알고 한 실수는 처벌을 받음으로 재발의 위험성이 적지만, 모르고 한 실수는 반복해서 또 나올 수가 있지요. 사안을 봐야 합니다."

"아, 그렇구려!"

마키아벨의 말을 듣고 팰트란은 깨달은 바가 컸다. 인생을 살아온 삶의 지혜와 철학이 담겨 있었다.

"국방장관 얀드로입니다, 전하!"

"하하, 어서 오시오."

국방장관 얀드로 돌린체는 선왕인 그레고리 시절 왕가 가신단에 합류한 인물로, 올해 나이 45세로 곰을 연상케 하는 큰 몸집을 갖고 있었다.

그의 선조는 트로니아가 아닌, 발키아 제국의 위성국인 랑케 왕국의 중앙관료였다. 불의를 보면 참지 못하는 성격 때문에 많은 다른 귀족들의 미움을 샀고, 왕에게 충성을 다한 그에게 주어진 것은 죽음이었다.

충직한 가문의 시종이 어린 얀드로를 데리고 트로니아로 왔고, 당시 트로니아의 대신이었던 돌린체 가문에서 그를 눈여겨보았다.

어리지만 영특하고 남달리 뛰어난 용맹을 지닌 얀드로를 돌린체 가문에서 사위를 삼는 한편 가문의 일족으로 편입시켰다.

여러 차례 트로니아에 큰 공을 세운 얀드로는 그들의 기대를 저버리지 않고 트로니아의 핵심인 국방장관의 지위까지 올라갔다.

"트로니아의 병역은 의무제입니다. 병역 의무 기간은 성인 남성의 경우 19세에서 48세까지입니다."

"약 30년이구려."

"그렇습니다. 그 30년 동안 5년씩 세 차례 트로니아의 병사로 군복무를 치러야 합니다."

"5년 복무에 5년 휴식, 이렇게 구성되오?"

"그렇습니다."

"군 편제는 어떻게 되오?"

"트로니아 군의 제일 하부 계급은 병사이고, 그 위로 십부장이 있습니다."

십부장 위에 백부장이 있고, 그 위에 연대장이 있었다. 연대장은 10명의 백부장을 지휘하게 되어 있었으니, 트로니아의 연대 병력은 1,000명으로 구성되어 있었다.

연대장 5명으로 하나의 사단을 편성했고, 네 개 사단이 하나의 군단을 이루었다. 즉, 한 개 사단은 5,000명, 한 개 군단은 2만 명의 병력으로 구성되었다.

트로니아에는 수도 인근과 국경 요새 인근에 총 다섯 개의 군단이 배치되어 있었다.

수도 경비군단과 1군단, 2군단, 3군단, 4군단, 5군단이 유사시 국경 요새를 지원하거나, 타국을 공격할 때 동원되었다.

별도로 코린트 왕궁에 왕실 근위대 병력 2,000명이 주둔하고 있었다.

트로니아의 국경은 타키온 제국, 발키아 제국, 발트 왕국과 맞닿고 있었다.

수비군 주둔 현황을 살펴보면 먼저 타키온 제국과의 국경 요새인 키발트 요새에 두 개 사단 1만 병력이 제국군의 준동을 감시하고 있었다.

발키아 제국과의 국경 요새인 사르탄 요새에 역시 두 개 사단 1만 병력이 주둔하고 있었다.

순국동맹의 일원이긴 하지만 발트 왕국과의 국경 요새에도 수비병이 주둔하고 있었다. 동맹 관계인 점을 고려해 한 개 사단 5,000명의 병력이 수비를 담당하고 있었다.

“그럼 트로니아의 정규 병력은 얼마나 되오?”

“국경 수비병이 이만 오천, 야전군 십이만, 왕실 근위대 이천 명까지 합치면 도합 십사만 칠천 명입니다.”

“십사만 칠천이면 제국에 비해 너무 차이가 나는 것 아니오?”

“그렇습니다. 하지만 트로니아 병역 제도의 장점이 바로 여기에 있습니다. 트로니아의 성인 남성은 백이십만 명에 달하고 있습니다.”

“그럼 유사시에 그 백이십만 명을 다 동원할 수 있단 말이오?”

“트로니아의 역량으로 그건 불가능합니다. 전쟁을 치르기 위해 여러 가지 조건이 갖추어져야 하는데, 성인 남성을 모두 동원한다는 건 스스로 멸망하겠다는 것과 진배없습니다.”

“아아, 이들을 동원할 수 있는 국가의 전반적인 역량이 필요하단 말씀이구려.”

“그렇습니다. 재정, 군량, 무구, 계절 등 여러 요소의 변화에 따라 동원할 수 있는 병력 수가 달라집니다.”

펠트란은 얀드로의 대답에 고개를 끄덕였다. 자신의 논리대로라면 인구가 몇 배 많은 제국은 쉽게 대륙을 통일해야 한다. 하지만 현실은 그렇지 않다.

“현재의 군단장들을 소개해 드리겠습니다. 수도 경비군단

장에 하인츠 모리스 장군, 1군단장에 사칸 데이본 장군, 2군
단장에 지바트 요한슨 장군, 3군단장에 드와이트 화이트 장
군, 4군단장에 타이론 함시 장군, 5군단장에 브랜든 발록 장
군이 군단장을 담당하고 있습니다."

펠트란은 얀드로의 설명을 듣고 군단장들의 이름을 되뇌
였다. 시대가 시대인지라 트로니아의 생존에 있어 이들의 역
할이 무엇보다 중요했다.

"주변국들의 상황은 어떻소?"

"삼국동맹의 일원인 발트 왕국이 약 십사만의 병력을 베
링 왕국 역시 약 십오만 명 전후의 병력을 보유하고 있습니
다.'

"그럼 삼국동맹군의 병력을 다 합치면 사십사만 명가량 되
겠구려."

"그렇습니다."

"그래도 제국 병력에는 미치지 못하는데……."

"타키온 제국 정규군이 오십만 명에 예비병까지 총동원한
다면 육십만 명을 동원할 수 있습니다."

"후와! 오십만이요? 난 삼, 사십만 명을 예상하고 있었는
데."

"발키아 제국 정규군은 타키온에 조금 못 미치는 사십만
명 전후입니다. 발키아 역시 예비병을 총동원하면 오십만 명
은 충분히 동원할 수 있을 겁니다."

“절묘한 세 세력의 배합이구려.”

“그렇지요. 만일 이 세 세력의 균형이 무너지면 그대로 전쟁이 발발한다고 보시면 됩니다.”

병력 십사오만의 트로니아, 발트, 베링 왕국이 거대 제국의 위협 속에서 생존할 수 있는 비결이 바로 여기 있었다.

“타키온 제국의 위성국인 인타 왕국과 발키아 제국의 위성국인 랑케 왕국의 상황은 어떻소?”

“워낙 장시간 평온한 시절을 보냈기 때문에 그다지 병력이 많지 않은 것으로 알려져 있습니다.”

인타와 랑케 양국은 마치 바다 한가운데 있는 섬처럼, 타키온과 발키아라는 거대 제국으로 둘러싸인 곳에 있어 외부로부터의 위협을 받지 않았다.

“최근 들려오는 정보에 의하면 발키아의 내정이 어지러워지면서 타키온 제국이 군비 증강에 박차를 가하고 있다는 겁니다.”

“규모는 어느 정도요?”

“워낙 비밀을 유지하며 추진하고 있어서 정확한 규모나 내용을 파악할 수가 없습니다. 다방면으로 정보 수집에 노력하고 있으니 정보가 입수되는 대로 보고를 드리겠습니다.”

펠트란의 질문에 얀드로가 대답을 했지만 얼굴을 가볍게 찡그린다. 현재 트로니아 갖고 있는 정보력으로 제국군의 기밀을 파악하기에는 역부족이었다.

"쉽진 않겠지만 노력해 주시오. 현재 북부 대륙에서 태풍의 핵은 바로 타키온 제국이니 말이오."

"알겠습니다."

'방법이 없을까? 음, 아, 그렇지. 방법이 있겠구나.'

팰트란은 문득 루카스 카라티노스의 휘하에 있는 블랙 섀도우 대원들을 떠올렸다. 터닌 족의 후예인 이들이라면 타키온 제국에 잠입해 정보를 능히 빼올 수 있을 것이다.

"얀드로 장관, 타키온 제국의 군비 증강에 대한 정보는 조만간 알 수 있을 것이오."

"어떻게 말입니까?"

"하하하, 내가 지금 말하기는 그렇고, 조만간 일러드리겠소."

하얀 이를 드러내며 입을 여는 팰트란을 보고 얀드로는 고개를 갸웃거렸다.

"유사시 트로니아 군의 지휘권은 어떻게 운영이 되오?"

"국지전일 경우 해당 지역 군단장의 자의적인 판단 아래 예하 부대에 일임해 처리합니다. 물론 사소한 국지전이라도 사후 진행 과정과 결과는 저에게 보고되고, 전하께도 보고가 올라갑니다."

"국지전인 줄 알았는데 전면전을 벌이려는 적의 초동 부대일 경우 오판의 여지가 있지 않겠소?"

"그… 그것은……."

날카로운 팰트란의 질문에 얀드로의 표정이 굳어지며 말을 더듬거린다.

팰트란의 지적이 맞았다. 과거 타키온 제국에게 동북 5개 성을 빼앗긴 과정이 바로 이런 오판에서 시작되었다.

제국의 대규모 공격을 단순한 국지전으로 오판한 해당 지역 군단장은, 즉각 이 사실을 상부에 통보하지 않고 독자적으로 초동 대응에 나섰다.

그 결과 군단장이 전사하고 5개 성을 빼앗기는 트로니아 역사에 남을 패배로 기록이 되었다.

특별한 보고 방식이 없으니 간단한 전투에 매번 전군을 동원할 수도 없었다. 설령 전군을 동원한다 해도 이미 물러간 적에게는 아무런 소용이 없었다.

결국 정확한 정보 입수가 없는 상황에서 신속성만을 강조하다 보니 별다른 방도를 찾지 못한 트로니아의 대응 체계였다.

"다른 국가들의 상황은 어떻소?"

"다 비슷한 상황으로 알고 있습니다."

"제국도 그렇소?"

"예. 타키온 제국은 자국 내 가도가 발달해 있어 비교적 괜찮은 편인데, 발키아 제국 같은 경우는 전략 요충지와 수도의 거리가 너무 멀기 때문에 이런 일이 더 심한 것으로 알고 있습니다."

"흠, 그렇겠지요. 그러니 사르탄 요새를 공격한 소렌티노 같은 지방 군벌들이 활개를 치는 걸 거요."

전쟁의 발발은 봉화라든가 연을 이용한 통신 방법으로 신속한 보고가 가능했으나, 작은 전투에 대한 보고 체계는 대륙 모든 국가에서 큰 두통거리였다.

"반드시 좋은 방법을 찾아 개선해야 할 부분이구려."

"계속 좋은 방법을 찾도록 노력하겠습니다."

"국지전이 아니고 전면전의 상황일 때는 어떻게 하오?"

"전면전이 벌어질 경우, 국왕 전하께서 전 왕국에 비상사태를 선포합니다. 그런 연후 일가 중신과 가신단을 소집한 후 총사령관을 결정합니다."

"수도 경비군단도 포함되오?"

"아닙니다. 야전군 다섯 개 군단만 포함됩니다. 수도 경비군단은 전하께서만 지휘하도록 되어 있습니다."

"그다음은요?"

"한번 일임한 총사령관은 전쟁이 끝날 때까지 사령관으로서의 임무를 담당합니다. 트로니아의 역사가 시작된 이래 전쟁 중에 총사령관이 교체된 적은 없습니다."

몇 차례 큰 전쟁에서 승리하기도 하고 패배하기도 했다. 하지만 이 전통이 무너진 적은 없었다.

시국이 시국인지라 국방장관과의 회의 시간이 가장 길다. 팰트란의 입장에서 가장 신경을 쓰고 깊이 알고 있어야 할 부분이었다.

"얀드로 장관, 계속해서 트로니아를 위해 노력해 주길 바라오. 얀드로 장관이 있었기에 트로니아의 국방이 이렇게 안정적인 단계에 접어들게 되었으니 그 공은 아마 트로니아의 역사에 길이 남게 될 것이오."

"감사합니다, 전하! 이 얀드로, 생이 다하는 날까지 전하와 트로니아를 위해 충성을 다하겠습니다."

"그래요. 부탁드리오."

팰트란은 감격에 겨워 눈시울을 붉히는 얀드로의 어깨를 가볍게 안으며 다독여 주었다.

'후우, 들으면 들을수록 해야 할 일이 많아지는구나!'

전반적으로 각 부서의 기본 현황을 파악한 팰트란은 피곤한 몸을 이끌고 오랜만에 궁내의 화원을 거닐었다.

이미 겨울 초입에 접어든 쌀쌀한 날씨 때문에 노랗게 변한 나뭇잎만 가지에 앙상히 매달려 있을 뿐, 꽃잎은 이미 시들어 다 떨어져 버린 상태였다.

호위무사 매튜만이 팰트란의 심란한 마음을 헤아리듯 조용조용 그의 뒤를 따라온다.

"귀환 협의를 벌일 때가 봄이었는데 어느덧 가을을 지나 겨울로 접어드는군."

팰트란은 고갤 돌려 묵묵히 뒤를 따라오는 매튜를 바라보왔다.

"매튜, 무인들은 세상일에 별 관심이 없겠지?"

팰트란은 매튜의 대답을 듣지 않고 말을 계속 이었다.

"매튜, 난 말이야, 왕위를 계승해야 하는 왕자의 신분이 아니었다면 검술관의 사범이나 아카데미의 교수가 되었을 거야. 내가 하고 싶은 일을 하며 평범한 사람들처럼 가족을 꾸려 사는, 다른 사람들이 어떻게 살든 신경 쓰지 않고 사는 그런 삶 말이야. 매튜는 어때?"

"전하, 저희는 궁극의 도가 하나라고 여깁니다. 그것을 일컬어 달관의 경지라고 하지요."

매튜는 차분한 목소리로 팰트란의 질문과 어느 정도 거리가 있는 대답을 했다.

"달관의 경지?"

"무인들의 삶은 무척 간단합니다. 그 달관의 경지를 위해 매진해 나가는 그것 하나입니다."

"그렇지만 무인들 가운데에서도 입신양명(立身揚名)을 위해 무술을 익히기도 하고, 남보다 더 강해지기 위해 무술을 익히기도 하지 않나?"

"맞습니다. 그런 부류의 무인들이 실제로는 더 많다고 봐야지요."

매튜는 팰트란의 말에 고개를 끄덕였다.

"그런 부류의 무인을 일컬어 세류파(世流派)라고 합니다.

그와는 달리 궁극의 도를 깨닫기 위해 일생을 바치는 무인들을 극도파(極道派)라고 하지요. 저의 스승이셨던 아리우스 검성 이전에는 극도파 무인들이 많았다고 합니다. 모든 세상사를 잊고 오직 검도에만 매달렸던 분들이시죠."

"극도파라……."

"그 과정에서 무사들끼리의 결투가 가장 유행했던 시기이기도 하고요. 시절은 변하고 사람 역시 시절에 맞춰 변합니다. 지금은 대다수의 무인들이 세류파이고, 극소수의 극도파 무인들이 존재한다고 보시면 됩니다."

"그럼 매튜는 극도파인가, 세류파인가?"

"잘 모르겠습니다. 아직은 극도파도 아니고 세류파도 아닌 것 같습니다. 전하를 호위하고 있으니 극도파라 하기에도 부적합하고, 호위 외에는 검도만 추구하고 있으니 세류파라고 하기에도 부적합하지요. 아마 전하께서 뜻하신 바를 이루셨을 때 제가 어떤 파의 무인인지 알 수 있을 겁니다."

팰트란은 매튜의 묘한 대답에 뜻 모를 허전함과 아쉬움이 밀려왔다. 매튜와의 인연이 영원히 이어질 것 같지 않은 느낌이 들었다.

"전하, 전 정치를 잘 모르지만 모든 길의 끝은 같다고 봅니다. 전하에게 있어 궁극의 도가 무엇인지를 깨닫고 그것을 추구할 수 있다면 군왕의 길을 걷든 무인의 길을 걷든 학자의 길을 걷든 아무 상관 없이 행복한 삶을 살 수 있으리라 확신

합니다.”

 ‘궁극의 도? 나에게 있어 궁극의 도는 과연 무엇일까!

 매튜의 말에 팰트란은 머리를 얻어맞은 듯한 충격을 받았
다.

 일국을 잘 다스려야 한다는 의무감과 압박감을 떨쳐 버리
기 위해 염세주의(厭世主義)로 흐르던 팰트란은 매튜와의 가
벼운 문답을 통해 한 단계 성숙한 경지에 도달했다.

                *   *   *

 12월 중순이 끝나갈 무렵 팰트란에게 좋은 소식이 전해졌
다. 바실리스 부자 일행이 키발트 요새에 도착했다는 것이다.

 키발트 요새의 네이팜 장군에게서 그 소식을 전해들은 팰
트란은 직접 내성 문까지 나아가 바실리스 부자를 맞이했다.

 “전하, 그간 많은 일이 있었다고 들었습니다. 소신이 너무
늦어 제때 힘을 보태지 못했습니다. 죄송합니다.”

 “무슨 말씀이오. 그대가 코린트에 도착한 것보다 나를 더
기쁘게 하는 것은 없소. 하하하, 반갑소, 바실리스 경!”

 바실리스는 팰트란과 약속했던 대로 각지에 흩어져 있던
팔랑가스의 옛 친구들과 이전 황자파 신하들을 수소문해 같
이 코린트로 데려왔다.

 바실리스가 데려온 인원은 문관 출신은 물론, 무관, 기술

자, 공인, 학자 및 그들의 가족을 다 포함해 물경 이천 명을
넘었다.

"먼 길을 오느라 수고들 많았소. 트로니아의 국왕 펠트란
의 이름으로 그대들의 코린트 입성을 진심으로 환영하는 바
이오."

"감사합니다, 전하!"

펠트란은 초췌해진 부녀자들의 노고를 일일이 치하했고,
그들은 어진 군왕의 찬사에 감사의 인사를 올리며 펠트란에
대한 충성을 맹세했다.

The God of War

CHAPTER 06

트로니아의 수호신(守護神)

The God
of War

　　　국왕의 귀환과 바로 이어진 국경에서의
전투, 바실리스 부자의 합류로 대미를 마친 한 해가 가고 희
망찬 새해가 밝아왔다.

　대륙력 1767년. 19세가 된 팰트란은 트로니아 기준으로 올
해부터 성년의 반열에 오르게 되었다.

　일반인을 기준으로 보면 아직 성숙하지 않은 연령대였으
나, 삶에 있어 다양한 경험을 한 팰트란에게는 인생의 연륜을
오래 쌓은 사람들보다 더 노련미를 풍기고 있었다.

　트로니아는 올해 다가올 태풍에 대비하기 위해 많은 준비
와 뼈를 깎는 노력을 해야 했다. 트로니아의 국왕인 팰트란부

터 일반 백성들에게 이르기까지 누구 하나 차별을 두지 않고 똑같이 동참했다.

"안녕하셨습니까, 전하!"

"아, 루카스 경! 어서 오시오."

가족들과 함께 새해 첫날 식사를 끝낸 팰트란은 바실리스의 아들 루카스 카라티노스와 자리를 같이했다.

지난 12월 코린트에 도착한 이후 루카스는 팰트란의 자문인과 같은 역할을 하기 시작했다.

팔랑가스를 떠난 이후에도 블랙 섀도우를 이용해 쉼없이 각국의 정세를 면밀히 관찰하고 분석해 온 루카스는, 어느 사이 팰트란에게 없어서는 안 될 사람으로 변해 있었다.

"근래 들어 변화가 많았소."

"대륙에 또 한 번 거대한 태풍이 불어올 듯합니다."

30대 중반을 넘긴 루카스는 지난해 봤던 모습보다 더 한층 완숙한 모습으로 성장했다. 반짝이는 두 눈 속에는 세상의 모든 지혜가 담겨 있는 듯했다.

"대외적으로 가장 큰 소식은 발키아 제국의 내분이 점점 걷잡을 수 없을 정도로 커지고 있다는 겁니다."

"쯧쯧! 제국의 황제란 사람이 자식들 관리조차 제대로 못하다니."

"권력 앞에선 피도 눈물도 없다는 속성이 있습니다. 아버지가 자식을 자식이 아버지를 없애는 일이 하나둘이 아닙

니다.”

지난해 2황자의 암살 기도로 큰 부상을 당한 발키아 제국 빅토르 3세의 상처는 황실 어의들이 생존 가능성을 완전히 포기할 정도로 위중했다.

이에 따라 빅토르 3세의 후계자 구도가 초미의 관심사로 떠올랐다.

“루카스 경은 발키아의 후계 구도를 어떻게 보시오?”

“평화적인 황위 이양은 불가능합니다.”

단언하듯 말하는 루카스!

“그럼 황권을 둘러싼 내분이 일어날 거란 말이구려.”

“그렇습니다. 현재 상황을 설명드리면 2황자가 황제 암살 사건에 연루되어 목숨을 잃었고, 대권 다툼은 1황자와 3황자, 그리고 4황자 사이에 치열하게 전개되고 있습니다. 황제의 숨이 멎는 순간 발키아는 혼란 정국으로 빠져들 것이 틀림없습니다.”

“타키온이 그 기회를 놓치지 않겠구려.”

“타키온의 안톤과 몰트케가 눈에 불을 켜고 군비 증강에 박차를 가하고 있습니다. 들려오는 정보로는 사상 최대의 발키아 전쟁을 벌일 준비 중이라고 하더군요.”

“사상 최대의 발키아 전쟁이라니. 우리 트로니아도 무사히 넘어가지는 못하겠구려.”

“어떤 식으로 움직일지 모르겠지만 절대 가만히 있지는 않을 겁니다.”

“빅토르 3세가 죽기 전에 후계자 다툼이 끝나길 기다려야겠구려.”

“예, 그렇게 되면 좋지요.”

‘아마 그럴 일은 결코 없을 겁니다.’

루카스는 고개를 끄덕였지만 마음속으론 두 제국의 전쟁을 확신했다.

대륙 남부의 상황 역시 그리 좋지는 않았다. 지난해 두 황제의 사망으로 새로운 황제가 각기 등극한 팔랑가스 제국과 크리타스 제국 사이에 일촉즉발의 전운이 감돈다는 소식이 전해졌다. 다만 거리적으로 멀리 있는 두 제국이라 그다지 북부인들의 관심을 끌지는 못했다.

오히려 트로니아 인들에게 있어서는 바실리스 부자의 팰트란 가신단 합류가 가장 큰 이야깃거리였다.

트로니아에 유명한 영웅이 왔다고 좋아하는 사람부터 이미 한물간 노인에 불과하다고 하는 사람이 있는가 하면, 교활하고 흉계가 많기 때문에 팰트란 전하께서 관리를 잘해야 한다고 걱정하는 사람까지 온갖 소문들이 다 나돌았다.

무수히 많은 소문이 나돌았지만, 중론은 바실리스 부자가 트로니아에 가담함으로 트로니아가 전보다 더 강해질 거라고 말들 했다.

“그나저나 언제 출발하실 겁니까?”

"내일 바로 출발할 예정이오."

"드래곤의 신전에 가서 예배를 드려야 한다! 하하, 참 재미 있는 관습이더군요."

루카스의 말에 펠트란의 얼굴이 가볍게 붉어졌다.

"쩝, 나도 마음에 들지 않지만 어쩌겠소. 조상님의 유언이고, 이미 트로니아 인들의 뇌리에 깊게 박혀 있는 관습이니 말이오."

"전하, 제가 보기엔 좋은 관습입니다. 정치는 희극이라는 말이 있지 않습니까! 백성들은 뭔가 자신의 통치자가 신비한 구석이 있길 바라기 마련이지요."

"그러니 할 일이 산더미처럼 쌓여 있어도 이렇게 하는 것이 아니겠소. 휴우, 나도 언제까지 이런 희극을 되풀이해야 하는지 답답하구려."

레드 드래곤의 후예라고 알려진 트로니아의 하노버 왕가에는 하나의 관습이 있었다.

왕위에 즉위할 왕위 후계자는 즉위식을 거행하기 전에 그랑디 산맥의 지맥(地脈)에 있는 호른 산을 다녀와야 한다.

호른 산에는 칼리언 신전이 있었는데, 이 신전은 하노버 일가와 인연이 있다는 레드 드래곤을 모시는 신전이었다.

지금은 모습을 감추었지만, 아주 오랜 과거 율리시안 대륙에는 하늘을 날고 화염을 내뿜는 드래곤이 살고 있었다고 전해진다.

　드레곤 슬레이어에 대한 무용담과 서사시가 내려오고, 간간이 드레곤의 뼈로 보이는 화석이 발견된 것을 보면 그런 영물이 있었던 것은 틀림없어 보인다.

　왕가의 혈통은 일반 사람들과 달라야 한다는 혈통 우월주의 때문인지 몰라도, 트로니아의 하노버 왕가에도 다른 나라의 왕가와 마찬가지로 하나의 전설이 내려온다.

　하노버 가문을 수호하는 레드 드레곤이 있다는 얘기였다. 지금은 누구도 믿지 않지만, 하노버 왕가의 옛 문서들을 보면 그에 대한 언급이 간간이 나와 있긴 했다.

　개국에 대한 정통성과 신비주의를 확보하기 위해서였는지, 아니면 정말 드레곤과 깊은 관계에 있었는지는 분명치 않다.

　하지만 건국왕인 사자왕 리처드 1세는 트로니아를 건국한 후, 왕위 즉위에 대한 조건으로 칼리언 신전에 있는 레드 드레곤에게 지내는 제사를 의무화했다.

　초기 트로니아 인들은 하노버 왕가와 레드 드레곤의 관계를 굳게 믿었다. 자신들의 왕이 드레곤의 후예라는 것은 큰 자부심이 아닐 수 없었다.

　실제 리처드 1세 때의 사록을 보면 간간이 레드 드레곤에 대한 언급이 있긴 하다.

　그럼 500년이 지난 지금은?

　실제로는 믿지 않겠지만 그렇다고 하노버 왕가와 드레곤

과의 관계를 부정하지도 않는다. 조상 대대로 내려오는 관습
이 그만큼 무서운 것이다.

"누가 전하와 동행합니까? 제가 모시고 가도 될까요?"

"루카스 경은 정부 조직 편성에 바쁠 텐데 어떻게 가시려
하오. 말씀만은 고맙소이다. 호위무사 매튜와 근위병이 동행
할 것이오."

"음……."

우물쭈물하는 루카스를 보고 펠트란이 의아한 표정으로
바라보며 입을 열었다.

"루카스 경, 뭔가 할 말이 있는 모양인데 부담 갖지 말고 말
씀하시오."

"이거 참!"

계면쩍은 표정을 짓던 루카스가 어쩔 수 없다는 듯 입을 연
다.

"전하께서 칼리언의 신전에 다녀오셔야 한다는 얘기를 듣
고 제 누이 안젤리나가… 가능하다면 자신도 가보고 싶다
고… 드레곤이 보고 싶다고 얼마나 조르는지 원."

"아, 안젤리나 양이 칼리언 신전에 가보고 싶어하는 모양
이구려."

"휴, 전하께 허락을 받아달라고 그 계집이 아버님과 저를
얼마나 졸라대는지 그만 실례인 줄 알면서도 말을 꺼내지 않
을 수가 없었습니다."

펠트란은 안젤리나의 당차고 아름다운 용모를 떠올렸다. 그에게 처음으로 이성으로 다가오는 여인이었다.

"그러라고 하시오. 칼리언 신전에 여인이 오지 말란 법은 없으니 말이오."

"감사합니다, 전하!"

'안젤리나 양이 신전을……. 흐흠, 여정이 심심치는 않겠구나.'

왜인지 구체적으로 표현할 수는 없어도 심장이 쿵쿵 뛰는 펠트란이었다.

*　　　*　　　*

휘이잉! 휘이잉!

1월의 겨울 날씨치고 기온은 그리 떨어지지는 않았으나, 삭풍이 몰고 온 한기는 인간의 체감 온도를 떨어뜨리기에 충분했다.

투걱! 투걱! 투걱!

나뭇가지를 흔드는 바람 소리만 무성한 시골 외딴길에 두툼한 외투를 걸친 일단의 인마가 모습을 드러냈다. 하나둘 모습을 드러낸 인마(人馬)의 수는 대략 오십 기 정도였다.

이들은 세찬 바람을 맞이하며 호른 산으로 향하는 펠트란과 안젤리나, 매튜, 그리고 오십 기의 근위기병들이었다.

털모자와 빨간 망토를 두른 펠트란은 옆에 있는 바실리스의 딸 안젤리나가 걱정되는 듯 근심스런 표정으로 묻는다.

"춥지 않습니까? 필요하면 마차를 준비하겠습니다."

"괜찮아요. 전 보기보다 튼튼하거든요."

주홍빛 입술 사이로 하얀 입김을 내뿜으며 안젤리나가 당찬 돈소리로 대답한다.

털가죽으로 만든 얇은 외투 위에 검은색 코트를 입고 있는 여장부다운 안젤리나의 모습에 펠트란은 가벼운 웃음을 머금고 그녀의 옆모습을 바라보았다.

'카라티노스 가의 피가 흘러 그런가, 남자들도 참기 어려운 원행을 씩씩하게 잘도 따라오는구나.'

"전하, 길가 옆에 저 초록색 싹은 뭔가요?"

"아, 저건 밀입니다."

"참 보기 좋네요."

길옆 밭으로 겨울 밀이 차가운 겨울바람을 뚫고 나와 새치름한 모습을 보이고 있었다.

북부의 산속에서 세찬 추위와 맞서 싸우는 침엽수를 제외하면, 겨울철에 유일하게 자연이 성장하는 모습을 보여주는 밀 싹이었다.

"전하, 그런데 정말 하노버 왕가에 드레곤의 피가 흐르고 있나요?"

"하하, 그건 누구에게 들었습니까?"

"아버님과 오라버니가 그러더군요. 트로니아의 하노버 왕가에는 드레곤의 피가 흐르고 있다고 말이에요."

당차고 남자다운 성격을 지닌 안젤리나였지만 드레곤에 대한 신비는 그녀를 평범한 여인으로 만들었다.

눈빛을 반짝이며 팰트란을 바라보는 안젤리나의 모습에 팰트란은 어색한 기침 소리를 내며 슬그머니 고개를 앞으로 돌린다.

'어휴, 젊은 사람이 어쩜 저리 곰 같을까. 정말 그랑디 산맥에 있는 검은 곰과 하는 짓이 똑같다니까.'

안젤리나는 덩치가 큰 팰트란과 곰을 비교하며 속으로 킥킥 웃음을 터뜨렸다.

"그렇게 알려져 있지만 솔직히 잘 모르겠습니다. 그러나 분명한 건 하노버 일족도 다른 사람들과 똑같다는 겁니다. 다치면 피를 흘리고, 나이가 들면 자연으로 돌아가지요."

"저도 그렇게 생각하는데, 그 말을 했다가 아버님에게 엄청 혼났거든요."

"나한테는 하고 싶은 말을 그대로 해도 됩니다."

주위에 누가 있나 살펴본 후 팰트란이 안젤리나의 귀에 입을 갖다 대고 나직이 소곤거린다.

"솔직히 나도 안 믿거든요."

"예? 호호호호!"

안젤리나는 솔직 담백하게 말하는 팰트란의 대답에 두 눈을 동그랗게 뜨고 터져 나오는 웃음을 멈출 수가 없었다.

"호호호, 전하, 정말 전하께서는… 호호호."

안젤리나는 연신 웃으며 팰트란의 얼굴을 바라보았다. 그녀가 알고 있는 잘난 척하는 여타의 고귀한 혈통들과 달랐다.

"으음, 좋았어요."

"예? 뭐가 좋았단 말입니까?"

"아, 아무것도 아니에요. 저 혼잣말로 한 말예요."

무슨 생각을 하고 있었는지 모르지만, 팰트란의 물음에 안젤리나가 얼굴을 살짝 붉히며 대답한다.

"전하, 또 하나 여쭙고 싶은 게 있는데요?"

"내가 알고 있는 범위 내에서 성실하게 답변해 드리겠습니다."

"칼리언의 신전에 트로니아의 수호신이라는 레드 드레곤이 정말 있는 거예요? 만일 있다면 살아 있어요, 아니면 죽어 있어요?"

팰트란이 곤혹스런 표정을 짓는다.

"글쎄요. 나도 잘 모르겠습니다. 신전에 도착하면 국왕 후계자만 들어가 제사를 지낸다고 하더군요."

"피이, 그럼 지금까지 레드 드레곤을 본 사람은 하나도 없잖아요."

"그렇지요. 내가 어렸을 때 아버님께 몇 차례 여쭤봤지만, 아무런 대답도 해주지 않으셨습니다. 다만 크면 알 수 있다고 말씀하시더군요.”

“혹시 아무것도 없는 거 아닐까요?”

대담하게 질문을 던지는 안젤리나.

두 사람 뒤를 따라가던 매튜가 흠칫 놀라 주위에 혹시 근위 기병이라도 있지 않나 두리번거릴 정도였다.

안젤리나는 겉으로 태연하게 팰트란의 답변을 기다리고 있었으나, 속으로는 마음이 조마조마했다. 궁금해 던진 질문인데 자칫 잘못하면 트로니아 하노버 왕가와 드래곤의 관계를 정면으로 부인하는 말이 될 수도 있기 때문이었다.

“음, 그럴 수도 있지요. 내 핏줄에 드래곤의 피가 흐르느냐는 질문에 대한 답과 마찬가지로, 솔직히 신전에 드래곤이 있으리라곤 생각지 않습니다.”

“헛!”

안젤리나와 매튜가 동시에 헛바람을 내뱉었다. 무엇보다 안젤리나의 놀람이 컸다.

팰트란을 8년간 모신 매튜는 그의 성격을 잘 알고 있었지만, 설마 이렇게 적나라하게 대답할 줄은 몰랐고, 안젤리나는 자신의 옆에 있는 젊은 국왕이 너무 솔직한 사람인지, 아니면 바보인지 헷갈릴 정도였다.

‘이, 이 사람이 정말……. 아냐. 결코 바보는 아닌데.’

안젤리나는 두 눈에 정기가 번쩍이는 팰트란을 힐끔 보고는 고개를 가로젓는다.

‘그렇다면 결론은 단 하나, 이런 각본 없이도 왕위에 올라 트로니아를 통치할 자신이 있다는 거로구나. 흐음, 오라버니 말이 맞는 건가? 점점 재미있는데.’

숱하게 많은 황족과 왕족, 잘났다는 귀족을 봐왔지만 팰트란은 그들과 확연히 다른 점이 있었다. 자신감이 있었고, 그런 자신감이 그로 하여금 솔직한 자신의 내면을 드러나게 만든다.

나이도 어리고 어수룩해 보이는 곰 같은 팰트란에게 안젤리나는 자신도 모르게 점점 호감이 일어났다.

“전하, 저도 신전에 같이 들어가면 안 될까요?”

“하하, 그건 안 됩니다. 신전에는 왕위 계승자만 들어갈 수 있습니다.”

“아무것도 없을 텐데 같이 데려가 주세요.”

“안젤리나 양, 미안합니다. 다른 건 몰라도 그건 내가 허락할 수 없습니다.”

미안한 표정을 짓지만 강단이 분명한 팰트란의 대답이었다. 이런 사람에겐 어떤 감언이설과 협박으로도 원하는 답을 이끌어낼 수 없다.

‘어휴, 고지식한 곰!’

안젤리나는 샐쭉 웃으며 입을 삐죽 내밀었고, 뒤에서 이를 우연히 본 매튜는 쓴 미소를 머금으며 고개를 설레설레 저었다.

‘곰과 여우의 만남인가!’

매튜는 부조화 속에 조화, 어울리지 않을 것 같으면서 잘 어울릴 것 같은 느낌이 드는 한 쌍의 청춘 남녀를 보며 나름대로 생각에 잠겼다.

그때 펠트란이 매튜를 불렀다.

"매튜!"

"예, 전하!"

"곧 눈이 올 모양이다. 서둘러야겠다."

"알겠습니다. 제가 근위기병들에게 전달하겠습니다."

"이랴! 이랴!"

회색빛 하늘을 올려다보며 매튜는 말에 박차를 가했다. 시간이 얼마 지나지 않아 과연 하늘에서 눈이 내렸다. 금년도 첫눈이 내리기 시작했다.

하얀 눈이 가득 내려 온 대지를 하얗게 뒤덮은 날, 펠트란 일행은 마침내 호른 산 입구에 도착했다.

치안대원의 소식을 듣고 국왕 일행을 영접하기 위해 신전 관리인과 마을 촌장이 산 입구에서 펠트란을 기다리고 있었다.

펠트란은 영접 나온 사람들에게 따듯한 노고의 말을 전한 후, 신전 관리인의 안내를 받으며 신전이 있는 곳으로 올라갔다.

"참 예쁘네요. 같은 겨울을 나는 데도 이곳은 스바인 산과 분위기가 무척 다른 것 같아요."

"예, 정말 멋진 곳입니다."

"잊고 살 때가 많지만 간혹 가다 한없이 작아지는 인간을 느끼곤 해요."

당차게 행동하던 안젤리나가 근엄한 자연 장관에 압도당하는 모습을 보고 팰트란은 가볍게 미소를 머금었다. 성격이 강할 뿐 솔직하고 근본이 잘 갖추어져 있다.

겨울에 내려와 나뭇가지와 나뭇잎에 얼려 매달린 눈을 눈꽃이라고 부른다. 신전으로 향하는 산길 좌우로 이런 눈꽃이 가득 피어 햇빛에 반사되었다.

무지개 색깔뿐 아니라 해가 비치는 각도에 따라 각종 영롱한 빛을 뿜어내는 눈꽃은 아름다움을 넘어서 산길을 오르는 팰트란 일행에게 신비한 분위기를 자아낸다.

두르릉대는 말 울음소리만 간간이 터져 나왔을 뿐, 팰트란 일행은 대자연이 만들어내는 장관에 경건한 마음으로 묵묵히 산을 올랐다.

두 시간여를 올라가자 마침내 칼리언의 신전이 팰트란의 시야에 들어왔다.

신전에서 100m 떨어진 곳에 각양각색의 조각상이 일정한 담을 이루고 있었고, 팰트란 일행은 신관의 안내를 받으며 그곳까지 다가갔다.

"아아!"

뚜렷하게 모습을 드러내는 신전을 보고 팰트란은 자신도 모르게 감탄을 터뜨렸다.

비단 그뿐만 아니고 그 주위에 있던 안젤리나, 매튜, 그리고 근위기병들도 두 눈을 동그랗게 치켜뜨고 전면에 모습을 드러낸 신전을 바라보았다.

산 중턱을 깎아 신전 입구를 만들어놓았다. 둥근 아치형의 지붕과 두 개의 거대한 기둥, 그 사이로 조그만 문이 하나 놓여 있었다.

팰트란 일행이 무엇보다 놀란 것은 신전 입구를 만든 석재가 대륙에서 귀하고 값이 비싼 것으로 알려진 화이트 대리석이라는 것이다.

더욱이 신전을 구성하는 각각의 대리석 규격을 보면, 도저히 인간의 힘으로 쌓아올리기 어려운 크기와 무게였다.

게다가 이곳은 평지에서 말을 타고 좁은 산길을 두 시간여를 올라와야 하는 곳이다. 짐을 실어 나를 수 있는 우마차나 기중기 같은 중기(重機)가 올라올 수 없는 곳이다.

"저… 저 건물이 바로 신전인가 보네요. 아, 처음 봐요, 저렇게 아름답고 웅장한 건물을요."

안젤리나가 자신도 모르게 감탄을 터뜨린다.

'규모가 보통이 아니구나! 상상했던 것 이상인데?'

팰트란 역시 신전의 규모에 놀랐다. 과거 어떤 사료에도 트로니아 정부가 드레곤의 신전을 만들었다는 기록은 없다.

'정말 드레곤이 있단 말인가?'

고개를 갸우뚱거리던 팰트란은 마음을 가다듬고 옆에 있는 신관에게 물었다.

"저 신전은 언제 만들어졌소?"

"아무도 모릅니다. 제가 알고 있는 사실은 사자왕 리처드 1세께서 칼리언 신전을 관리하는 신관을 임명했고, 초대 신관께서 이 신전을 관리했다는 겁니다."

"그렇다면 리처드 1세 때 만든 것이 아니란 말이오?"

"예. 대대로 내려오는 기록에 의하면 초대 신관께서 리처드 1세의 명령을 받고 이곳에 왔을 때에 이미 저 신전이 만들어져 있었다고 합니다."

"그거 참, 묘한 일이구려. 누가, 왜, 어떻게 저 신전을 만들었을까?"

"전하, 어서 들어가 봐요. 그럼 신전에 얽힌 비밀을 알 수 있을지도 몰라요."

안젤리나가 홍조 가득한 얼굴로 팰트란에게 권한다. 그녀도 굉장히 흥분해 있는 것 같았다.

"전하, 죄송하지만 이곳부터는 전하와 저만 들어갈 수 있습니다."

"뭐예요? 그럼 우리는 못 들어간단 말예요?"

신관의 말을 듣고 있던 안젤리나가 톡 쏘아댄다.

"예. 허락받지 않은 사람이 들어가면 큰 화를 당하게 됩

니다.”

“흥, 거짓말!”

“레이디, 거짓말이 아닙니다.”

신관의 말은 이랬다.

과거 리처드 1세에 의해 칼리언 신전의 모습이 세상에 공개되며, 일부 재물에 눈이 어두운 자들이 대리석을 탐내 경고를 무시하고 신전에 가까이 다가갔다.

하지만 그들은 모두 목숨을 잃었다. 그것도 출입이 금지된 선에서 다섯 발자국을 넘기지 못하고 피를 토하며 죽어버린 것이다.

지금도 트로니아 인이 아닌, 타국 상인이나 도굴꾼들이 가끔 모험을 걸었지만 결과는 똑같았다.

“정말 이 조각상을 넘어가면 목숨을 잃는다는 말이에요?”

“그렇습니다. 이틀 전에도 도굴꾼의 시신을 하나 처리했습니다.”

신관의 말에 펠트란과 일행은 일정한 위치를 점하며 자리 잡고 있는 조각상을 유심히 살펴보았다.

얼핏 보았을 때는 몰랐지만 갖가지 체형에 어디서 듣지도 보지도 못했던 흉신악살과 같은 형상을 한 괴물들이 각종 병기를 들고 서 있다.

“그럼 전하도 위험한 것 아닌가요?”

“아닙니다. 하노버 왕가의 혈통만 아무 일 없이 이곳을 통과허 들어갈 수 있습니다."

"호호, 세상에 어떻게 이런 일이……."

"시험하는 것은 무방하지만, 신의 이름을 걸고 제 말이 거짓이 아니란 걸 맹세하겠습니다."

"안젤리나 양, 내가 보기에 신관의 말이 거짓이 아닌 것 같으니 괜한 모험을 걸 필요는 없을 것 같습니다. 직접 보여드리지 못해 죄송하고, 내가 다녀온 뒤 궁금한 부분이 있으면 대답을 해드리겠습니다. 괜찮겠지요?"

"칫, 방법이 없네요. 알았어요."

"들어가시지요, 전하."

"그럽시다."

신관은 조각상 사이에 서더니 두 눈을 감고 뜻을 알 수 없는 즈문을 외우기 시작했다. 3, 4분간 주문을 외우던 신관이 두 눈을 번쩍 뜨고 앞장서 걷기 시작했다.

"저를 따라오십시오."

팰트란은 신관의 말을 듣고 천천히 그의 뒤를 따라 신전으로 다가갔다.

팰트란은 점점 다가설수록 신전의 규모에 감탄을 금치 못했다.

높이가 적어도 40m 이상은 되어 보였다. 기둥이나 담을 쌓은 대리석의 크기 역시 높이가 2m에 길이가 5m를 넘으니, 인력으로 만들기가 불가능한 건물이었다.

하얀 대리석 문 앞에 도달한 펠트란과 신관. 신관은 무엇이 두려운지 감히 신전을 제대로 바라보지 못한 채 드레곤에게 드릴 제례 의식에 대해 간략하게 설명을 해주었다.

"이제 문을 열고 안으로 들어가시면 됩니다. 저는 이곳에서 전하께서 나오시길 기다리겠습니다."

"흠, 무슨 열쇠 같은 것은 없소?"

"손으로 밀면 열리는 것으로 알고 있습니다."

"그래요?"

펠트란은 고개를 끄덕이며 높이가 적어도 4m는 넘는 두꺼운 대리석 문을 쳐다보았다.

'이것이 손으로 밀면 열린다고? 허참!'

펠트란은 혀를 끌끌 차고는 있는 힘껏 대리석 문을 밀었다.

그그궁!

"엇!"

신관의 말대로 두께 역시 20㎝가 넘는 대리석 문이 가볍게 열리는 것이 아닌가.

인간의 지혜로 이해하기 어려운 일에 부딪치며 펠트란은 가볍게 생각했던 마음을 버리고 경건한 자세와 마음으로 신전으로 들어갔다.

그그그궁!

손을 대지도 않았는데 다시 닫히는 문을 보며 펠트란은 흥분하기 시작했다.

채광이 잘되는 커다란 홀이 있었고, 홀 끝 쪽에 작은 통로
가 하나 놓여 있었다.

팰트란은 둥글게 만들어진 홀을 쭉 훑어보았다. 벽면에 거
대한 벽화가 그려져 있었다.

"여기부터 시작인가 보구나!"

벽화는 몇 개 부분으로 나누어져 있었고, 하나의 이야기를
암시하는 듯했다. 팰트란은 오른쪽부터 시작되는 벽화를 천
천히 바라보았다.

벽화는 레드 드레곤이 드레곤과 비슷한 크기의 거인들의
공격을 받는 장면에서 시작되었다.

다음 장면에서 드레곤은 피를 흘리며 커다란 동굴 앞에 쓰
러져 있었고, 인간으로 보이는 어린아이가 측은한 표정으로
드레곤을 바라보고 있었다.

그다음으로 어린아이는 드레곤을 치료해 주었고, 드레곤
과 우정을 맺는다.

레드 드레곤이 어른으로 성장한 인간에게 무언가 물건을
하나 건네주는 것으로 벽화는 끝이 났다.

"저 어린아이가 혹시 하노버가의 선조가 아닐까?"

팰트란은 자기 나름대로 벽화의 내용을 유추(類推)하며 홀
끝에 있는 통로로 들어갔다.

통로 바닥은 역시 하얀 대리석으로 깔려 있었고, 통로 천장
엔 어떤 방식을 이용했는지는 모르지만 희미한 빛이 스며들

며 길을 밝혀주었다.

올라갔다 내려갔다 얼마나 걸었는지 모르지만 시간이 상당히 흘렀다고 생각할 무렵, 펠트란은 다시 조그만 홀에 도달했다.

"아, 이곳이로구나!"

홀 중앙에 제단이 갖추어져 있었고, 그 위에 사람 크기만 한 레드 드레곤의 동상이 있었다. 신전 입구 홀에서 봤던 레드 드레곤과 비슷한 모습이었다.

홀 주위는 대리석으로 꾸며져 있었고, 야광주(夜光珠)가 달려 있는지 천장에 있는 구슬에서 환한 빛이 쏟아져 나와 홀을 밝혀주었다.

선대왕들이 그러했듯, 물욕이 없는 펠트란은 주변에 놓여 있는 반짝이는 장식품에는 전혀 눈길을 주지 않고 제단 위에 놓여 있는 드레곤의 동상을 주의 깊게 바라보았다.

"하아, 누구의 솜씨인지 모르지만 대단하구나!"

너무 정교하게 만들어진 동상을 보고 펠트란은 또다시 감탄을 터뜨리지 않을 수 없었다.

드레곤의 얼굴부터 온몸에 있는 비닐, 발톱과 꼬리 등에 달린 날개까지 섬세하게 만들어놓은 것이 곧 눈을 뜰 것 같은 느낌을 준다.

펠트란은 신관이 일러준 내용대로 제례 의식을 거행했다. 사실 뭔가 신비로운 일이 일어나길 기대했지만, 의식을 마칠

때까지 아무 일도 일어나지 않았다.

"하하, 그렇겠지. 쩝, 나 역시 그저 평범한 인간에 불과하구나!"

제례 의식을 다 마친 팰트란은 약간 아쉬운 마음을 뒤로하며 홀을 나가려고 몸을 돌렸다.

위잉!

그때 팰트란의 손가락에 끼고 있던 반지에서 묘한 공명음과 함께 진동이 일며 팰트란의 주의를 끌었다.

"엇, 무슨 일인가?"

팰트란은 왼손을 들어 반지를 바라보았다. 리처드 1세의 유골 단지에서 우연히 발견한 그 반지였다. 그 반지가 계속 공명음을 내고 있었다.

아니, 실제 공명음을 내는 건지, 아니면 자신의 귀에만 들리는 것인지 모르겠지만 팰트란은 분명 그 공명음을 느낄 수 있었다.

'신기하구나!'

"반지야, 여기 무슨 비밀이 있다는 얘기니?"

팰트란은 마치 사람에게 말하듯 반지에게 중얼거리더니 제단을 중심으로 홀을 샅샅이 살폈다.

"이상한데? 별다른 특징이 없는데… 음!"

한참을 찾았지만 아무 이상을 발견하지 못한 팰트란은 드레곤의 동상 뒷면 하단에 약간의 이물질이 묻은 것을 발견하고는 그곳으로 다가갔다.

백색을 띤 이물질은 홀 상단에서 떨어진 석회수 같았다.

"우리 조상과 밀접한 관련을 갖고 있는 드레곤인데 깨끗이 치워드려야지."

팰트란은 웃웃 가지를 꺼내 동상에 묻은 이물질을 닦아냈다. 오래되었는지 쉽게 떨어지지 않았지만, 팰트란은 인내를 갖고 그 이물질을 닦아냈다.

"음, 이게 뭐지?"

이물질을 닦아낸 곳에서 조그만 구멍이 모습을 드러냈다.

"무슨 구멍일까? 반지 크기와 비슷한 것 같은데."

팰트란은 손가락에 끼고 있는 반지와 그 구멍의 크기를 가늠해 보았다. 정말 비슷한 크기였다.

"여기다 이것을 넣으란 말이니?"

남들이 들으면 미쳤다고 할 소리지만 팰트란은 마치 반지가 자신에게 말을 하는 것 같은 느낌을 받았다.

"그래, 알았다."

팰트란은 순순히 주먹을 쥔 후 반지 끝을 동상에 있는 구멍 속에 집어넣었다.

마음이 순수한 팰트란이었기에 느낌대로 움직였지, 심사가 복잡한 사람 같았으면 결코 이런 쓸데없는 짓은 하지 않았을 것이다.

"으읏!"

팰트란은 반지를 낀 손가락부터 시작해 온몸이 찌릿해지는 느낌에 가벼운 비명을 내질렀다.

"어이쿠, 이게 뭔가!"

피가 통하지 않는 것처럼 저린 왼팔을 위아래로 흔들며 팰트란은 낭패한 기색을 지었다.

"괜히 쓸데없는 짓을 한 건 아닌가! 응, 이건 또 뭔가?"

흔들던 왼팔을 멈추고 왼 손가락에 있는 반지를 바라보았다. 반지 위에 음각된 채로 달려 있던 거무튀튀하던 드레곤의 색깔이 선홍빛의 적색으로 변해 있었다.

"호오, 신기한 현상이구나!"

감탄의 빛을 나타내던 팰트란, 또 다른 일이 일어나지 않을까 주의를 기울이며 두리번거렸다.

"이것으로 끝인가?"

잠시 더 기다렸지만 아무 일도 일어나지 않자 팰트란은 적색으로 변한 반지를 한번 보고는 이제 그만 신전을 나가야겠다고 생각했다.

"흐음, 안젤리나가 눈이 빠져라 기다리고 있을 텐데, 그녀에게 들려줄 얘깃거리가 있어 다행이구나."

밖에서 눈이 빠져라 기다릴 안젤리나의 모습을 떠올리며 팰트란은 걸음을 옮겼다. 그가 제단이 있던 홀을 막 나가려는 순간 그의 귓속을 파고드는 음성이 있었다.

"아이야, 너는 리처드 하노버의 후손이냐?"

"윽! 누구십니까?"

천성적으로 담이 큰 팰트란이었지만, 아무도 없는 홀에서 난데없는 목소리가 들려오자 화들짝 놀라며 소리쳤다.

잽싸게 몸을 돌려봤지만 그곳에는 아무도 없었다.

"누구신지요? 말씀을 하셨으면 정체를 드러내셔야지요!"

분명히 사람의 음성을 들었다고 판단한 팰트란은 침착하게 서서 사방을 바라보며 크게 외쳤다. 홀엔 아무도 없었지만 팰트란은 눈에 보이는 것보다 자신의 신념을 믿었다.

아무것도 하지 않고 고요한 정적 속에서 팰트란은 자신에게 말한 사람이 모습을 드러내기만을 기다렸다. 얼마나 지났을까!

"허허, 누가 하노버 가문 사람이 아니랄까 봐 고집이 대단하구나."

"어디에 계신지요?"

팰트란은 음성의 진원지를 찾기 위해 시선을 이리저리 돌렸지만 홀에는 아무도 보이지 않았다.

"내가 어디에 있는지 그리 신경 쓸 필요없다."

팰트란은 그제야 지금 들려오는 목소리가 일반적으로 들려오는 목소리와 다르다는 것을 깨달았다. 보통 목소리는 울림과 떨림이 있었으나, 홀에서 들여오는 목소리에는 그런 움직임이 없었다.

즉, 지금 팰트란이 들은 목소리는 팰트란의 귀에, 아니, 그의 머릿속에 직접 전달된 것이다.

'그렇다면…….'

팰트란은 머릿속에 한 가지 생각이 떠오르며 시선을 드레곤의 동상으로 향했다.

"아얏!"

그는 자신도 모르게 비명을 내질렀다. 제단 위에 놓여 있던 레드 드레곤의 두 눈에서 붉은 빛이 번쩍이는 것이 아닌가.

"호… 혹시 귀하는……."

"그렇다. 난 테르마우 카시오린이라는 레드 드레곤이다."

일반 사람이 이런 경우를 맞이했다면 십중팔구 그 자리에 털썩 주저앉았을 것이다.

하지만 뚝심과 배짱이 있는 트로니아 인의 후예답게 팰트란은 그 자리에 굳건히 버틴 채 뚫어져라 테르마우라고 자신을 밝힌 레드 드레곤을 바라보았다.

"저… 정말 드레곤이 있었군요."

"후우, 아이야, 네가 없었다면 나의 존재는 계속해서 드러나지 않았을 것이다. 너 때문에 귀찮게 되었구나."

"무슨 말씀이십니까?"

"휴우, 그래 이것도 신이 예비하신 인연이겠지."

레드 드레곤 테르마우는 호기심에 눈을 반짝반짝 빛내고 있는 팰트란에게 과거에 있었던 일을 설명하기 시작했다.

아득히 먼 옛날, 율리시안 대륙이 지금처럼 인간만의 세상이 되기 전에 대륙에는 인간과 다른 여러 이족(異族)이 살고 있었다.

군집 생활을 하고 조직을 결성해 생활하는 인간과 달리 이들 이족들은 단독적인 삶을 즐겨 했다. 하나둘 이족들은 생존 경쟁에서 도태하게 되었고, 드레곤 역시 이 범주에서 벗어나지 못했다.

레드 드레곤 테르마우는 그랑디 산맥의 지류인 호른 산에 레어를 마련하고 살아오던 고룡이었다.

혼탁하고 어지러운 세상사에 관여하기를 좋아하지 않는 테르마우는 홀로 세상을 관조하며 자신의 삶을 영위하고 있었다.

그러던 어느 날, 배고픔이라는 가장 기본적인 욕구를 해결하기 위해 레어를 나와 사냥 중이던 테르마우에게 뜻하지 않은 일이 발생했다.

인간에게 쫓겨 북으로 북으로 밀리던 이족 가운데 타이탄이라는 이름을 지닌 거인족의 공격을 받게 된 것이다.

가까스로 그들의 공격을 물리쳤지만 거인족이 던진 창에 심장을 상한 테르마우는 호른 산 인근에 도착할 무렵 그만 정신을 잃고 쓰러지고 만다.

그때 한 인간 소년이 약초를 구하기 위해 호른 산을 찾았다가 홀로 쓰러져 있는 테르마우를 발견했다. 그 소년은 자신만한 굵기의 창을 타르마우의 심장에서 뽑아내 죽기 일보 직전의 그를 구해주었다.

그가 바로 팰트란의 직계 시조였다. 테르마우도, 팰트란도, 리처드도, 다른 하노버 가문의 어느 누구도 그의 이름을 제대로 기억하는 사람이 없었다.

테르마우는 그 소년에게 고마움을 표시하고, 자신을 구해준 답례로 하나의 반지를 주었다.

반지를 주며 테르마우는 그이든, 아니면 그의 후손이든 이 반지를 갖고 오는 자에게 자신이 도움을 베풀겠노라고 드레곤의 맹세를 했다.

테르마우가 그 소년에게 이런 과한 선물을 한 이유는, 그 소년에게 흐르는 정직과 겸손과 인내의 피를 확인했기 때문이다.

테르마우는 소년의 피가 끊어지지 않고 흐르는 한, 그의 후손들 역시 그와 비슷한 인간들이 나타나리라 판단했고, 그 판단은 크게 틀리지 않았다.

소년은 테르마우와 짧은 시간이었지만 아름다운 우정을 나누고 세상으로 돌아갔다. 소년은 그 후 두 번 다시 테르마우를 찾지 않았다.

"그 후 수백 년이 지났지만 그도, 그의 후손도 나를 찾아오는 사람이 없었다."

"그럼 리처드 1세께서 어떻게……."

"그래, 지금부터 500년 전이겠구나. 한 인간이 나를 찾아왔다. 그는 자신의 이름을 리처드 하노버라고 하더구나."

"아!"

"우연히 가문의 자료를 보다가 나에 대한 기록을 보고 찾아왔더구나. 그 아이는 나를 구해주었던 너의 조상과 너무 비슷하게 생겼었지. 나는 뛸 듯이 즐거워하며 그를 맞이했다."

"죄송하지만, 그럼 테르마우님의 지금 연세가 어떻게 되시는지요?"

"나? 정확히는 모르지만 너희들 기준으로 3,000세가 넘었을 것이다."

"……."

"리처드라는 아이는 무척 용감하고 야심이 많았다. 아, 그 야심이라는 것이 다른 것이 아니고, 자신의 국가를 갖고 싶어 하는 것이었지."

"예, 그분은 결국 트로니아라는 나라를 건국하셨습니다."

"그랬구나!"

테르마우는 잠시 과거의 추억을 더듬는 양 깊은 생각에 잠겼다.

"그의 나라는 무척 강대하겠구나."

"그분이 계셨을 때는 강대했습니다. 하지만 그 후 주변 강대국의 공격으로 나라의 기운이 많이 쇠했지요."

"그래? 이상하구나! 내 매번 나의 신전을 찾아오는 네 선조

들을 봤지만 제례만 끝나면 아무 일 없다는 듯 그냥 돌아가던
데."

"계?"

"나는 리처드의 요청을 받아 그가 나라를 세울 때 두 번 그
를 도와주었다. 기뻐하는 그의 모습을 보는 나도 크게 기뻤
지."

팔트란은 테르마우의 말을 듣고 고개를 갸웃거렸다. 드레
곤이 트로니아를 도와줬다면 역사에 길이 남을 이야깃거리
다.

하지만 민간에서 일부 야사(野史) 형식으로 전해졌을 뿐,
트로니아의 어떤 공식 기록에도 이런 얘기는 없었다.

"그리고 그에게 약속했다. 그의 선조에게 맹세했던 대로
언약의 반지를 갖고 나를 찾아오는 사람에게 내 도움을 베풀
것이라고."

"아, 그러셨군요."

"이상하구나. 조금 전 네 말을 듣자니 나라가 어려움에 처
했었다고 하는데 왜 나의 도움을 요청하지 않았지?"

팔트란은 리처드 1세의 유골 단지에서 반지를 찾았다는 얘
기를 할까 하다가 뭔가 앞뒤가 잘 맞지 않는 부분이 있어 입
을 다물었다.

'뭔가 좀 이상하구나. 돌아가는 대로 리처드 1세 때 남겨놓
은 문서를 샅샅이 찾아봐야겠다.'

“아마 테르마우님의 도움을 필요로 하는 일이 아직 없어서 그랬을 겁니다.”

“아이야, 네 이름은 무엇이냐?”

“제 이름은 펠트란 하노버라고 합니다.”

“펠트란이라… 좋은 이름이로고. 펠트란, 네가 반지를 사용한 것을 보니 이번에는 내 도움이 필요한 모양이로구나.”

“아… 아닙니다.”

“아니라고?”

“으윽!”

테르마우가 기분 나쁘다는 투로 반문을 던진다. 갑작스레 뻗쳐 오는 살기 때문에 펠트란은 순간 숨이 턱 막혀온다.

“그럼 왜 반지를 갖고 온 거지?”

“그건… 에… 오랜 기간 트로니아의 수호신으로 활약해 온 테르마우님께 하노버 가문의 후손으로 이때쯤 인사를 올리는 게 도리일 것 같아서 갖고 왔습니다.”

말을 좀 더듬거리긴 했지만, 듬직한 펠트란의 말에 테르마우는 별다른 의심 없이 그의 말을 받아들였다. 테르마우의 말투가 삽시간에 상냥하게 바뀌었다.

“아이야, 그럼 내 도움이 전혀 필요하지 않다는 말이냐?”

“그렇습니다, 테르마우님.”

“아냐, 아냐. 그렇게 즉흥적으로 말하면 안 되지.”

“예?”

‘이렇게 감격적으로 은인의 후손을 만났는데 아무런 도움을 주지 않는다면 그건 드레곤의 도리가 아니지.”

‘드레곤이 원래 이런가? 이건 뭔가 이상한데.’

“정말 괜찮습니다. 저는 국왕 즉위식을 앞두고 관례적인 차원에게 왔기 때문에 테르마우님의 도움은…….”

“아냐. 그래서는 안 돼. 우리 드레곤 족의 체면이 있지. 팰트란, 내가 이곳 레어를 정리한 후 곧바로 네가 있는 곳으로 달려가겠다.”

“테르마우님, 그건…….”

“네 마음은 내가 너무 잘 안다. 나도 빨리 가고 싶지만 시간이 꽤 걸릴 거야. 아무튼 레어를 정리하는 대로 속히 달려가마.”

“그럴 필요없으…….”

“허허허, 너무 고마워할 필요없다. 하노버 가문이 아니었다면 나 테르마우도 이 세상에서 이미 사라졌을 테니까.”

“테르마우님, 그게 아닌데…….”

“리처드가 세운 나라의 수도 코린트는 내가 잘, 아니, 아무 걱정 하지 말거라.”

테르마우는 거듭 반대 의사를 표시하는 팰트란의 말을 무시하며 자신의 의견을 강제로 관철시켰다.

‘이거 너무 이상한데. 이 양반이 오면 안 될 것 같은 느낌이 강하게 드는데, 이거 어떡하나.’

여러 각도에서 머리를 많이 굴렸지만 팰트란은 울며 겨자 먹기로 테르마우의 도움을 받을 수밖에 없었다.

"팰트란, 밖에 일행이 기다리는데 이만 가보는 게 좋을 것 같구나."

"아, 예. 알겠습니다. 그런데 테르마우님, 오신다면 대략 언제쯤 오시려는지요?"

"너무 걱정하지 말거라. 조금 전에 말한 대로 내 최대한으로 빨리 레어를 정리하고 달려갈 테니 말이다."

'으, 루카스에게 이 문제를 꼭 문의해야겠구나.'

"가능하시면 도착하기 전에 꼭 기별을 주시기 바랍니다."

"그래, 알겠다. 먼 길을 왔는데, 그럼 조심해서 돌아가도록 하거라."

팰트란은 항거할 수 없는 레드 드레곤 테르마우의 억지 주장에 양어깨를 축 늘어뜨린 채 홀을 나갔다.

"크크킄! 아, 이게 몇 년 만이냐."

팰트란이 사라지자마자 홀 안에 허리가 구부정한 노인이 나타나더니 회심의 미소를 흘리며 몸을 풀기 시작했다.

뿌드득! 뿌드득!

"아이고, 너무 오랫동안 움직이지 않았더니 뼈마디가 다 굳었네."

특이하게 적발에 온몸이 불에 타는 것 같은 적색의 옷을 입고 있는 노인네는 몸을 풀다 말고 왼쪽 어깨를 어루만지며 미간을 찌푸렸다.

"야호, 어수룩한 놈이라 다행이다. 리처드같이 여우 같은 놈이면 좀 곤란하지."

노인은 조금 전에 보았던 곰 같은 팰트란의 얼굴을 떠올리며 참을 수 없다는 듯 쾌재를 불렀다.

'흐흐흐, 내 이번에는 오랫동안 세상의 재미를 봐야지. 어영브영하다 리처드에게 한 번 당했지만, 두 번 다시 당하지 않을 것이다."

노인은 무엇이 생각났는지 레드 드레곤의 동상을 가볍게 밀치자, 동상 밑으로 커다란 공간이 나타났다.

"흐흐, 여기 다 있구나! 음, 멋지게 등장을 해서 세상 사람들의 이목을 사로잡아야지. 와우, 기다려라! 나 테르마우가 간다!"

동상 밑에 쌓여 있는 수많은 귀금속을 어루만지며 레드 드레곤 테르마우라고 자신을 소개한 노인은 입이 양 귓가에 걸리도록 크게 웃음을 터뜨렸다.

The God of War

CHAPTER 07

트로니아의 체질 강화(强化)

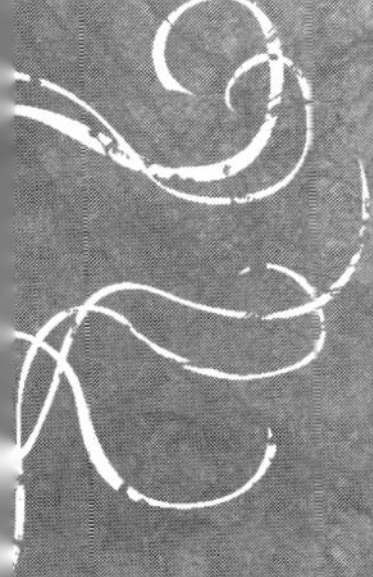

The God
of War

칼리언 신전을 나온 팰트란은 뒤도 돌아보지 않고 코린트를 향해 달렸다.

드레곤의 신전 안에서 무엇을 보았느냐고 안젤리나가 닦달질을 했지만, 코린트로 오겠다는 레드 드레곤 테르마우의 말에 온 정신을 빼앗긴 팰트란은 그녀와 노닥거릴 여유가 없었다.

"도대체 무슨 일인데 그러세요?"

"한시가 급합니다. 지금 말씀드릴 수는 없고 내 훗날 자세한 얘기를 들려 드리겠습니다."

"뭐야."

안젤리나가 중얼거리며 아름다운 얼굴에 미간을 잔뜩 찌푸렸지만, 팰트란은 상황이 상황인지라 그녀의 질문을 무시했다.

안젤리나는 팰트란이 자신을 무시한다고 화를 벌컥 냈지만 알다가도 모를 묘한 것이 남녀 간의 관계였다.

흔히 남녀 관계를 자석에 많이 비유하곤 한다. 가까이 다가가면 멀어지고 멀어지면 가까이 다가온다.

안젤리나의 마음에 바로 이 자석 이론이 찾아온 것이다. 서서히 호감이 가던 팰트란이 급격히 안젤리나의 마음에 와 닿는다.

'핏! 바쁘지도 않으면서 바쁜 척하기는. 흥!'

마음속으로 연신 콧방귀를 뀌지만, 묵묵히 앞만 보고 달리는 팰트란의 모습이 점점 믿음직스럽다.

여인의 변화는 커다란 행위에 의해서만 감동받는 것이 아니다. 아주 작은 행동 하나하나가 계기가 되어 감동을 받게 된다.

레드 드레곤 테르마우에 정신이 팔려 있는 팰트란은 자신도 모르는 사이, 안젤리나로부터 가슴 설레이는 연정을 받게 되었다.

단걸음에 수도 코린트에 도착한 팰트란을 맞이한 것은 트로니아의 새로운 각료 명단이었다.

바실리스와 그의 일행은 재빠르게 트로니아의 국정 현안을 파악했다.

재상 더글라스를 비롯해 기존 부서의 장관들과 매일 접촉을 갖고, 시찰 가능한 곳은 최대한 발로 뛰어다니며 확인했다.

그리고 칼리언 신전에 다녀온 팰트란이 도착하자마자, 공식적인 정부 조직 및 인사 개편안에 대한 국왕의 승인을 요청했다. 그 명단을 보면 다음과 같았다.

재상 아라스무 발토스.
내무장관 한토스 파블로티. 차관 유탄 에인드.
국방장관 얀드로 돌린체. 차관 아나킨 파드락.
외무장관 로긴스 탬플링. 차관 레이지 모리스.
재무장관 라이튼 쉬어드. 차관 해밀턴 팍스.
감찰원장 마키아벨 카스탕.

"더글라스 경!"

각료 명단을 승인받기 위해 팰트란을 찾은 전 재상 더글라스. 긴장의 끈을 놓아서일까, 팰트란이 보기에 놀랄 정도로 나이가 들어 보인다.

"전하의 즉위식을 치르고 떠나야 하는데 너무 힘들어 이렇게 되었습니다. 죄송합니다."

"그 무슨 말이오. 트로니아를 위해 헌신한 그대의 충정을 그 누가 모르겠소. 내 솔직한 심정은 경을 더 붙잡아두고 싶지만, 경에게 너무 모진 짓을 하는 것 같아 은퇴 의사를 받아들이겠소."

"고맙습니다, 전하!"

국왕의 부재 기간을 슬기롭게 넘긴 노신 더글라스 재상이 건강과 고령을 이유로 은퇴했다.

새로운 재상은 더글라스 전 재상의 의견에 따라 실무 형보다는 인화와 화합에 중점을 두고 인선을 했다.

그 결과 하노버 일족에서 인망이 가장 높은 아라스무 발토스가 가장 많은 지지를 받았고, 펠트란이 그를 새로운 재상에 임명했다.

기존 부서의 주요 장관은 다 유임이 되었다. 타국에 비해 실무 능력이 떨어지긴 했으나, 갑작스런 교체는 오히려 혼란을 줄 수 있다는 바실리스의 건의에 따라 유임시켰다.

다만 이들의 부족한 점을 보충하기 위해 차관 제도를 신설하고 각부 차관을 두었다.

새로 임명된 차관은 바실리스와 함께 트로니아에 합류한 팔랑가스 제국의 관료들이었다.

이들은 제국을 다스렸던 풍부한 경험과 실무 능력을 바탕으로, 각부 장관들을 도와 발전 방향을 수립하고 현안 문제를 해결할 것이다.

이와 별도로 고령이나 업무 특성에 맞지 않는 기존 관료를 대거 퇴역시키거나 보직을 변경시키고 젊은 인재들을 대거 선발했다.

이번 인사의 핵심은 군부 쪽에 있었다.

군부의 변화 폭은 내각에 비해 무척 컸다. 주 내용은 트로니아 군 편제를 기본으로, 바실리스와 루카스 부자의 풍부한 경험과 실전을 바탕으로 한 내용이 반영되었다.

총사령관 바실리스 카라티노스 장군.

군사 루카스 카라티노스 장군.

수도 경비군단 하인츠 모리스 장군.

1군단장 사칸 데이본 장군.

2군단장 지바트 요한슨 장군.

3군단장 아이콘 세이모어 장군.

4군단장 타이론 함시 장군.

5군단장 브랜든 발록 장군.

특수부대(블랙 섀도우) 데릭 파이론 대장.

군수부대 에이폭 자이탄 대장.

큰 변화의 중심에는 바실리스와 루카스 부자가 있었다.

"가장 큰 변화는 총사령관 직을 상시직으로 전환했다는 겁니다."

“무슨 장점이 있소?”

“언제든 유연하고 신속하게 전군을 움직일 수 있도록 유기적 기능을 강화할 수 있습니다. 앞으로 초동 대응에 늦어 시기를 놓치는 일이 없을 겁니다.”

팰트란의 질문에 루카스가 즉각 대답을 한다.

“그리고 군사(軍師) 제도를 신설하여 전체적인 군 강화 및 전쟁 발발 시, 전략 전술의 통합 수립과 총사령관의 작전 보좌 업무를 담당할 겁니다.”

“좋소.”

“특히 군사 산하에 특수부대를 신설하여 적 후방 교란 및 정보 수집을 강화케 했습니다.”

“내 보기에는 이 특수부대의 창설이 이번 군 편제에 있어 가장 핵심적인 부분으로 보이는구려.”

“하하하, 날카로운 지적이십니다.”

루카스가 의외라는 듯 두 눈을 동그랗게 뜨며 크게 웃는다.

자신의 주군은 군 운영에 있어서 정보의 중요성을 잘 알고 있었다. 처음 대면했을 때도 그런 느낌을 받았지만 참신한 느낌으로 다가온다.

“3군단장이었던 드와이트 화이트 장군이 노령으로 퇴진했고, 그 후임으로 가신단 출신의 신예 아이콘 장군을 후임으로 선출했습니다.”

“이것 역시 좋소.”

펠트란은 고개를 끄덕인 후, 루카스에게 질문을 하나 던졌다.

"음, 여러 대신들이 군수부대의 창설에 많은 의문을 제기하더구려."

"하하, 기존 군 관계자들은 군수부대의 참된 의미를 잘 이해하지 못할 겁니다."

"내 직접 확인해 보니까 각 군단 본부 예하에 별도의 보급부대가 있었소. 솔직히 나도 이해가 잘 가지 않소."

궁금한 것은 확인하지 않으면 직성이 풀리지 않은 펠트란. 직접적으로 질문을 던진다.

"제가 자세히 설명을 드리도록 하겠습니다."

루카스는 많은 시간을 할애해 이 부분에 대한 합리적인 타당성을 설명했다.

"제가 코린트에 도착한 후 가장 먼저 살펴본 부분이 사르탄 요새 전투였습니다. 전하께서는 사르탄 전투에서 트로니아가 승리한 가장 큰 이유가 뭐라 생각하십니까?"

"적의 허를 찌른 전격전이라 생각하오."

"하하, 맞습니다. 전격전이지요. 앞으로의 전쟁에서 승리할 가능성이 가장 큰 전투 기술은 이 전격전이 될 겁니다."

"그 점에 있어서는 나도 그대의 말에 동의하오."

"지금 각국에서 채택하는 전술 전략은 대부분 크롬 제국

시절에서 파생한 것으로, 각국의 운영 방법에 있어 미미한 차이는 있지만 그 원칙은 비슷비슷합니다.”

루카스의 말대로 전력에서 앞서는 제국은 대부분 공격 일변도의 전술 전략을, 왕국들은 수비 일변도의 전술 전략을 통상적으로 구사하고 있었다.

“하지만 우리 트로니아는 앞으로 우리의 적이 제국이든 왕국이든 수비 일변도로 일관하지는 않을 겁니다. 전하께서도 배우셨겠지만, 과거 수적으로 열세였던 빌헬름 대제가 다섯 배나 많은 알카디아 족을 상대로 배수의 진을 구사해 일거에 전세를 역전시켰지요. 그리고 전 병력을 동원해 1개월 만에 그들의 수도를 함락시켰지요.”

“한마디로 전격전의 승리라 할 수 있소.”

“맞습니다. 하지만 대다수의 병법가들은 그 전격전만을 기억하지, 그 전격전을 가능케 한 중요한 요소를 잊고 있습니다. 그건 바로 원활한 보급 체계였지요. 빌헬름 대제 휘하에 있던 잭슨 베일이라는 장군이 크롬 제국의 보급을 책임지면서, 제국군이 언제 어느 곳으로 출동하든 원활하게 보급이 이루어지도록 했습니다.”

“아, 그런 일이 있었소?”

“그때 잭슨 장군의 원활한 보급이 없었다면 전 크롬 제국의 운명이 크게 뒤바뀌었을 것이라고 자신있게 주장할 수 있습니다.”

루카스의 설명은 틀림없었다. 소수의 병력으로 승리하기 위해서는 전격전이 필요하고, 그 전격전을 가능케 하기 위해서는 원활한 보급 체계가 필요합니다."

"으음!"

팰트란은 나직한 신음성을 토해내며 고개를 끄덕였다. 인간은 누구나 화려한 것을 좋아하지만, 그 화려함 뒤에 있는 자질구레한 과정을 기억하려 들지 않는다.

명장(名將) 밑에는 우수한 병사들이 있다. 병사들의 도움 없이 명장은 나올 수 없는 법이다.

"앞으로 우리 트로니아는 수비가 아닌 공격을 위주로 한 군 병력을 운용해야 합니다. 그러기 위해 보급 부대는 필수적입니다."

"좋소, 보급 부대의 창설을 승인하겠소."

개관적이고 타당성이 있는 의견은 바로 수용한다. 트로니아의 영역을 확대하는 데 있어 큰 도움이 되는 팰트란의 정치 철학이었다.

나머지 사안으로 국경 수비군이 있었는데, 주둔군 대장은 모두 유임으로 결정났다.

병력 의무는 기존대로 5년을 유지키로 했고, 예비군을 상비군이라는 정식 명칭으로 정하고, 1년에 2회 군사 훈련을 진행키로 했다.

마지막으로 팰트란과 루카스는 유사시 상비군이 해당 지역

군단에 편입될 수 있도록 편제를 갖추는 것도 잊지 않았다.

트로니아는 바쁘게 움직였다. 새로운 내각과 편제에 따라 인원 이동이 있었고, 새로운 사업을 위해 각부 별로 눈코 뜰 새가 없었다.

펠트란은 새 재상 아라스무와 함께 각 부서를 방문하여 그들에게 임명장을 수여하는 한편, 그들의 노고를 치하해 주었다.

변화는 가까운 데서 시작하는 법이다. 이전 같았으면 대상자들이 어전에 모여 국왕의 사령장을 받는 것이 관행이었으나, 펠트란은 효율성을 위해 이 관행을 깼다.

펠트란은 바실리스를 얻을 때 언급했던 상식, 합리적인 선에서 행동을 했다.

군부의 변화를 위해 펠트란은 바실리스와는 수도에 있는 수도 경비군단을 방문, 하인츠 장군과 함께 부대 사열을 거행했다.

이 역시 과거에는 없던 행동이었다.

"전군 차려—엇! 국왕 전하께 경례—엣!"

"추—웅성!"

"기수 앞으로!"

국왕에 대한 경례가 끝나고, 경비군단 기수가 펠트란 앞으로 다가갔다.

'수도를 지키는 무적경비군단이다. 그 전통을 이어가도록!'

"목숨을 바쳐 군기를 보호하겠습니다. 추─웅성!"

기수가 팰트란으로부터 경비군단 기를 받은 후 큰 목소리로 경례를 올렸다. 레드 드레곤이 하늘을 날고 있는 경비군단 기는 바람에 휘날리며 높이높이 펄럭이고 있었다.

투격! 투격! 투격!

"추─웅성!"

"추─웅성!"

이미 군신의 호칭을 얻고 있는 팰트란 국왕, 대륙의 살아 있는 전설 바실리스 장군, 그리고 트로니아의 명장 하인츠 장군이 사열을 진행한다.

경비군단 병사들은 군기가 바짝 든 채로 이들의 움직임을 하나도 놓치지 않고 지켜보았다.

사열을 진행하던 팰트란이 갑자기 말을 멈춰 세웠다. 그에 따라 바실리스와 하인츠도 따라 멈춰 섰다.

"무슨 일이십니까, 전하?"

"아, 아무것도 아니오. 그대들은 여기서 잠시 기다리시오."

팰트란은 말에서 내리더니 뚜벅뚜벅 병사들이 기립하고 있는 곳으로 다가갔다. 오늘 사열식을 거행하는 오천 명의 경비군단 병사들이 의아한 표정으로 다가오는 팰트란의 모습을 지켜보았다.

"그댄 올해 몇 살인가?"

펠트란은 대열 가운데 이제 막 치기를 벗어나 보이는 어린 병사에게 질문을 던졌다.

"19세입니다."

"19세? 아무리 보아도 그렇게 보이지 않는데. 솔직히 말해보거라. 국왕을 속이는 죄가 얼마나 큰지 잘 알고 있겠지?"

그 어린 병사는 거의 울상이 다 되더니 죽어가는 목소리로 솔직한 자신의 나이를 밝힌다.

"올해 17세입니다."

트로니아의 병역 의무는 19세부터였다. 쉽게 말하면 미성년이 군에 입대한 것이다.

"그대는 아직 성년이 되지 않았는데 왜 군에 입대를 했는가?"

병사의 대답은 간단했다. 대다수의 백성들이 안고 있는 경제적인 문제였다. 어린 병사의 위로 입대를 해야 하는 두 명의 형이 있었으나, 형들이 다 입대하면 가정을 꾸려 나갈 사람이 없었다.

그 결과, 두 형 가운데 하나를 대신해 이 소년이 입대를 하게 되었다.

"그대의 형도 이곳에 있는가?"

"예."

펠트란은 미간을 살짝 찌푸리더니 곧 경비군단장 하인츠

장군을 불렀다.

‘하인츠 장군, 이 병사를 당장 전역시키도록 하시오.”

“알겠습니다.”

“어린 병사여, 트로니아의 국왕으로 그대에게 진심으로 사과한다. 트로니아의 백성으로 신성한 병역 의무를 져야 함은 당연하지만, 그에 따른 가족의 안정적인 삶을 보장해야 하는데 내가 많이 부족하구나.”

“전하!”

“하지만 힘들더라도 조금만 나를 믿고 따라와 다오. 이런 불행한 일이 다시는 일어나지 않는 트로니아를 만들겠다고 그대에게 엄숙히 맹세하마.”

“전하, 어찌 저에게 그런…….”

감격한 어린 병사는 팰트란에게 울음을 터뜨리며 격한 감정을 주체하지 못했고, 노장 하인츠 역시 눈시울을 붉히며 고개를 옆으로 돌렸다.

“팰트란 국왕 전하 만세! 만세!”

“우리의 국왕 전하께 신의 가호가 영원히 함께하시길!”

국왕의 신분으로 어린 병사 한 명을 집으로 돌려보내는 일이 그리 감동할 일은 아니다. 하지만 그 과정 하나하나를 돌이켜 보면, 병사들에 대한 주의 깊은 관심이 없었다면 불가능한 일이다.

병사들은 어린 병사를 전역시킨 결과보다는 그 어린 병사를 찾아내고, 입대한 이유를 묻고, 전역을 시키고, 국왕으로서 맹세를 한 그 과정에 깊은 감명을 받았다.

"허허허, 내가 사람 보는 눈은 틀리지 않았구나!"

먼발치에서 팰트란의 행동을 쭉 지켜본 바실리스는 흐뭇한 미소를 떠올리며 병사들에게 둘러싸여 연신 환호를 받는 젊은 국왕을 바라보았다.

'허허, 타고나신 분이야.'

변화는 먼 곳에 있는 것이 아니었다. 가까운 데서 시작하는 법이었다.

*   *   *

"후와, 이걸 언제 다 찾아보나?"

먼지가 풀풀 날리는 황궁 지하 서고에서 옛 서적을 뒤적이며 탄식을 내뱉는 이는 다름 아닌, 팰트란이었다.

아라스무 재상과 바실리스 총사령관에게 트로니아의 향후 10년을 위한 국정 목표와 계획을 수립하도록 명령을 내린 팰트란은, 언제 들이닥칠지 모르는 레드 드레곤 테르마우의 정확한 정체를 파악하기 위해 조상들이 남긴 각종 기록을 뒤지고 있었다.

책을 읽기보다는 검을 들고 휘두르는 것을 좋아하는 트로니아 인의 기질 때문에 황궁 서고에 있는 서적들에 대한 분류가 제대로 되어 있지 않았다.

수천 권에 해당하는 서적을 일일이 뒤져야 하는 팰트란!

재미있는 것은, 책을 읽는 것은 싫어하지만 트로니아 인의 강점 가운데 쉽게 포기하지 않고 끝까지 밀고 나가는 추진력과 인내력이 있었다.

그 인내력 덕에 팰트란은 서고를 뒤지기 시작한 지 5일 만에 마침내 원하는 서적을 손에 넣었다. 서가 맨 끝에, 사각지대여서 제대로 그 안을 볼 수 없는 곳에서 건국왕 리처드 1세의 일기장을 발견한 것이다.

팰트란은 고개를 갸웃거리며 몇 차례 그 일기장을 확인했지만, 틀림없는 리처드 1세의 일기장이었다.

"희한한데. 500년 이상이 지났는데 어떻게 그분의 일기장이 이렇게 말짱하게 남아 있을까."

처음 보는 재질의 일기장은 먼지를 털어내자 훌륭한 무늬를 지닌 장서(藏書)로 변해 버렸다.

"리처드 열왕께 먼저 죄송하다는 말씀을 전합니다."

팰트란은 아무도 보는 사람이 없지만, 경건하게 리처드 1세의 일기장을 앞에 놓고 절을 올렸다.

일련의 의식을 마친 그는 주변의 뿌연 먼지에도 아랑곳 않고, 서가 옆에 자리를 잡고는 리처드 1세의 적나라한 사생활을 읽어 내려갔다.

"호, 문장 실력이 보통이 아니시구나."

어린 시절과 청년 시절의 일상이 간결하게 잘 정리되어 있었다.

리처드 1세와 왕후와의 연애 스토리, 애인들과의 밀회 장면을 읽어 내려가는 동안 팰트란은 자신도 모르게 얼굴이 붉어졌다.

"뭐 이런 내용까지 일기로 남기셨을까. 거참!"

자신이 건드렸던 여인들의 신체적 특징부터, 성교를 나눌 때의 태도들, 그리고 어떻게 하면 여인들을 기쁘게 해줄 수 있는지 등등, 성생활에 대한 각종 기교와 기법들이 적나라하게 기술되어 있었다.

아직 여인을 접해보지 않은 팰트란이 읽기에는 너무 낯 뜨거운 내용들이 많았다. 사자왕이라는 별칭으로 불리던 건국왕 리처드 1세의 일기가 맞나 할 정도였다.

"이거 혹시 후세의 위작 아냐? 이렇게 바쁜 양반이 도대체 어느 세월에 트로니아를 건국한 거야?"

고개를 절레절레 흔들며 황당하다는 표정을 짓던 팰트란은 불필요한 부분을 건성으로 읽으며 넘어갔다.

책장을 뒤적이던 그의 눈이 빛나며 동작을 멈추었다. 처음으로 레드 드레곤에 대한 언급이 나왔기 때문이다.

"여기서부터 시작되는 모양이구나. 흐음."

팰트란은 정신을 집중하며 리처드 1세가 남긴 레드 드레곤 테르마우에 대한 이야기를 읽어 내려갔다.

일기를 읽어가는 팰트란의 얼굴이 처음에는 흥미로운 표
정에서 시작되다 이내 일그러지기 시작하더니 나중에는 거의
울상이 되었다.

시간이 얼마나 지났는지 모른다. 다만 배가 고프다 못해 속
이 쓰린 것을 보니 저녁 먹을 시간이 한참 지난 것 같다.

마지막 장을 넘기자마자 팰트란은 미간을 잔뜩 찌푸린
상태에서 깊은 한숨을 내쉬었다. 예상보다 문제가 심각했
다.

리처드는 네 개 부족 연합체를 하나로 통일하면서 트로니
아란 나라를 건국했다.

건국과 동시에 코린트에 왕궁을 짓고 이전하던 중, 우연찮
게 아주 오래된 기록을 하나 발견했다. 그 기록은 하노버 가
문의 초대 가주에 대한 내용이었다.

그 가운데 리처드의 주목을 끄는 내용이 하나 있었다. 바로
레드 드레곤 테르마우와의 만남에 관한 것이었다.

리처드는 뛸 듯이 기뻤다. 건국을 선포했지만 주변의 압력
이 만간치 않았기 때문에 외부의 도움이 절실히 필요한 시기
였다.

리처드는 미친 듯 그 선조가 드레곤에게 받은 반지를 찾기
시작했다. 너무 신경을 쓴 나머지 검은 머리가 다 하얗게 셀
정도였다.

아무리 찾아도 나오지 않아 포기할 무렵, 그 반지가 발견되었다. 리처드는 그 반지를 갖고 단걸음에 호른 산으로 달려갔다.

팰트란이 갔을 때에야 거대한 신전도 있고 주변 환경도 아름다웠지만, 그땐 빽빽한 나무로 우거진 산과 숲만 존재했었다.

며칠 밤낮을 헤맨 후 리처드는 레드 드레곤 테르마우가 살고 있는 레어를 발견했다. 당연 감동적인 드레곤과 인간의 해후가 있었다.

테르마우는 너무 기쁜 나머지 리처드가 부탁을 하기 전, 그에게 세 가지 소원을 들어주겠다고 맹세를 했다. 드레곤의 약속은 드레곤 조차 깰 수 없는 구속력을 지닌 것으로 유명하다.

리처드는 그때부터 트로니아의 황실기에 레드 드레곤의 문양을 그려 넣기 시작함은 물론, 대내외에 하노버 왕가와 드레곤의 깊은 관계를 널리 알렸다.

둘의 만남이 있은지 얼마 지나지 않아, 지금은 멸망하고 없는 아티스 왕국이 트로니아를 공격하려 한다는 정보가 입수되었다.

트로니아보다 강대국인 아티스의 공격 소식에 모두들 불안에 떨었으나, 리처드는 오히려 회심의 미소를 띠며 테르마우에게 도움을 청했다.

예상대로 아티스 왕국의 삼만 대군이 보무도 당당하게 트로니아를 공격하기 위해 국경을 넘었다. 당시 삼만 대군이라면 아티스 왕국의 총 전력이 투입되었다고 볼 수 있었다.

리처드는 신하들의 만류에도 불구하고 단 오천 명의 병력만 이끈 채 아티스 군을 상대하기 위해 국경 지역으로 출전했다.

로우린 강을 사이에 두고 아티스 군 삼만과 트로니아 군 오천이 마주치게 되었다.

그때 테르마우로부터 도와주겠다는 약속을 받은 리처드는 트로니아 군에게 공격 명령을 하달했다.

이 황당한 명령에 트로니아 군도 아티스 군도 크게 당황했다. 야전에서 오천 병력으로 여섯 배에 해당하는 삼만을 공격하는 건 섶을 지고 불속으로 뛰어드는 격이었기 때문이다.

국왕의 명령에 절대 복종하는 트로니아 군은, 말도 안 되는 명령이었지만 리처드의 명령에 따라 로우린 강을 도하하기 시작했다.

전혀 예상치 못한 트로니아 군의 행동에 아티스 군은 일순 당황해. 좋은 기회를 맞이했음에도 불구하고 도하하는 적군을 그대로 내버려 두었다.

정신을 차린 아티스 군이 도하를 거의 끝낸 트로니아 군을 공격하려 할 때, 갑자기 하늘 위에 거대한 레드 드레곤이 한

마리 나타났다.

양군 병사들은 하던 행동을 멈추고 전설에서나 나오는 드레곤의 모습에 모든 정신을 빼앗겼다.

"하하하, 테르마우님이 약속대로 오셨구나!"

리처드는 흥분을 감추지 못하고 소리쳤다.

"나는 레드 드레곤 테르마우다! 누가 나의 친구 리처드를 괴롭힌단 말이냐!"

테르마우는 말을 마치자마자 레드 드레곤 특유의 화염 브레스를 내뿜었다.

"어어!"

리처드는 눈물이 날 정도로 웃다 갑자기 얼굴이 굳어졌다.

거대하고 붉은 화염 덩어리가 테르마우의 입을 떠났는데, 그 방향이 묘했다. 화염 덩어리는 아무리 보아도 각도 상으로 아티스 군이 아니라 트로니아 군이 모여 있는 곳을 향하고 있었다.

퍼어엉!

화르르륵! 화르르!

"으아악!"

도하를 마치고 건너편 강변에 갓 올라온 수십 명의 트로니아 군이 멀뚱멀뚱 테르마우의 행동을 지켜보다 삽시간에 인간 통구이가 되어버렸다.

"젠장! 아직도 말을 안 듣는구먼!"

리처드는 그의 뇌리에 전달되는 테르마우의 푸념을 듣고 어안이 벙벙한 채 하늘 위에 있는 테르마우의 행동을 바라보았다.

퍼어엉!

화르르륵! 화르르!

"으악!"

두 번째 날린 브레스는 정확히 아티스 군 진영에 떨어졌다. 밀집 대형을 이루고 있던 아티스 군이라 피해가 크게 발생했다.

"캬캬캬! 다 죽여주마!"

퍼어엉! 퍼어엉!

그 뒤로 테르마우는 꽤 많은 화염 브레스를 내뿜었는데, 아주 공평하게 아티스 군 진영과 트로니아 군을 절반씩 강타했다.

아티스 군은 드레곤이 주는 두려움과 화염 덩어리가 자신의 진영을 덮치자 삽시간에 이성을 잃어 정확한 상황을 확인하지 않고 퇴각하기 시작했다.

"이… 이게 뭐란 말인가!"

물론 아티스 군의 공격을 물리치기는 했지만, 리처드는 강 건너편에 널려 있는 수많은 트로니아 군의 검게 그을린 시체에 아연실색한 표정으로 하늘 위에서 내려오는 테르마우를 바라보았다.

"껄껄껄! 아이야, 내 실력이 어떠냐?"

"테르마우님, 저기 화염을 맞고 죽은 병사들은 트로니아 군입니다."

"껄껄, 모두 다 트로니아 군 병사들이냐?"

"아닙니다. 아티스 군 병사들도 있지요."

"그렇지. 적군도 있지 않느냐. 그럼 큰 문제 없구먼."

"큰 문제가 없다니요? 왜 제 병사들을 공격하셨습니까?"

"음, 음, 그건 말이지, 내가 눈이 좀 나쁘다 보니 네 병사들과 적군을 헷갈린 모양이구나."

리처드는 일순 고개를 갸웃거렸지만, 테르마우의 말을 곧이곧대로 믿었다. 드레곤에 대해 잘 알지 못하는 그로서는 당연한 현상이었다.

삼만의 아티스 군 병력 가운데 일만 오천 명이 전사했다. 테르마우의 화염 브레스를 맞고 전사한 병력도 많지만, 드레곤의 위협에 놀라 서로 빨리 도망치려다 넘어져 밟혀 죽은 병사가 더 많았다.

트로니아 군의 피해도 적지 않아, 오천의 트로니아 병력 가운데 삼천 명이 도와주겠다고 달려온 테르마우의 화염 브레스를 맞고 전사했다.

그 일이 있고 난 후 3년의 시간이 흘렀다. 군사력 증강에 전력을 기울이던 리처드는 이번엔 역으로 아티스를 공격하기로 결정했다.

트로니아보다 강대국이었던 아티스는 거듭된 내분과 분열로 국력이 크게 약화된 상태에 있었다.

리처드는 용맹한 트로니아 군과 레드 드레곤 테르마우의 도움이 있다면 승리는 따놓은 당상이라고 여겼다.

로우린 강을 사이에 두고 양국의 병사들은 3년 전과 동일한 상황을 맞이하게 되었다. 다른 점이라면 삼만의 트로니아 군이 일만의 아티스 군을 공격하려는 것이었다.

"공격하라!"

북소리가 울려 퍼지며 삼만의 트로니아 군이 도하를 시작했다. 전력에서 열세인 아티스 군은 도하하는 트로니아 군을 막기 위해 강변 가까이에 진지를 구축하고 도하하는 트로니아 군을 공격했다.

"왜 아직 안 오시나!"

리처드가 초조해하며 기다리고 있을 때, 마침내 레드 드레곤 테르마우가 거대한 몸집을 드러냈다.

"휴우, 이제 오셨구나!"

리처드는 안도의 한숨을 내쉬며 테르마우의 활약을 기대하고 있었지만, 지난번 테르마우에게 혼이 난 양국의 병사들은 혹 동일한 일이 발생하지 않을까 전전긍긍하며 소극적인 전투를 전개했다.

쉬이익!

테르마우의 입에서 화염 브레스가 발출되었다.

퍼어어엉!

화르르륵! 화르르륵!

"크아아악!"

첫 번째 화염 덩어리가 아티스 군의 진영을 덮쳤다. 진한 노린내가 나며 검게 그을린 시체가 곳곳에 생겨났다.

"역시 지난번에는 눈 때문에 구분을 잘 못했구나!"

리처드는 이번 전쟁을 위해 만반의 준비를 갖추었다. 그중 특기할 만한 것이 트로니아 군의 군복 색깔을 파란색으로 통일한 것이다. 그리고 이 사실을 테르마우에게 분명히 일러주었다.

화염 브레스 한 방에 대번 아티스 군 진영이 흔들린다.

"하하하, 이번에 아주 끝장을 내야겠구나! 하하… 엉?"

퍼어어엉! 퍼어어엉!

"으아아악!"

승리를 확신하며 크게 웃던 리처드는 얼굴을 일그러뜨리며 고래고래 소릴 질렀다.

"거긴 우리 편이라고요. 파란 군복의 병사들을 공격하면 어떡해요!"

테르마우가 트로니아 군 병사들을 연신 공격하기 시작했다.

간간이 화염 덩어리가 아티스 군 진영에도 떨어졌지만, 대다수 화염 덩어리는 트로니아 군 진영을 강타하며 수많은 병사들이 그을린 고깃덩어리가 되었다.

아티스 정복은 실패로 돌아갔다. 삼만의 트로니아 병력 가운데 테르마우의 화염 공격으로 일만 칠천 명의 전사자가 발생한 것이다.

레드 드레곤 테르마우를 트로니아의 수호신으로 모시고, 레드 드레곤을 왕실기 문양으로 삼은 리처드는 신하들과 백성들 앞에 고개를 들지 못할 정도로 체면이 상했다.

기가 막힌 리처드는 테르마우를 추궁한 끝에 중대한 비밀을 하나 발견했다.

그것은 드레곤들이 모두 사라진 대륙에 유일하게 남아 성장한 테르마우인지라, 화염 브레스의 사용법을 제대로 익히지 못한 것이다.

분명히 적을 표적으로 삼고 화염 브레스를 내뿜었지만, 그 결과는 전혀 엉뚱하게 나타난다는 것이다.

"그… 그럼 지난번과 이번 모두……."

"허허, 미안하게 됐다, 아이야. 난 당연히 아티스 군을 향해 브레스를 내뿜었지. 내가 미쳤다고 트로니아 군을 향해 그러겠느냐."

"그… 그러면 앞으로도 브레스를 쏠 때에는……."

"음, 당분간 표적을 비껴날 때가 있겠지."

"테르마우님, 하지만 이건 표적을 비껴나는 정도가 아니잖습니까-?"

아무렇지도 않다는 듯 말하는 테르마우의 말에 리처드가
울상으로 입을 열었다.

"삼만 병력의 절반이 넘는 일만 칠천 명의 병사가 화염을
맞고 죽었단 말입니다."

리처드가 양손으로 머리를 움켜쥐며 소리쳤다.

"크윽! 죽은 병력을 보충하기 위해 우리는 적어도 3년의 시
간이 필요합니다. 3년의 시간이 말입니다."

"아이야, 나도 3년간 열심히 훈련을 해보마. 지난번보다 이
번이 더 나아졌고, 이번보단 다음번이 더 나아질 거야. 내 틀
림없이 보장하마. 응, 그 정도로 하자."

"으으윽!"

리처드는 테르마우의 말에 묵직한 신음성을 내뱉을 수밖
에 없었다. 테르마우의 말을 정리해 보면, 앞으로도 이런 실
전을 통해 브레스의 정확도를 높이겠다는 말이다.

테르마우의 실수로 트로니아의 전력을 3년 전으로 후퇴시
킨 리처드는 그 뒤 두 번 다시 테르마우에게 도움을 요청하지
않았다.

그는 트로니아 인들의 순수한 힘으로 자국을 방어하고 영
토를 넓히기로 결정을 내렸다.

비록 테르마우가 엉뚱한 짓을 저지르긴 했지만, 민간에 트
로니아와 드레곤의 관계가 알려지며 리처드는 백성들로부터
절대적인 지지를 얻게 되었다.

순조롭게 추진되는 영토 확장에 리처드는 크게 만족해하며 절대 테르마우의 도움을 요청하는 일이 없었다. 그런데 얼마 가지 않아 귀찮은 문제가 생겼다.

테르마우가 툭하면 리처드를 찾아와 어째서 자신에게 도움을 요청하지 않느냐고 성화를 부리기 시작한 것이다.

처음에는 잘 타일러 보냈다. 하지만 사흘이 멀다 하고 찾아오는 그에게 리처드도 점점 짜증이 났지만, 가공할 위력을 지닌 드레곤을 상대로 화를 낼 수는 없는 법.

리처드는 궁리 끝에 한 가지 묘안을 찾아냈다. 그는 테르마우에게 하나 남은 마지막 소원을 얘기했다.

"앞으로 테르마우님은 호른 산에 있는 레어에서 나오지 마십시오. 테르마우님이 주신 반지를 갖고 찾아오는 하노버 가문의 후예가 나타날 때, 비로소 이 구속이 깨어질 것입니다."

"아이야, 내가 무슨 잘못을 저질렀다고 이런 가혹한 부탁을 하는 것이냐."

"가혹한 요구라니요. 전혀 그렇지 않습니다. 지금 상황에서 가장 절실한 부탁을 했을 뿐입니다."

드레곤의 맹약은 무서웠다. 가벼운 브레스로 대번 통구이를 만들어 버릴 수 있는 연약한 인간인 리처드였지만, 그의 요구 조건에 의해 테르마우는 자신의 레어를 벗어나지 못한 채 세상에서 잊혀졌다.

리처드는 드레곤의 반지를 자신의 후예에게 물려주지 않

았다. 자신의 시신을 화장한 후 그 유골 단지에 반지를 넣어 두게 했다.

그 뒤로 500년이 넘는 시간이 흘렀다. 레드 드레곤의 존재를 알고 있던 아티스 왕국은 얼마 가지 않아 멸망해 버렸고, 말하기조차 창피할 정도의 어처구니없는 실수를 한 레드 드레곤에 대해 리처드 1세는 함구를 명령했고 더 이상 그를 언급하지 않았다.

세상에 모습을 영원히 드러내지 못할 뻔했던 레드 드레곤 테르마우, 그가 우연한 기회에 반지를 발견한 펠트란에 의해 깨어난 것이다.

"총 이만 명의 트로니아 병사들을 없애 버렸구나! 그때에 비해 위력이 배가 되었을 것이니, 이거 참, 생각하기도 끔찍한데."

펠트란은 고개를 가로저었다. 연유야 어떻든 레드 드레곤 테르마우는 펠트란에 의해 이제 자유로운 몸이 되었다.

"어쩐다… 어쩐다?"

펠트란은 한숨을 푹푹 내쉬며 왕실 서고를 나섰다. 집무실에 도착한 펠트란은 급히 루카스를 불렀다.

"어인 일이십니까, 전하?"

"루카스 경, 귀찮은 일이 하나 생겼소."

"말씀하시지요."

“레드 드레곤 테르마우가 나타났소.”

“레드 드레곤이요? 무슨 말씀이신지……?”

펠트란은 호른 산의 칼리언 신전에서 일어났던 일과, 서고에서 읽은 리처드 1세의 일기장에 기록된 내용을 루카스에게 들려주었다.

“하하하하! 정말 그런 일이 있었단 말입니까?”

만일 다른 사람이 얘기했으면 쓸데없는 소리 한다고 화를 벌컥 내고 갔을 루카스였을 것이다.

하지만 자신이 알고 있는 이 진지한 젊은 국왕은 결코 그런 허튼소리를 지껄이는 사람이 아니었다.

“말씀을 들어보니 무척 재미있는 드레곤이군요.”

“루카스 경, 장난이 아니오.”

“하하하, 죄송합니다, 전하!”

루카스는 터져 나오는 웃음을 주체하지 못하고 한참을 웃다 웃음을 멈췄다.

“음, 전설에서나 나오는 존재인 줄 알았는데 정말 드레곤이 이 세상에 살고 있었군요.”

“나도 놀랐지만 그의 행위를 보고 더욱 놀랐다오.”

“쿡쿡쿡!”

리처드 1세 시절에 있었던 레드 드레곤의 어이없는 실수가 다시 떠오르며, 루카스는 자신도 모르게 또다시 웃음이 터져 나온다.

“아, 정말 죄송합니다, 전하!”

“아니오. 만일 내가 그대였더라도 웃음이 터져 나왔을 것이오.”

이해한다는 표정으로 머리를 끄덕이는 팰트란. 거짓말이 아니고 정말 루카스의 행동을 십분 이해할 수 있다.

“루카스 경, 그가 정말 코린트를 찾아오면 어떻게 하는 것이 좋겠소?”

팰트란으로부터 테르마우에 관한 모든 내용을 들은 루카스. 잠시 골몰히 생각에 잠긴다.

“트로니아의 수호신이라 불리던 레드 드레곤이 정말 존재하고 있다는 사실은 저희들에게 큰 행운입니다.”

“사고를 많이 치는 드레곤인데 행운이라 볼 수 있겠소? 오죽했으면 리처드 1세께서 이 반지를 후손들에게 물려지지 않으려 했겠소.”

팰트란이 미간을 잔뜩 찌푸리며 고개를 설레설레 젓는다.

“그 당시와 지금은 환경이 많이 바뀌었습니다. 리처드 1세께 가장 절실히 필요했던 부분은 드레곤이 갖고 있는 실제적인 힘이었습니다. 당시 생존과 멸망의 기로에 있던 그분께서는 당연히 그럴 수밖에 없었을 겁니다.”

“그땐 그랬을 것이오.”

“지금은 드레곤 본연의 힘도 중요하지만, 그것보다는 그가 지니고 있는 상징성이 더 크다고 볼 수 있습니다. 트로니아의 수호신, 하노버 왕가의 영원한 친구인 레드 드래곤이 아직도 살아 있다. 전하, 만약 드래곤의 존재가 세상에 알려진다면 어떻게 되겠습니까?"

"으음!"

"하노버 왕가를 중심으로 트로니아의 모든 힘을 하나로 더 강하게 응집할 수 있을 겁니다. 그리고 주변 국가들 역시 트로니아를 함부로 대하지 못하겠지요."

루카스는 팰트란과 달리 드래곤의 출현에 흥분을 감추지 못하고 있었다.

드래곤과 우정을 맺은 하노버 왕가, 드래곤이 수호하는 나라! 신비한 느낌을 주기에 충분하다.

"말을 듣고 보면 그렇긴 하오만, 그런데 루카스 경, 지금 경의 말은 정상적인 테르마우의 행동을 가정하고 하는 말이 아니오?"

"그렇습니다. 만일 그가 과거와 전혀 다르지 않다면 좀 문제가 있지요."

"그게 문제란 말이오. 이 일기를 보면 굉장히 괴팍한 성격의 소유자 같다고 되어 있더구려. 테르마우가 저지른 자질구레한 사건들을 다 열거하자면 끝이 없을 정도요."

"제가 아직 드래곤과 교류를 나눠본 적이 없어 어떻게 말씀드려야 할지 잘 모르겠습니다. 하지만 마음이 있는 곳에 뜻이 있다고, 틀림없이 좋은 방법이 있을 겁니다."

　루카스는 얼굴 가득 재미있다는 표정으로 근심하는 펠트란을 위로해 주었다.

　'드레곤이라……. 하하, 트로니아란 나라, 정말 알면 알수록 재미있는 나라다.'

　"전하, 소신이 좋은 방법을 반드시 찾아내겠습니다."

　"그래주겠소? 정말 고맙소."

　펠트란은 행여 그가 방금한 말을 취소할까 두려워하듯 얼른 다짐을 해두었다.

The God of War

CHAPTER 08

즉위식! 풍운(風雲)의 시작(始作)

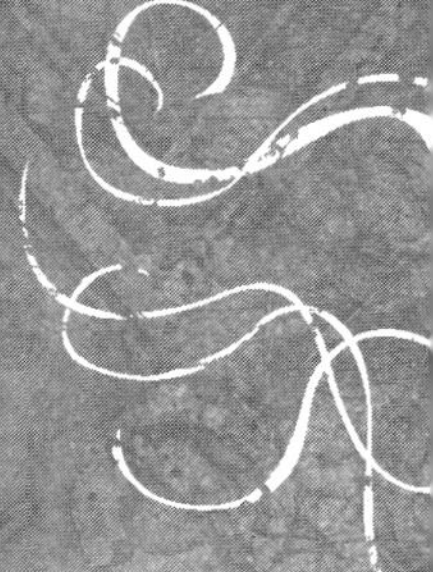

The God of War

타키온의 수도 앙카라에 있는 재상 관저!

5월의 양광(陽光)이 허공에 떠다니는 먼지를 육안으로 볼 수 있을 정도로 실내를 밝게 비추고 있었다.

"향이 좋구나!"

수염을 길게 늘어뜨린 재상 안톤은 안락한 소파에 앉아 진한 향을 풍기고 있는 쟈스민 차를 홀짝대며 마시고 있었다.

"휴우, 나이가 들긴 든 모양이구나."

아무리 피곤해도 다음날 새벽녘이 되면 절로 눈이 떠진다. 이것뿐만이 아니고 가끔 왼손에 들고 있는 문서를 잊어버리고 엉뚱한 곳에서 그 문서를 찾는 일도 생긴다.

건망증이 심해지고 기억력이 점점 쇠퇴해진다는 뜻이다.

"흐음, 서둘러 내 후계자를 정해야겠구나!"

자신의 신체를 보면 아직은 괜찮지만, 이르다 싶을 때 준비를 해야 한다. 그렇지 않으면 막상 닥치고 나서는 늦는다.

오랜 세월 인생을 살아오면서 안톤이 체득한 삶의 지혜였다.

따듯한 햇빛을 즐기며 안톤은 눈을 지그시 감고 타키온에서 자신의 후계자로 양성할 수 있는 재목을 이리저리 생각해 보았다.

"아냐, 아냐. 그는 무장으로서의 능력은 출중하지만 지모가 뛰어나질 않지. 그렇다면 누가 적당할까?"

기존에 이미 어느 정도 명성을 날리는 인재와 신예들의 얼굴과 이름을 하나하나 떠올리던 안톤, 갑자기 두 눈을 휘둥그레 뜨며 무릎을 내려쳤다.

"그래, 바로 그가 있었구나!"

안톤은 얼굴 가득 미소를 띠며 밖에 대기하고 있는 비서관을 불렀다.

"부르셨습니까, 재상 각하!"

"자네, 다이얀 헤수스 경이 살고 있는 티몬 시로 사람을 보내 내 전갈을 전해주게. 근시일 내로 괜찮으면 내가 보고 싶어한다고 앙카라로 와줄 수 있냐고 말이야. 아냐, 몸이 불편할 수 있으니 내가 내려가는 것이 괜찮을 거야."

"저, 재상 각하!"

"웅, 무슨 일인가?"

"지금 다이얀 헤수스 경은 앙카라에 계십니다. 황제 폐하의 성신을 축하하기 위해 며칠 전에 상경을 하셨습니다."

"뭐라고? 이런 이런! 왜 자네는 그런 중요한 사실을 나에게 보고하지 않는 건가?"

"죄송하지만 각하, 다이얀 경에 대한 사항은 제가 이틀 전에 이미 보고를 드렸습니다."

"응? 아, 그랬나? 허허허, 이거 미안하군."

안톤은 손바닥으로 이마를 몇 차례 가볍게 두드렸다. 갑자기 무슨 생각이 나는지 비서관에게 묻는다.

"이보게, 그렇다면 혹시 내가 그에게 면담도 신청했던가?"

"아니요."

"휴우, 다행이로군. 난 또 내가 약속을 해놓고도 잊어버린 줄 알았……."

안도의 한숨을 내쉬던 안톤, 당혹스러워하는 비서관의 표정을 보고 대번에 일이 잘못되었음을 깨달았다.

"각하께서 면담을 신청하지 않으셨고, 다이얀 경께서 각하를 뵈러오시겠다고 하셨습니다. 바로 오늘 말입니다."

"어이쿠, 그런 일이 있었단 말이지. 언제 오기로 했나?"

"정오에 오셔서 같이 식사를 하시겠다고 했으니까, 잠시 후면 도착할 겁니다."

똑똑똑!

그때 갑자기 문을 두드리며 비서가 모습을 드러낸다.

"재상 각하, 손님이 오셨습니다."

"누구시더냐?"

"다이얀 헤수스 경이십니다."

소파에서 급히 일어나는 안톤의 눈에 유약하지만 두 눈에 정기가 반짝이는 한 젊은이의 모습이 들어왔다. 그는 바로 안톤과 비서관이 나누던 대화의 주인공인 다이얀 헤수스였다.

"허허허, 어서 자리에 앉게."

"감사합니다."

육식을 즐기지 않는 안톤과 다이얀의 점심 식사는 매우 단출하게 끝이 났다. 기름에 튀긴 밀병과 치즈, 신선한 과일 몇 조각, 그리고 한 잔의 우유가 다였다.

"요즘 건강은 어떠한가?"

"하하, 재상 어르신께서 관심을 쏟아주서서 많이 호전되었습니다."

"좋은 얘기로군."

안톤은 흐뭇한 표정으로 고개를 끄덕였지만, 가슴속으로는 눈앞에 앉아 있는 젊은 천재 다이얀에 대해 안타까움을 금할 수 없었다.

단아하게 생긴 용모와 체격을 보면 마치 아름다운 여인을 연상시킬 정도로 유약한 느낌을 준다.

여장을 시킨다면 그가 남자라는 것을 알아차릴 사람이 별로 없을 것이다.

올해 33세가 된 다이얀은 안톤이 지금까지 봐왔던 자칭, 타칭의 천재 가운데 가장 능력이 뛰어난 인물이었다.

타키온의 황제 드미트리 2세의 외가 쪽 근친인 다이얀은 그야말로 비운의 천재라는 표현이 딱 들어맞을 정도로 태어날 때부터 몸이 허약했다.

특히 폐가 좋지 않아 다른 사람이 활동하는 시간의 절반도 소화해 내지 못하는 다이얀. 지금도 거뭇하게 변한 눈 밑과 창백한 안색을 보면 마음이 아파오는 안톤이었다.

"황제 폐하께서 자네를 보고 무척 기뻐했겠군. 얼마만이지?"

"3년 만에 올라왔습니다. 티몬에 있는 의원이 조제해 준 약이 효과가 있는지 각혈(咯血)은 많이 줄어들었습니다."

"오, 그래? 다행이로군. 여러모로 다이얀 자네에겐 아쉬운 점이 많다네."

"저도 제국의 발전에 공헌해야 하는데……. 황제 폐하께 죄송한 마음뿐입니다."

"그게 어디 자네 잘못인가. 하지만 그분께선 입만 열면 자네가 출사를 했으면 대륙 통일이 훨씬 쉽게 이루어질 것이라고 말씀하신다네."

“하하, 너무 저를 치켜세우시는군요. 대륙 통일이 어찌 저한 사람의 능력으로 되겠습니까?”

“한 사람은 아니지. 타키온에는 나 안톤이 있고, 총사령관 몰트케, 이미 두 사람이 있지. 여기에 다이얀, 자네만 가세가된다면 나도 폐하와 생각이 크게 다르질 않다네.”

“북부에서 누가 두 분에게 필적하겠습니까. 두 분의 능력으로 충분하십니다.”

“허허, 그랬으면 얼마나 좋겠는가만, 이제 나도 어느덧 60세를 훌쩍 넘겼다네. 정신적으로 체력적으로 노화 현상을 서서히 느끼고 있지. 앞으로 몇 년 더 지나면 황제 폐하를 제대로 보필하지 못할 시기가 올 것 같은 느낌이 드네.”

안톤의 말뜻을 대번 이해한 다이얀. 곤혹스런 표정으로 입을 꾹 다문다.

자신 역시 남자대장부로 태어나 어찌 세상에 웅비를 떨치고 싶지 않겠는가! 하지만 그것도 다 건강할 때의 얘기다.

똑똑똑!

어색한 침묵이 두 사람을 감돌고 있을 무렵, 문을 두드리는 소리가 나며 비서관이 들어왔다.

“무슨 일이냐?”

“오늘 트로니아로 떠나는 사절단 대표 카이론 경이 오셨습니다.”

“아, 오늘 그가 떠나기로 했지. 들어오라고 해라.”

"손님이 오시는 모양이군요. 전 이만 자리에서 일어나겠습니다."

"아냐, 다이얀. 자네가 있어도 아무 상관이 없다네. 그대로 있게."

안톤은 자리에서 일어나려는 다이얀을 만류하며 카이론을 접견했다.

"안녕하셨습니까, 재상 각하! 이런, 다이얀 경도 와 계셨군요. 허허, 오늘 제 운이 보통이 아닌 모양입니다. 그간 안녕하셨습니까?"

제국의 외무장관을 담당하고 있는 카이론은 특유의 입심을 과시하며 두 사람에게 인사말을 건넸다.

코 밑에 기른 두 가닥의 수염이 유쾌한 인상의 카이론에게 무척 잘 어울린다.

"자리에 앉게."

"감사합니다."

"오늘 트로니아로 출발한다고?"

"여, 각하. 5월 1일 국왕 즉위식을 거행한다고 하니 오늘 정도에는 출발을 해야 합니다."

"음, 그래야지. 이번에 가면 팰트란 국왕에게 우리의 계획을 일러줄 것인가?"

"좋은 기회 아닙니까. 자연스럽게 즉위식에 참석해 우리의 계획을 일러주면 되니까요. 발키아도 전혀 눈치 채지 못할 겁니다."

"음, 그 생각이 틀리진 않는데, 요즘 트로니아의 분위기가 우리 생각대로 그리 녹록지는 않은 모양이더군."

"정보부의 보고를 통해 저도 듣긴 들었습니다. 자주독립노선을 걷겠다고 표명하는 모양이더군요."

지난해 발키아의 반군을 상대로 국경 지대에서 크게 승리를 거둔 트로니아의 펠트란 국왕은 바실리스 부자의 합류를 계기로 대내적으로 트로니아의 자주독립노선을 언급했다.

그 주요 골자는 트로니아의 경제력 강화와 자주국방, 그리고 삼국동맹 강화를 통해 제국의 간섭을 받지 않고 독자적인 노선을 걷겠다는 것이었다.

"이번 계획에 있어 트로니아의 참여가 절대적인데, 자칫 그들이 거부라도 한다면 일이 난감해질 수 있지."

"적당히 어르고 달래면 되지 않겠습니까?"

"아냐, 아냐. 그런 방법으론 쉽지 않다네. 과거와 달리 트로니아에는 산전수전 다 겪은 바실리스와 루카스 부자가 있단 말일세. 그들을 절대 만만히 보아서는 안 돼."

"그렇다면 어떻게 해야 합니까?"

"음, 나도 별 뾰족한 수가 없는데 그게 고민이란 말일세."

"재상 각하, 실례가 되지 않는다면 무슨 일인지 저에게 일러주시지 않겠습니까? 바실리스 부자에 대한 얘기가 나오니 궁금합니다."

옆에 있던 다이얀이 궁금하다는 표정으로 안톤에게 묻는다.

"아, 그래. 자네라면 또 묘수가 있을지도 모르지."

안톤은 발키아 제국의 내분 사태와 그들의 내분을 이용해 발키아를 도모하려는 타키온 제국의 계획을 들려주었다.

"무엇보다 주변 삼국의, 그중에서도 특히 가장 북부에 있는 트로니아의 참여가 이번 계획의 핵심이라네. 한데 그들이 자주독립노선을 견지한다고 하니 우리의 요구를 쉽게 받아들이지 않을 것 같다는 생각이 든단 말이야."

"충분히 그럴 수 있습니다. 그들 입장에서 제국끼리의 전쟁은 제국의 전력 약화를 의미하니 쌍수를 들고 환영하겠지만, 자신들이 참전하는 것에 대해서는 결사 반대하겠지요. 음!"

"이번 일을 쉽게 해결할 좋은 생각이 있는가?"

"글쎄요."

안튼은 흥미로운 표정으로 말과 달리 두 눈을 감고 골몰히 생각에 잠겨드는 다이얀의 얼굴을 바라보았다.

'허허, 어디 이 천재의 머릿속에서 어떤 좋은 생각이 떠오르는지 볼까?'

대략 차 한 잔을 마시는 시간이 흘렀다. 안톤과 카이론이 가벼운 대화를 나누고 있을 때 다이얀이 감았던 눈을 떴다.

"어떤가?"

기다렸다는 듯 안톤이 다이얀에게 묻는다.

"음, 제 생각에 우선 트로니아로 하여금 왜 발키아를 공격하는데 그들이 참전해야 하는지 그 이유를 명백히 알게 해야 할 필요가 있습니다. 그 논리나 이유가 부족하다면 그들은 움직이려 들지 않을 테니까요."

"그렇겠지."

"가장 손쉬운 방법은 발키아를 미워하게 만드는 겁니다. 발키아를 미워하게 만드는 데 있어 여러 가지 방법이 있겠지만, 가장 간단하고 확실한 것은……."

다이얀은 안톤과 카이론에게 자신의 생각을 들려주었다.

"아! 그런 방법이 있었군요."

카이론은 자신의 무릎을 내려치며 크게 감탄했고, 안톤 역시 대견하다는 듯 머리를 끄덕이며 젊은 천재의 얼굴을 바라보았다.

"좀 비열한 방법이긴 하지만 가장 확실한 방법일 겁니다. 구체적인 실행 방법은……."

"허허허, 됐네. 그것마저 자네에게 맡기면 곤란하지."

안톤은 만족스런 웃음을 띠며 다이얀에게 차를 권했다.

"재야(在野)에 있으면서 대번 그런 좋은 묘안을 생각해 내다니, 역시 자네는 내 뒤를 이을 유일한 후계자일세."

"하하, 말씀은 고맙습니다. 하지만 재상 각하, 저는……."

"안다네. 지금 당장 후계자 수업을 시작하라는 얘기가 아니니 걱정하지 말고 몸조리나 잘하게. 하지만 오래지 않아 국가의 부름을 반드시 받게 될 거라는 건 잊지 말고 말이야."

안톤은 벌써 힘들어하는 젊은 천재의 어깨를 가볍게 다독이며 카이론에게 세부적인 계획을 지시했다.

*   *   *

4월 말의 코린트는 5월 1일 있을 팰트란 국왕의 즉위식을 앞두고 각국에서 오는 사절단을 맞이하느라 분주히 움직이고 있었다.

북부 대륙의 국사들은 물론이고, 멀리 대륙 남부에 있는 크리타스 제국과 팔랑가스 제국에서도 사절단이 코린트를 찾았다.

선대 국왕의 취임식 이후 큰 경사를 맞이해 본 적이 없는 트로니아 인들은 팰트란 국왕의 달라진 위상에 크게 즐거워하며 즉위식의 축제 분위기에 들떠 흥청거렸다.

바실리스와 루카스를 비롯한 중신들도 내부적으로 아무런 분규가 없는 트로니아 인의 축제 같은 분위기를 너무 조이지는 않았다.

도리어 자주독립노선을 표명한 트로니아의 달라진 모습을 보여주기 위해 어느 정도 각국 첩자들과 정보원들의 활동을 눈감아주기까지 했다.

　웅장한 음악이 대전에 울려 퍼지는 가운데 각국 사절단들
이 호명에 맞춰 대전에 마련된 좌석에 앉았다.

　타키온 제국 사절단과 발키아 제국 사절단이 가장 전면에,
그리고 대륙 남부에서 온 두 제국 사절단이 그 뒤에 자리 잡
고 앉았다.

　소개가 다 끝나고 각국 사절단이 자릴 잡자 트로니아의 재
상 아라스무가 단상 아래에서 큰 소리로 팰트란 국왕의 입장
을 소리쳤다.

　"팰트란 국왕 전하께서 납시옵니다!"

　빰빠바밤! 빰빠바밤!

　근위대 군악병들이 연주하는 팡파르의 경쾌한 음악에 맞
춰 건장한 체구를 지닌 팰트란이 신하들과 사절단들의 예를
받으며 대전에 마련된 단상으로 올라갔다.

　수백 쌍의 시선이 그에게 몰리며, 각국 사절들은 호기심 어
린 시선으로 젊은 국왕의 일거수일투족을 지켜보았다.

　"덩치가 보통이 아니구려."

　"하노버 왕가 사람치고 좀 큰 편이군요."

　"앗, 저기 국왕 옆에 있는 사람이 바로 바실리스다."

　"그 옆에 있는 사람은 그의 아들 루카스가 틀림없습니다."

　"음, 역시 눈매가 보통이 아니군!"

　사절단들이 수군대며 팰트란과 그의 옆에 서 있는 바실리

스 부자에게 관심을 나타냈다.

트로니아의 전통적인 즉위식의 의식에 따라 전 재상이었던 더글라스가 즉위식의 진행을 맡았다.

"무릎을 꿇으시지요."

팰트란은 더글라스의 말에 트로니아의 수호신인 레드 드레곤의 깃발 아래 오른 무릎을 꿇고 머리를 숙였다.

'후우, 저 드레곤의 정체를 알면 각국 사신들과 백성들이 얼마나 웃으며 놀려댈까!'

순간적으로 리처드 1세의 일기장에 나와 있던 테르마우의 웃지 못할 행동이 떠오르며 억지로 웃음을 참는 팰트란. 행여 남이 볼세라 깊숙이 머리를 숙였다.

더글라스가 트로니아의 형성 및 역대 군왕들에 대한 연혁을 간단히 보고했다. 연후 팰트란으로 하여금 국가와 백성을 위해 몸과 마음을 바치겠다는 맹세를 시켰다.

의식은 간단했다. 맹세가 끝난 후 더글라스가 트로니아 국왕의 황관을 팰트란의 머리 위에 씌워줌으로 모든 의식이 끝났는데, 그 시간이 20분을 넘지 않았다.

"이상으로 팰트란 L. 하노버가 트로니아의 국왕에 정식으로 즉위했음을 선포합니다."

"와아아!"

짝짝짝! 짝짝!

트로니아의 일족과 대신들은 큰 소리로 환호를 지르며 박수를 쳤지만, 각국 사절단들은 이 조촐하고 간단한 즉위식을 보면서 갖가지 표정을 지어냈다.

북부 대륙에서 온 사절단들은 왕의 즉위식 자체보다 자주 독립노선을 선포한 트로니아의 각료 및 군부에 관심을 갖고 있었다. 물론 그 중심에는 바실리스와 루카스 부자가 자릴 잡고 있었다.

타키온 제국과 발키아 제국 사절단은 노골적으로 서로에 대한 불편한 심정을 감추지 않았고, 발트와 베링 양국도 향후의 정세 구도에 미칠 트로니아의 새 노선에 대해 의견을 교환했다.

그에 반해 대륙 남부에서 온 사절단들은 공통적으로,

'미개한 촌놈들이 하는 짓은 무엇을 하든 야만스럽기가 똑같군!'

이라는 표정을 여과없이 드러냈다.

팔랑가스 제국 사절단만이 즉위식에 참석해 있는 바실리스 부자에 대해 묘한 시선을 보냈을 뿐, 나머지 국가의 사절단은 별 관심을 표명하지 않았다.

모든 절차가 끝나고 마지막 순서만 남겨놓게 되었다. 멀리서 찾아온 크리타스 제국과 팔랑가스 제국 사절단의 축하 인사를 시작으로, 각국에서 온 사절들이 준비해 온 선물을 건네주며 펠트란 국왕의 무궁한 발전을 기원하기 시작했다.

트로니아의 자주독립노선에 대한 의지를 보여주기라도 하

듯, 발트와 베링, 랑케와 인타 왕국 사절단을 먼저 맞이하고 북부의 두 제국인 타키온과 발키아 사절단을 가장 늦게 맞이했다.

"드미트리 2세께서 영원한 양국의 우호 관계를 천명하며, 특별히 팰트란 국왕 전하의 즉위를 축하한다고 전해달라고 하셨습니다."

"팰트란이 마음속으로 깊이 감사드린다고 꼭 전해주시오."

"알겠습니다. 그리고 폐하께서 약소하지만 축하 선물을 보내주셨습니다. 받아주시기 바랍니다."

타키온 황실 전용 장인들이 만든 두 쌍의 홍옥 목걸이였다. 순금 목걸이와 홍옥이 빛을 받아 반짝이며 영롱한 빛을 내뿜는다.

"이런 귀한 선물을 보내주다니, 고맙소."

끝으로 발키아 제국 사절단이 단상 위로 올라와 왕좌에 앉아 있는 팰트란에게 축하 인사를 올렸다.

"지난해 있었던 불미스런 일로 제국 정부도 크게 놀랐습니다. 앞으로 절대 그런 일이 없을 겁니다."

"그 잔당들이 제국의 볼튼 장군에게 전멸당했단 소식은 내이미 들었소. 국내 상황이 어려울 텐데 먼 길을 와줘서 고맙소."

발키아의 내분 사태를 직접 언급하는 팰트란의 말에 발키아의 사절단 대표는 분노의 감정이 실린 표정으로 고개를 다시 한 번 숙였다.

하지만 그 정도 말에 위축되면 사신이 아니다. 발키아의 사절단 대표는 어느새 원래의 신색을 회복하고 말을 이어간다.

"국왕 전하의 즉위를 축하드리며 제국에선 축하 선물로 발키아의 아리스탈 원석을 갖고 왔습니다."

"오, 아리스탈 원석을! 정말 그 귀한 것을 갖고 왔단 말이오? 감사드리오."

"제국은 그 정도로 트로니아와의 우호 관계를 중시하고 있다고 보시면 됩니다."

대륙에 거의 남아 있지 않는 아리스탈은 그 원석을 이용해 무슨 물건을 만들든 그 물건의 주인과 공명하는 성질을 갖고 있다고 알려진 신비한 금속이었다.

하늘이 무너져도 놀라지 않을 평정심을 지닌 팰트란이 다 감탄을 터뜨릴 정도였으니, 일순 주변에 있던 사람들은 신비한 금속 아리스탈에 정신이 쏠렸다.

사절단 대표의 손짓에 단상 아래 있던 시종 두 명이 크기와 폭이 각각 50㎝가량 되는 함을 갖고 올라왔다.

그 함이 팰트란 앞에 놓이고, 호기심에 차 있는 젊은 국왕의 기대를 충족시켜 주기 위해 시종 두 명이 함 뚜껑을 열려는 순간까지 아무도 이들의 수상한 점을 눈치 채지 못했다.

덜컹!

뚜껑이 열리며 모든 사람의 시선이 그 함 안에 있는 아리스탈 원석에 쏠리는 순간, 시종 두 명의 소매에서 날카롭기 그지없는 단검이 튀어나왔다.

"발키아 제국의 미래를 위해 트로니아의 국왕 펠트란의 목숨을 앗아가겠다!"

"아아악! 자객이다!"

여기저기서 비명 소리가 터져 나오는 가운데 바실리스 부자와 중신들, 그리고 무기를 든 근위병들이 놀란 얼굴로 달려왔다.

하지만 그들이 펠트란의 위기를 해결하기에는 거리가 너무 멀었다.

이들의 암습을 전혀 예측하지 못한 펠트란이 멍한 얼굴로 서 있는 동안, 자객 두 명이 펠트란을 향해 단검을 내찔렀다.

푸욱!

"우우욱!"

펠트란은 무의식적으로 몸을 피하며 팔을 휘둘렀는데, 자객의 단검이 공교롭게 왼팔 팔뚝에 꽂혔다. 그럼 나머지 한 자객의 단검은 어떻게 되었을까?

"아아악!"

몸을 수그리는 펠트란의 귀에 처절한 비명 소리가 들렸다. 고개를 돌린 그의 눈에 가슴에서 피를 토하며 쓰러지는 더글라스의 모습이 보였다.

“더글라스 경!”

펠트란은 팔뚝에서 전해지는 통증에도 아랑곳 않고 자신의 옆에 있다 몸을 날려 자객의 단검을 가로막은 더글라스에게 다가갔다.

“쿨럭! 쿨럭! 전하!”

“더 이상 말을 하지 마시오.”

“이… 이미 노신은 틀렸습니다. 허허허, 하늘이 도와주셔서 그냥 죽지 않고 전하를 위해 공헌할 기회를 주시니 이 얼마나… 쿨럭, 가… 감사한지 모르게…….”

“더글라스!”

트로니아를 위해 한평생을 바쳤던 노신 더글라스는 마지막 순간까지 하노버 왕가를 위해 충성을 다하며 세상을 떠났다.

“어서 전하의 상처를 돌보고 절대 저 자객을 놓치지 말거라!”

이미 중신들이 달려와 펠트란을 겹겹이 에워싸고 있었고, 루카스는 근위병들과 함께 자객 둘을 포위한 채 그들을 사로잡기 위해 포위망을 좁혀갔다.

“커억!”

“크윽!”

중신들과 근위병들에게 포위당해 붙잡히기 일보 직전에 있던 자객 둘이 각자의 목젖에 단검을 찔러 넣으며 목숨을 끊었다.

국왕의 부상과 노대신의 죽음, 갑작스럽게 자객으로 돌변한 시종의 변화에 놀라 '어어!' 라는 소리만 연발하다 자객의 단검에 목숨을 잃은 발키아의 사절단 대표.

그리고 이들을 사로잡기 위해 맨손으로 덤벼들었다 목숨을 잃은 세 명의 근위장교들. 팰트란의 국왕 즉위식은 아수라장으로 변했다.

루카스는 즉각 대전을 봉쇄하고 대전 안에 있던 사람들에 대한 철저한 몸수색을 벌였다.

여기저기서 외교사절단의 특권을 무시하는 루카스의 처사에 대해 불평불만이 쏟아졌지만, 루카스는 이를 아랑곳하지 않았다.

피의 즉위식이 끝난 다음날, 팔랑가스 제국의 사절단을 제외하고 아무런 연관 관계가 없는 대륙 남부에서 온 국사들의 사절단이 노한 얼굴로 돌아갔다.

그러나 북부 대륙의 사절단들은 자국 황제나 국왕의 명을 받고 팰트란과의 면담을 위해 사건이 해결되길 기다렸다.

"괜찮으십니까, 전하?"

"그다지 상처가 깊질 않소. 걱정할 필요없소."

하얀 천으로 다친 왼쪽 팔뚝을 둘둘 감은 팰트란이 피곤한 안색으로 바실리스와 루카스의 병문안을 받았다.

"더글라스 경이 그렇게 가다니, 내 할 말이 없구려."

은퇴한 후 저택에서 쉬고 있는 그에게 왕관을 씌워달라고 부탁한 펠트란이었기에 그의 죽음이 더욱 가슴에 한이 되었다.

인자한 그의 얼굴이 뇌리에서 잊혀지질 않는다.

"불의의 사고로 세상을 떠나긴 했지만, 누구보다 즐거운 죽음을 맞이했을 겁니다."

루카스의 말에 펠트란이 가볍게 한숨을 내쉰다. 화가 나다가도 이런 일을 대비하지 못한 자신에게 더 화가 났다.

"루카스 경, 사건의 전말을 밝혀냈소?"

"일단 발키아 사절단을 모두 투옥한 후 하나하나씩 심문을 했습니다. 하지만 그들 가운데 아무도 그 시종의 정체를 모르고 있었습니다."

"그럴 리가 있소?"

"그들의 얘기를 종합해 보면, 그 시종 둘은 이미 목숨을 잃은 사절단 대표가 데려온 사람들로 자신들은 처음 보는 얼굴이라 합니다. 제가 직접 심문을 했지만 거짓을 말하는 것 같지는 않았습니다."

"뿌득! 발키아, 이놈들이 이런 야비한 짓을 저지르다니!"

이를 갈며 눈에서 분노의 불길을 내뿜는 펠트란을 보며 바실리스와 루카스는 이해할 수 없는 발키아의 행동에 의아심을 감출 수가 없었다.

당사자가 모두 죽어버리고, 남아 있는 사람들은 그들의 정체에 대해 아무것도 모르니 구체적인 물증을 찾긴 어려웠다.

그러나 산전수전 다 겪은 바실리스와 루카스는 이번 암살 사건 속에 감춰져 있는 뭔지 모를 냄새가 슬슬 풍겨오는 것을 강하게 느꼈다.

"전하, 세상에는 이해하기 힘든 일이 간간이 일어납니다. 특히 분노가 이성을 앞서고 있을수록 더 냉철히 생각하는 지혜가 필요합니다."

"무슨 말씀이오?"

"발키아가 전하의 목숨을 없애려 하는데 있어 이해가지 않는 부분이 너무 많아서 하는 말입니다."

바실리스는 침착하게 자신과 루카스의 의견을 정리해 들려주었다.

"암살을 사주한 사람은 통상 자신의 정체가 드러나길 원하지 않습니다. 하지만 이번에는 대놓고 자신들의 정체를 밝혔지요."

"그랬지요."

"그리고 일국의 국왕을, 그것도 즉위식과 같은 공개적인 장소에서 암살을 하려 했던 발키아의 의도가 너무 미약하다는 겁니다. 내분에 골머리를 앓고 있는 그들이 왜 갑자기 전하를 암살하려 했을까요?"

"음!"

“끝으로, 만일 두 명의 자객이 진정 전하의 목숨을 노렸다면, 외람된 말씀이지만 전하께서 이런 가벼운 상처로 끝나지 않았을 겁니다. 암살의 가장 큰 목적은 자신의 의도를 밝히는 것이 아니라 대상자를 없애는 것입니다.”

당시 자신들의 암살 목적을 설명하던 자객들의 모습이 떠오르며, 펠트란은 바실리스의 말에 자신도 모르게 고개를 끄덕였다.

만일 아무 말 없이 아리스탈에 정신이 팔려 있는 자신을 공격했다면 상상하기 싫은 결과가 나왔을 것이다.

“경들의 말씀을 들어보니 과연 이상한 점이 하나둘이 아니구려.”

“물론 상대가 더 고차원적인 방법을 쓰느라 이럴 수도 있겠지만, 역시 수상한 점을 떨쳐 내긴 어렵습니다. 어렵긴 하겠지만 최선을 다해 암살 사건의 내막을 파헤치도록 하겠습니다.”

“그래주시오.”

확실히 노련한 바실리스 부자였다. 이전 같았으면 모든 중신들이 발키아에 대한 실력 행사를 하자고 난리를 쳤을 것이나, 바실리스 부자의 가세로 냉정하게 사건을 분석하게 되었다.

며칠 뒤, 펠트란의 상처가 호전되자 각국 사절단의 면담이 이루어졌다.

　상황이 상황인지라 힘의 역학 관계에 의해 타키온의 사절단을 제일 먼저 접견하기로 했다.

　어전 회의실에서 열린 접견에는 아라스무 재상과 루카스 장군, 그리고 로긴스 외무장관 3인이 배석했고, 타키온 제국에서는 카이론 외무장관 일행이 배석했다.

　"먼저 무도한 발키아 제국의 추악한 행위로 말미암아 전하께서 다치시고 더글라스 경께서 목숨을 잃으신 일에 대해 심심한 유감을 표하겠습니다."

　"고맙소."

　카이론은 팰트란의 국왕 즉위를 다시 한 번 환영하며, 팰트란의 유학 시절과 타키온과 트로니아의 우호 관계를 거듭 강조했다.

　"좋지 않은 상황이라 다음에 찾아뵙고 말씀을 드려야 하지만, 황제 폐하의 명을 받고 온 저이기에 부득이하게 말씀을 드리지 않을 수 없는 점 이해 바라겠습니다."

　"어려워하지 말고 말씀하시오."

　"황제 폐하께서는 저로 하여금 두 가지 사항을 확정 짓고 오라고 명령을 내리셨습니다. 트로니아의 현명한 국왕께서 반드시 받아들이실 것이라면서요."

　팰트란과 루카스를 제외한 두 사람의 얼굴이 일그러졌고, 특히 로긴스는 벌떡 몸을 일으키려다 팰트란의 눈짓을 보고 분을 삭여야 했다.

오만한 제국의 행동을 한두 번 봐온 것이 아니었지만, 이번 에는 정도가 심하다.

카이론은 이런 광경에 전혀 아랑곳하지 않고 말을 이어갔 다.

"첫 번째는 발키아 제국에 대한 문제입니다. 공개적으로 펠트란 전하에 대한 암살을 시도하다니, 저런 암적인 나라를 더 이상 묵인하는 것은 저희들의 자존심이 허락하질 않습니 다."

카이론의 말에 루카스가 흥미롭다는 표정으로 귀를 기울 이기 시작했다.

"사악하고 북부에 있어 암적인 존재인 발키아 제국을 타키 온 제국이 하늘의 뜻을 받들어 처벌코자 하기로 했습니다. 트 로니아에서도 정도를 바로잡는 이번 일에 적극적으로 동참해 주시길 바랍니다."

"발키아를 공격하겠다는 것이오?"

"그렇습니다. 더 이상 저런 극악무도한 국가를 내버려 둘 수 없다는 것이 드미트리 2세 폐하의 생각이십니다."

펠트란과 세 명의 대신은 놀라운 타키온의 제안에 일순 침 묵을 지켰다.

"음, 카이론 장관, 그렇다면 발키아에 대한 공격은 타키온 제국과 트로니아 양국 사이에 진행하자는 것이오?"

"아니오, 루카스 경! 타키온 제국과 주변 삼국이 동시에 공격을 가하는 것이지요. 발트와 베링 양국은 이미 제국의 의견을 받아들였소. 이제 남은 것은 트로니아의 결정이오."

펠트란의 즉위식이 있기 얼마 전, 병상에서 헤어나지 못하고 있던 발키아의 황제 빅토르 3세가 결국 세상을 떠났다.

그가 죽기 전에 후계자 구도를 정리하지 못한 발키아는 내전을 눈앞에 두고 있었다.

황태자의 적통을 인정하지 못하겠다고 선포한 3황자와 4황자가 서둘러 자신의 근거지에서 군사력을 모으고 있었다.

이에 맞서 황태자는 자신을 황제라 자칭하고 두 사람을 대역 죄인으로 몰아갔다. 곧 군사 행동을 일으킬 것이라는 게 일반적인 견해였다.

"앞으로 발키아는 역사책에서나 볼 수 있는 나라로 전락하고 말겠군요."

루카스의 혼자 중얼거리는 말에 카이론이 눈빛을 빛내며 그를 바라보았다.

이미 트로니아도 제국의 의견에 당연히 동의할 것이라 여긴 카이론은, 타키온의 안톤 재상이 직접 계획한 제4차 발키아 정복전쟁의 기본 계획을 설명하기 시작했다.

"타키온을 위시한 트로니아, 발트, 베링 삼국은 금년 가을 동시다발적으로 각국 국경선을 넘어 발키아로 진공을 시작할 겁니다."

"후와, 확실한 작전이로구려."

　루카스는 간단하면서 가장 성공 확률이 높은 안톤의 계획
에 찬탄을 보냈다.

　"내전에 휩싸일 발키아는 결코 네 곳에서 진격해 오는 우
리를 당해내지 못할 것이오."

　"그렇게 되면 솔직히 타키온 제국이 가장 큰 이득을 볼 것
이 아니겠소? 나머지 삼국은 들러리만 설 가능성이 크고 말이
오."

　루카스의 말에 카이론이 미간을 찌푸린다.

　"발키아도 가장 큰 전력을 갖고 있는 나라가 타키온 제국
이라는 것을 잘 알고 있는데, 설마 삼국을 상대하기 위해 과
다한 전력을 배치하겠소? 그건 걱정은 하지 않아도 될 것이
오."

　카이론이 눈을 빛내며 펠트란을 바라보았다.

　"그리고 각국이 점령한 발키아의 지역은 각국 소유가 된다
는 것을 드미트리 2세 폐하께서 타키온 제국 황제의 이름으
로 맹세할 겁니다. 전하의 목숨을 앗아가려 했던 발키아에 대
해 보복을 할 수 있는 좋은 기회가 아니겠습니까?"

　카이론의 말에 펠트란이 고개를 끄덕였다.

　"루카스 경, 그대가 보기엔 어떻소?"

　"오늘 처음 들은 제국의 계획입니다. 아무리 좋은 계획이
라도 전후의 타당성을 살피고 집행하는 과정이 필요한 법입
니다."

“알겠소. 카이론 장관, 그대가 귀국하기 전까지 우리 트로니아의 입장을 정리해서 전달해 드리겠소.”

“감사합니다, 전하! 부디 좋은 결과를 일러주시길 바랍니다.”

여의 바르게 인사를 올린 카이론은 다음 안건을 제기했다.

“두 번째는 어느 나라든지 국왕이 있으면 그 배필이 있어야 합니다. 그래야 백성들이 안정을 찾고 국왕 자신도 국정에 전념할 수 있지요.”

“당연한 말씀이오. 왕이 있으면 왕비가 있어야지요.”

재상 아라스무가 카이론의 말에 동의를 표했다.

“저희 폐하께서는 아직 펠트란 국왕께서 결혼을 하지 않은 것으로 알고 있습니다. 맞습니까?”

“그렇소.”

“그래서 양국의 우호 관계를 유지하고 발전시키기 위해 국혼을 하는 것이 좋지 않겠느냐는 뜻을 전달하라고 하셨습니다.”

“라키온 제국과 국혼을 말이오?”

“그렇습니다. 폐하의 일족 가운데 참한 왕비감이 있으니 자신의 체면을 보아서라도 국혼을 받아들이길 원한다고 하셨습니다.”

일순간 펠트란과 중신들은 할 말을 잃고 침묵을 지켰다.

루카스 역시 의외라는 표정으로 당황한 표정을 감추지 못했고, 팰트란은 말없이 사신의 말을 곱씹으며 생각에 잠겼다.

카이론의 말은 틀림없었다. 정상적으로 왕위에 즉위했는데, 왕비가 없어서는 안 된다.

그러나 왕비의 출신 지역은 주요 고려 조건의 하나였다. 만일 이 국혼이 성사된다면 타키온과 감정이 좋지 않고, 향후 양국 관계가 대치 상태로 돌아설 때 국모의 국가를 상대로 하는 행동에 많은 제약이 따를 것이다.

"제국 황제께서 그렇게까지 본인을 생각해 주실 줄은 정말 몰랐소. 우선 황제께 감사의 뜻을 전해주시오."

"흠, 흠, 그래, 국혼을 한다면 제국에서 생각하는 신붓감은 뉘시오?"

그나마 타키온 제국에 대해 비교적 잘 알고 있는 외무장관 로긴스가 질문을 던졌다.

"황제 폐하의 숙부이신 오칼리 대공의 둘째 영애이십니다."

"오칼리 대공의 둘째 따님이시라면 스칼렛 공주님이 아니시오?"

"하하, 맞소. 로긴스 장관도 잘 아시는 분이지요."

웬만하면 제국과의 국혼을 반대하려고 마음먹었던 로긴스였지만, 결혼 대상자의 이름을 듣고는 입을 굳게 다물었다.

타키온의 황실 인척 가운데 평판이 무척 좋았다. 용모도 아름답지만 그 마음 씀씀이는 더 아름답다는 얘기를 들은 적이 있었다.

팰트란과 나머지 사람들 역시 또 침묵했다. 제국 황제 숙부의 딸이라면 황제와는 사촌지간이다. 타키온 제국의 정통 황족인 것이다.

타키온 제국의 정확한 의중이 무엇인지 알 수는 없지만, 국혼 상대자의 비중을 봐서는 절대 트로니아를 무시하는 제안은 아니었다.

"카이론 장관, 이 사안 또한 지금 당장 결론을 내리기는 어려울 것 같소. 이것도 장관이 본국으로 귀환하기 전까지 확답을 드리도록 하겠소."

"알겠습니다, 전하."

외교력의 한계라고나 할까, 아니면 국력의 차이라고나 할까. 팰트란은 제국의 외무장관을 상대로 처음부터 끝까지 끌려 다니는 자신을 느끼며 자괴감을 느끼지 않을 수 없었다.

'타키온! 앞으로 언제까지 너의 위세가 지금과 같을지 두고 보자.'

한편으로 자괴감에서 오는 감정은 곧 도전 의식으로 바뀌어 팰트란의 가슴을 요동치게 만들었다.

눌리면 눌릴수록, 밟히면 밟힐수록 더욱 강해지는 트로니아 인의 피가 꿈틀거리기 시작한 것이다.

"끝으로 황제 폐하께서 트로니아에 바실리스 경과 루카스 경 같은 훌륭한 인재가 출사를 하게 된 것은 트로니아의 큰 복이라고 축하 말씀을 반드시 전하라고 하셨습니다. 아울러 앞으로 제국은 이 두 분의 활동을 주의 깊게 살펴보시겠다고 하셨습니다.”

카이론은 의미심장한 말을 마지막으로 펠트란과의 접견을 끝냈다.

다음날 어전 회의실에 펠트란을 비롯한 전 중신들이 모였다. 모임의 이유는 어제 있었던 타키온의 외무장관 카이론이 언급한 타키온 제국의 요청에 대한 대응 방안을 의논키 위해서였다.

각자 자신들의 의견을 최대한 피력했고, 펠트란은 묵묵히 이들의 말을 경청했다.

“우선 발키아 공략 건부터 정리를 하겠소. 루카스 장군, 그대가 발표를 하시오.”

“알겠습니다, 전하!”

외무장관 로긴스보다는 군사적인 문제가 포함되기 때문에 루카스에게 발표를 시킨 펠트란이었다.

“이번 작전은 발키아에서 황제 암살 사건이 일어난 후, 타키온에서 준비를 꾸준히 해왔다고 보면 될 것 같습니다.”

루카스는 특수부대를 통해 사전에 준비한 발키아의 국경 지도를 펼쳤다.

아무런 자료 없이 중구난방으로 진행되었던 이전과 비교해 확실히 한 단계 발전했다는 느낌을 받는 중신들이었다.

"발키아를 공격할 지점은 저희 트로니아의 경우, 최북단의 타부록 성이 되겠고, 발트의 경우 레이시온 요새, 베링의 경우 동가 성, 그리고 타키온은 발키아 남부 국경 지대에 있는 거대 요새 마시온입니다."

"타키온의 사신이 구체적인 공격 지점까지 일러줬습니까?"

"아닙니다. 이건 그들의 말을 듣고 제가 유추해 본 가정이나, 거의 틀림없을 겁니다."

'하하, 루카스 루카스 하더니 정말 대단하구나!'

팰트란은 입을 떡하니 벌리고 놀란 표정으로 루카스를 바라보는 중신들의 표정을 보며 속으로 미소를 그렸다.

'그나저나 어제 카이론의 말을 듣고 오늘 저런 회의 자료와 구체적 내용을 파악하다니 놀라울 따름이구나.'

이미 좌중의 정신을 죄다 끌어 모아놓고 설명을 이어가는 루카스의 모습에 감탄만 나온다.

"저희 특수부대에서 데릭 파이론 대장과 3인의 대원이 이미 타부록 성의 내정을 살피기 위해 출발했습니다. 빠르다면 다음 달 정도 타부록 성의 방어 현황과 전력을 파악할 수 있을 것으로 여겨집니다."

"오오!"

여기저기서 중신들의 감탄 소리가 울려 퍼진다.

"발키아의 내부 분열과 타키온의 의지를 볼 때, 발키아가 승리할 가능성은 일 할이 채 안 됩니다. 이런 상황에서 최근 발키아가 저지른 극악무도한 행위를 저희는 잊지 말아야 합니다."

루카스는 참전할 수밖에 없는 당위성을 설명하며, 이런 상황에서 최대한 트로니아의 실리를 챙기자는 의견을 제기했다.

'이상하다. 나에 대한 암살 사건을 발키아가 저지르지 않았을 거라고 강하게 주장하던 루카스가 왜 전쟁을 더 부추기는 것일까?'

펠트란은 루카스의 주장에 동조해 사전에 적의 약점을 찾아 전격전을 전개, 최대한 트로니아의 영토를 확장하자는 중신들의 반응을 보며 의아한 생각을 금할 수 없었다.

"그럼 모든 분들의 의견이 그런 줄 알고 발트와 베링 양국의 의향 및 주변 정세를 정확히 파악한 후, 한 달 뒤 어전회의에서 종합적인 보고 및 실행 계획을 보고하겠습니다."

"좋습니다."

중신들이 흥분한 표정으로 동의를 나타냈다.

"전하!"

"그대들의 뜻이 그렇다면 나도 반대하지 않겠소. 가능한 우리의 희생을 적게 내고, 부득이하게 희생이 발생해야 한다면 최대한의 효과를 낼 수 있도록 노력해 주시오."

좀 더 신중하게 생각해 보자는 의견을 내려던 펠트란은 루카스의 자신있다는 눈빛에 최종 승인을 내렸다.

두 번째 사안인 팰트란의 결혼 문제에 대해서는 의견이 분분했다.

국제 관례를 어느 정도 알고 있는 중신들은 황제의 사촌 정도면 트로니아의 체면을 잃지 않는다는 점에서 타키온의 제안을 긍정적으로 보았다.

나머지 중신들은 정서적으로 사이가 좋지 않은 타키온 제국의 공주가 와서 트로니아의 국모가 된다면, 백성들의 반발을 살 가능성이 있으니 거절하는 것이 좋겠다고 주장했다.

전자가 문신들이 많은 반면, 후자는 무신들이 주류를 이루었다.

지루하게 탁상공론(卓上空論)하는 모습을 지켜보던 팰트란은 아무 말 않고 앉아 있는 바실리스를 바라보았다.

비록 군을 지휘하는 입장에 있었으나, 이전에 제국 황자의 스승으로 반정부의 재상으로 풍부한 경험을 지니고 있는 바실리스였다.

팰트란의 뜻을 이해한 바실리스가 묵직한 목소리로 중신들의 말다툼을 중지시킨다.

"조용히들 하시오."

조용하지만 힘있는 그의 목소리에 중신들이 입을 다물고 바실리스를 바라보았다.

"경들, 결혼을 누가 하는 것이오?"

중신들이 모두 눈을 돌려 팰트란을 바라보았다.

"그렇소. 결혼은 전하께서 하시는 것이오. 국익을 고려하든 개인의 행복을 고려하든 간에 결혼 당사자는 바로 전하이시오. 신하 된 우리는 전하의 의중을 살펴 진행하면 되는 것 아니겠소?"

기존의 격식을 무시하는 바실리스의 말이었지만, 그는 그런 말을 할 자격과 경험을 지니고 있었다.

"전하, 전하의 생각은 어떠하신지요?"

'내 생각? 내 생각은 어떨까?

팰트란은 바실리스의 질문에 잠시 자신만의 생각에 잠겼다.

제국의 황제가 제의한 결혼이다. 물론 자신은 제국 여자와 결혼하는 것이 탐탁지 않았다. 만에 하나 자신이 제국 여자를 사랑하게 되어 결혼을 한다면 자신은 참고 견딜 수 있지만, 백성들은 정서상 제국에서 온 왕비를 좋아하지 않고 잘 따르지도 않을 것이다.

그러면 그 여인은 한 명의 정치적 희생물로 전락할 것이고, 얼마나 불행한 삶을 살아야 할 것인가!

그럼 관점에서 보면 둘 다 아무런 상관 없이 사랑하는 사람을 만나 결혼하는 것이 가장 좋을 것이다. 바실리스가 말한 팰트란의 행복을 고려한 결정이 될 것이다.

'하지만 이 국혼 건은 제국 황제가 제안한 것이 아닌가!'

거절하면 국가 간의 유대 관계가 흔들릴 수 있다. 가뜩이나 자주독립노선과 바실리스 부자의 합류에 불편한 심기를 표출하는 제국이었다.

결혼 문제로 전쟁을 일으키는 일은 없을 것이다. 안톤 재상이나 드미트리 2세가 그렇게 어리석은 사람들은 아니니까.

문제는 우리가 무슨 일을 추진할 때마다 그들의 견제를 받아야 한다는 것이다. 향후에 비밀리에 추진해야 할 일들이 점점 많아질 것이다.

디런 일은 피해야 한다. 펠트란 자신의 입장에서 마음에 들지 않지만, 국가를 위해 받아들여야 한다. 이것이 바실리스가 말한 국익을 고려한 결정이 될 것이다.

"으음!"

펠트란은 생각에서 벗어나며 자신을 바라보고 있는 중신들의 모습을 보았다. 어떤 결정을 내릴지에 대해 궁금해하는 표정들이었다.

"제국과의 국혼 건은……."

모두의 눈이 펠트란의 입을 바라본다.

"받아들일 것이오. 단, 결혼 시기는 전적으로 우리 트로니아의 상황을 봐가며 정할 것이오."

펠트란은 무거운 표정으로 자리에서 일어나며 회의를 끝냈다.

일부 무신들은 펠트란의 결정에 불평을 늘어놓기도 했지

만 국왕의 결정이었다. 왕의 결정을 신하가 뒤집을 수는 없었다.

대다수 중신들은 젊은 국왕이 무척 어려운 결정을 했다는 것을 알고 마음속으로 고개를 끄덕였다.

중신들이 하나둘 자리를 비우고, 어느덧 회의실에는 재상 아라스무와 바실리스 부자만 남게 되었다.

"어린 나이에 저런 결정을 하시다니, 훌륭하신 주군이시지요."

아라스무가 감탄했다는 표정으로 입을 열었다.

"맞습니다. 훌륭하신 분이시지요. 늙은 저희가 보필을 잘한다면 분명코 트로니아의 역사에, 아니, 대륙의 역사에 길이 이름을 남기시는 분이 될 거요."

"바실리스 경의 말씀이 옳지요. 한 사람이 열 사람을 이기기 힘든 이 난세에 군주가 자신의 욕망을 버리고 국가를 위해 자신의 행복을 포기하겠다는 것은 우리들에게 큰 복이지요. 허허허, 두 분께 자랑하는 말로 들리실지 모르겠지만, 정말 포용력이 큰 우리 주군이시지요."

"맞습니다. 저도 한마디 거들자면, 앞으로 많은 영웅호걸들이 주군에게 모여들 겁니다. 난세는 영웅을 부르는 법이고, 그 난세의 영웅들은 큰 그릇을 원하지요. 자신들이 몸담을 크고 깊은 그릇을 말입니다."

"허허허, 루카스 경의 얘기가 백번 옳습니다. 두고 보시지요. 우리 트로니아가 대륙에 우뚝 서는 그날을 말입니다."
"그때까지 꼭 살아 있도록 합시다, 아라스무 경!"
"바실리스 경 역시 마찬가집니다. 허허허!"
"두 분께서 살아생전 원하셨던 트로니아의 모습을 볼 수 있도록 자꾸 전하를 재촉하겠습니다."
"엉? 그럼 우리가 불충한 신하가 되는 거 아닌가?"
세 사람이 서로의 눈을 쳐다보다 갑자기 파안대소를 했다.
"하하하하! 하하하!"
회의실 밖에 있던 근위병이 갑자기 울려 퍼지는 큰 웃음소리어 무슨 일인가 하고 귀를 기울이고 있었다.

The God of War

CHAPTER 09

거보(巨步)의 시작

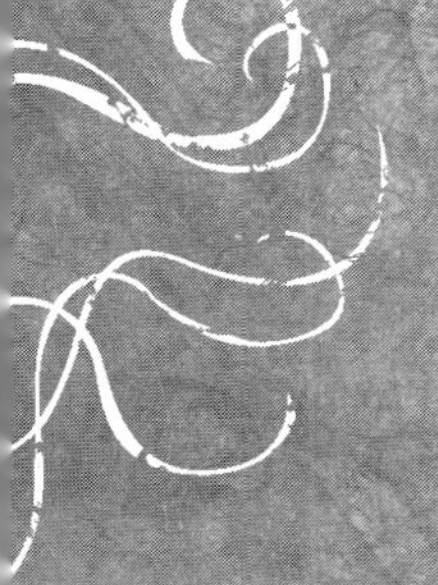

The God
of War

그날 늦은 밤, 펠트란은 바실리스 부자의 방문을 받았다.

"피곤하실 텐데 죄송합니다."

"괜찮소. 그런데 두 분께서 밤늦게 무슨 일이시오?"

"회의 때 못다 드린 말씀이 있어 찾아왔습니다. 그리고 이 일은 알고 있는 사람이 적으면 적을수록 좋고요."

루카스가 대답한다.

"그래요? 자, 여기 앉으시오."

펠트란은 매튜에게 다른 사람의 출입을 금하도록 명령했다. 개사에 시원시원한 펠트란의 행동이었다.

“전하, 발키아를 공격하자는 제 주장에 의아함을 느끼셨을
줄 압니다.”

“그랬소. 루카스 경이 나에 대한 암살 미수 사건을 거론했
기 때문에 더 그런 생각이 들었소만.”

“사실 카이론 외무장관의 말을 듣고 저는 이번 사건의 배
후에 타키온 제국이 있다는 것을 확신하게 되었습니다.”

“타키온 제국이 말이오?”

“예. 당사자들이 모두 죽어버려 사건은 미궁에 빠질 수밖
에 없지만 제 추측은 거의 틀림없을 겁니다.”

“그들이 왜 이런 짓을 저질렀단 말이오?”

“바로 발키아 공략에 트로니아를 참전시키기 위해서입니
다.”

단언에 가까운 정의를 내리는 루카스! 증거는 없지만 왠지
모르게 그의 추론에 아무런 문제가 없어보인다.

“보나마나 저들은 전하께서 표명하신 자주독립노선에 대
한 정보를 입수했을 겁니다. 그리고 이번 발키아 공략 계획에
있어 가장 중요한 트로니아가 참전하지 않으면 어쩌나 하는
불안감이 일었을 겁니다.”

“루카스의 가정에서 시작하면 모든 문제가 해결되지요. 왜
그들이 전하에게 바로 손을 쓰지 않았는지, 정체를 알고 있는
발키아의 사절단 대표를 가장 먼저 죽였는지 말입니다.”

“나로 하여금 발키아에 대한 증오를 키워 자신들의 계획에

동참하게 하려 했다는 말이구려."

"맞습니다."

"루카스 경, 만일 경의 가정이 맞는다면 왜 발키아 공략에 대한 타키온 제국의 제안을 받아들인 것이오? 경 말대로 제국이 가장 유리한 기회를 맞이하지 않겠소?"

"하하, 여기에 바로 계략의 묘미가 있습니다. 이번 계획은 보나마나 제국의 재상 안톤의 작품일 겁니다."

루카스가 시원한 미소를 띠며 팰트란에게 그 이유를 설명하기 시작했다.

"이번 타키온의 발키아 도모는 제가 예상컨대, 그들이 원하는 것만큼의 이득을 보지는 못할 겁니다."

"전력을 네 곳으로 분산해야 하는 발키아를 생각하면 타키온 제국이 가장 큰 이득을 보지 않소?"

"그건 그렇지 않을 겁니다. 발키아가 비록 황위 다툼을 치열하게 벌일지라도 그들은 한 핏줄이고 같은 제국의 황자들입니다."

"으음!"

"외부의 위험이 없는 상태에서는 자신들끼리 권력 투쟁을 전개할 겁니다. 하지만 만일 대외적으로 위험이 발생하면 그들은 반드시 손을 잡고 외부의 위험에 먼저 대처할 것이 틀림없습니다. 그들도 바보는 아닙니다. 나라가 없는 상태에서는 자신들의 미래도 없다는 것을 잘 알고 있을 겁니다. 제국의 저력을 얕보면 안 됩니다.”

“경의 말이 일리가 있지만, 그래도 삼국이 타키온 제국과 동시에 공격을 하는데도 발키아가 버틸 수 있겠소? 경도 다른 중신들에게 발키아의 생존 가능성이 희박하다고 하지 않았소?”

동의하기 어렵다는 팰트란의 표정이었다.

“하하, 제가 제국 사신을 속이고 신중을 기하느라 그런 말을 한 겁니다. 제 본심은 절대 그렇지 않습니다. 이번 타키온의 계획은 계획의 표면을 보지 말고 그 본질을 잘 파악하셔야 합니다.”

“본질이라?”

“발키아의 국경 수비 병력은 총 사십만 명으로, 그중 삼국의 인접 요새에 각 오만 명의 수비병이 있고, 타키온과의 국경 지대인 마시온 요새에 십만 명의 수비병이 주둔하고 있습니다. 나머지 십오만은 전략 요충지에 주둔하고 있지요.”

“음, 마시온 요새는 전하께서도 잘 아시다시피 발키아의 마시온 장군이 일찍이 타키온을 경계하느라 쌓은 요새입니다. 천연의 험지를 적절히 이용했기 때문에 대륙에서도 명성이 상당히 높지요.”

“나도 그 요새에 대해서는 여러 차례 들어본 적이 있소.”

바실리스의 부연 설명에 팰트란이 고개를 끄덕였다.

“전쟁을 수행함에 있어 공격을 하는 쪽은 적어도 세 배 이상의 병력 우위를 갖고 있어야 한다는 것이 기본입니다."

"루카스 경의 말이 맞소. 나도 잘 알고 있소."

"물론 때에 따라 소수의 병력으로 승리를 거두기는 하나, 그 예가 무척 드뭅니다. 절체절명의 순간이 아니라면 군 운용에 있어 금기 사항입니다."

"경의 가정을 적용한다면 삼국은 적어도 십오만 이상의 병력을 동원해야 한다는 말이 되는구려."

"갖습니다. 현재 트로니아의 총 병력이 십사만을 조금 넘는 상황에서 십오만 병력을 동원하는 것은 불가능합니다."

"으음, 공격 이외에 점령지의 방어까지 감안한다면 적어도 십팔만은 있어야 한다는 결론이 나오는구려."

팰트란의 얼굴이 심각하게 변했다. 타키온 제국의 제안에 막연한 기대감을 갖고 있었지만, 막상 뚜껑을 열고 보니 보통 심각한 문제가 아니다.

"십팔만 병력을 양성한다고 가정해도 모든 병력을 전선에 투입하면 후방에는 누가 남게 되겠습니까?"

루카스는 특히 이 말을 강조했다.

"타키온은 그리 어수룩한 나라가 아닙니다. 점령지는 점령자에게 준다고 약속했지만, 가장 힘들게 싸워야 할 타키온이 남 잘되게 헛된 희생을 한다고는 결코 믿지 않습니다. 신이 알고 있는 타키온의 너구리 안톤은 절대 그런 어수룩한 사람이 아니거든요."

바실리스가 부연 설명을 하며 입가를 씰룩거렸다.

"아, 듣고 보니 그렇구려. 우리가 전력을 기울여 발키아를 공격하다보면 너구리가 우리의 뒤통수를 칠 가능성이 농후하겠구려."

"껄껄껄, 그렇습니다. 그 너구리가 보통 너구리가 아니기 때문에 얼마든지 우리 뒤통수를 때릴 수 있지요."

펠트란의 재미있는 표현에 바실리스가 맞장구를 치며 크게 웃었다.

"그리고 또 하나 잊지 말아야 할 것은, 저희가 타키온 제국을 상대로 할 실력을 쌓기 전까지는 발키아 제국이 있어야 하지요."

"그건 타키온에 대한 견제 때문이겠구려."

"맞습니다. 발키아 제국이 있기에 타키온 제국이 삼국에 대해 노골적인 침략 행위를 못하고 있지요. 단, 이번 발키아 공략을 통해 발키아를 제국이 아닌 왕국 정도로 국력을 약화시켜야지요."

바실리스의 지적은 틀림없었다. 발키아가 해체되면 그 다음 순서는 삼국이 될 것이고, 그 순서가 오기 전에 트로니아는 자주국방을 갖춰야 한다.

"발트나 베링도 이미 참전하겠다고 했다니, 우리만 제국의 제안을 거절하기가 어렵소. 경들의 생각은 어떻소?"

"전하 말씀대로 제국의 제안을 거절하기 어려운 상태입니

다. 어쩔 수 없는 상황에 처하게 되면 그 상황에서 가장 유리
하게 국면을 이끌어야 합니다."

투카스는 팰트란에게 자신의 생각을 설명했다.

금번 발키아 공략 건은 트로니아에게 한 단계 도약할 수 있
는 좋은 기회임에 틀림없다. 그러나 타키온 제국을 등 뒤에
두고 전력을 다할 수는 없다.

"여섯 개 군단 십이만 명을 동원할 예정입니다. 네 개 군단
은 제국과 합의된 공격에 투입할 예정이고, 나머지 두 개 군
단으로 랑케 왕국을 도모할 겁니다."

"뭐… 뭐라고 했소? 랑케 왕국이요?"

팰트란은 마지막 부분에 더해진 루카스의 설명에 경악을
금치 못했다. 랑케는 전혀 예상하지 못했던 목표였다.

"맞습니다. 이번 기회에 랑케 왕국을 도모해야 합니다."

랑케 왕국은 트로니아의 서쪽 발키아 국경 너머에 있는 최
서단의 소국이었다. 영토나 인구는 트로니아에 비해 약간 적
었고, 루카스가 파악한 바의 랑케 군은 오만 명의 병력을 보
유하고 있었다.

더욱이 이 오만 명의 병력 또한 전쟁 경험이 거의 없는, 삼
국과 비교해 보면 치안대원들과 비슷한 수준의 전력을 지닌
것으로 파악되었다.

랑케 왕국이 이렇게 군사력을 키우지 않은 이유는 그럼 어
디에 있을까?

랑케 왕국은 발키아 초대 황제의 장인인 드레앙 공작이 대공으로 승격하면서 독립한 발키아의 위성국가였다.

그 후 역대로 발키아 황실에 황비를 배출한 황비의 국가로 자리 잡았다.

그런 상황에 랑케 왕국의 위치 자체가 발키아 제국 내에 있었기 때문에 랑케 왕국은 외부로부터의 침입이 불가능했다.

이런 이유로 랑케 왕국은 군사력을 강화시킬 이유도, 강화시키고자 해도 발키아 제국의 견제로 뜻을 이루지 못했다.

"루카스 경, 어떻게 랑케를 도모한단 말이오?"

"방법이 있습니다. 그리고 이번 기회에 랑케를 도모하지 못한다면 저희 트로니아는 현재 처해 있는 한계를 극복할 수 없습니다."

팰트란은 발키아 제국 내에 있는 랑케 왕국을 어떻게 도모할 수 있을지에 대해 전혀 감을 잡을 수가 없었지만 루카스는 달랐다.

루카스는 이번 데릭 파이론 대장의 출행에 타부록 성에 대한 방어 상태는 물론, 그랑디 산맥을 경유해 랑케로 진입할 수 있는 길을 찾도록 했다.

타키온 제국과 주변 삼국이 공동으로 발키아를 공격한다는 정보가 입수되면, 발키아는 보나마나 랑케 왕국에 병력 차출을 요구할 것이다.

얼마나 많은 수의 병력을 파견할지는 몰라도, 파견은 반드시 이루어질 것이다.

그렇게 되면 랑케의 후방은 비게 될 것이고, 그때를 노려 트로니아 군이 신속하게 랑케의 수도 타블린을 공략해 랑케 왕국을 점령한다.

물론 루카스의 생각이 100% 완벽한 계획은 아니다. 두 가지의 커다란 변수가 있었다.

그중 하나는 발키아의 병력 차출이 이루어지지 않으면 오만 병력의 랑케 군을 상대해야 한다. 사만 병력의 트로니아 군으로 랑케 왕국을 점령하기 어렵다는 문제에 부딪친다.

또 하나는 트로니아 군이 발키아 국경의 타부룩 성을 신속하게 돌파해 랑케 왕국까지의 통로를 확보해야 한다는 것이다.

랑케 공격군과 발키아 공격군이 합류해 방어 체계를 구축하지 않는다면, 랑케 왕국을 점령한 트로니아 군은 발키아 제국이라는 바다 위에 외로이 떠 있는 고독한 섬으로 전락해 버린다.

"후아, 대단한 계획이구려. 성공한다면 말입니다."

한동안 아무 말도 않고 있던 팰트란이 루카스의 얼굴을 바라보며 대담무쌍한 그의 계획에 감탄했다는 표정으로 입을 열었다.

"의험이 따르지 않는 성공은 이 세상 어느 곳에도 없습니다. 문제는 그 위험률을 얼마만큼 줄일 수 있느냐가 관건일

따름입니다.”

“경들의 생각에 성공 가능성은 어느 정도 입니까?”

“절반의 가능성이 있다고 봅니다.”

루카스가 자신있게 잘라 말하며 부연 설명을 이어나갔다.

“절반의 가능성이 있다면 충분히 도전해 볼 만한 가치가 있는 작전입니다. 타키온의 명을 거절치도 못하고, 뒷문 단속에도 신경을 써야 하는 트로니아의 입장에서 이 작전이 성공한다면 트로니아는 자주독립이라는 목표에 한 발, 아니, 두 발 이상 가까이 다가갈 수 있습니다.”

팰트란의 얼굴이 붉게 달아오르며 심장이 강하게 요동쳤다. 절반의 성공률에 불과하지만 도전해야 할 충분한 가치가 있다.

한참을 생각에 잠겼던 팰트란이 바실리스와 루카스의 이름을 부른다.

“바실리스 장군, 그리고 루카스 장군!”

“예, 전하!”

“트로니아의 국왕 팰트란의 이름으로 이 작전을 승인하겠소. 그대 두 사람이 필요하다고 생각되는 시점까지 이 작전의 비밀을 유지하는 것도 허락하겠소.”

“감사합니다, 전하!”

“데릭 특수대장이 돌아오는 대로 세부적인 작전 계획과 방향에 대해 보고를 부탁하오.”

'바실리스 부자가 트로니아에 출사하게 된 것을 정말 신께서 안배하셨단 말인가!'

펠트란은 루카스의 작전에 대한 설명을 들으며 항거하기 어려운 신비로운 전율을 느꼈다.

성공 여부는 전혀 알 수 없지만, 이 작전을 수행하지 않으면 안 된다는 필연적인 느낌을 받았다.

세 사람은 새벽녘까지 이 작전에 대한 세부 방안에 대해 논의를 계속했다.

*　　*　　*

이미 구체적인 작전이 수립된 트로니아의 펠트란은 발트와 베링의 사신을 동시에 접견했다.

"트로니아와 펠트란 전하의 앞날에 무궁한 영광이 깃들기를 기원합니다."

"하하, 고맙소. 그대들 국왕께도 내 안부를 전해주시오."

"알겠습니다, 전하!"

"귀국의 르피엘 경과 필립 경이 잘 있는지 모르겠구려."

펠트란은 과거 앙카라의 황실 아카데미에서 같이 수학했던 르피엘과 필립의 안부를 물었다.

"르피엘 경은 군 참모부에서 참모장교로 있고, 얼마 후 재무 부서로 옮겨갈 것입니다."

발트의 사신이 차분하게 대답했다.

"필립 경은 내부 부서에서 내무장관 비서로 재직하고 있습니다. 젊은 나이인데도 직무를 충실히 수행하고 있어 평가가 좋습니다."

팰트란의 인적 사항을 잘 파악하고 있는 듯, 베링의 사신은 팰트란의 질문에 신속하게 대답했다.

형식적인 인사가 끝나고 팰트란은 양국 사신과 아라스무, 바실리스, 루카스와 함께 회의실로 자리를 옮겨 타키온 제국의 요청 건에 대한 삼국의 의견을 교환했다.

"트로니아에도 제국의 제안이 들어왔겠지만, 발트 왕국은 이번 사국 연합의 발키아 공략에 대한 타키온 제국의 제안을 받아들이기로 했습니다."

"저희 베링 왕국도 타키온 제국의 제안을 받아들이겠다고 정식으로 통보를 한 상태입니다."

두 사신의 논조를 들어보니 적극적으로 발키아를 공략하겠다는 의지가 엿보인다. 방법에 있어서는 차이가 있지만 모두 자국의 생존을 위해 비슷한 생각을 하고 있었다.

"루카스 경, 우선 타키온 제국이 제안한 계획의 이면에 숨어 있는 위험한 부분을 설명해 주시오."

"알겠습니다."

두 사신은 위명이 쟁쟁한 루카스의 설명에 귀를 기울였다.

루카스가 타키온 제국의 숨은 의도를 알아듣기 쉽게 역설

하자, 듣고 있던 두 사신의 얼굴이 점점 굳어지더니 나중에는 사색이 다 되어갔다.

"그럼 어떻게 하면 좋겠습니까? 트로니아는 제국의 음모에 어떻게 대처하려는지요?"

드 사신이 이구동성으로 펠트란에게 답변을 구했다.

"타키온의 제안을 우선 받아들이는 걸로 해야 합니다."

루카스가 펠트란의 윤허를 구한 뒤, 사신들에게 다시 설명을 이어간다.

"삼국이 하나가 되어 타키온 제국의 숨은 의도를 원천 봉쇄해야 합니다. 이를 위해 트로니아가 준비한 삼국 협의서가 있습니다. 잘 보시고 판단하시지요."

사신들은 루카스가 내놓은 문서를 읽어 내려갔다.

트로니아, 발트, 베링 삼국은 타키온의 요청을 받아들여 발키아 공략에 참전한다.

그러나 기존 국경 지대의 수비병은 현재 수준을 유지하거나 더 증가시켜 타키온 제국의 야욕을 제거한다.

만일 어느 한 나라가 타키온의 공격을 받게 된다면, 나머지 두 나라는 발키아와 휴전협정을 체결함과 동시에 자동으로 타키온과의 전쟁에 참전한다.

별도로 발키아 공략은 각국의 기량을 충분히 발휘하여 원하는 바를 이루도록 한다.

“아, 좋은 생각입니다.”

양국의 사신은 루카스의 제안에 감탄하며 아무런 이의를 제기하지 않았다. 타키온의 의도를 무산시키면서 당초 소기했던 목표를 달성할 수 있는 방안이었다.

펠트란은 이 협약에 인장을 날인했고, 두 사신 역시 자국의 국왕을 대신해 협약서에 인장을 날인했다.

“소신들이 귀국하는 대로 정식으로 날인된 협약서를 보내도록 하겠습니다.”

“그래요. 그렇게 하시오.”

양국 사신을 보낸 뒤 펠트란은 마지막으로 타키온의 카이론 외무장관을 불러 독대를 했다.

“여러 날 지체된 후 카이론 경을 불러 미안하오.”

“아닙니다. 국가의 중대사를 결정하는데 어찌 제가 뭐라 할 수 있겠습니까.”

“트로니아는 정식으로 타키온 제국의 제안을 받아들여 발키아 공략에 참전토록 하겠소.”

“하하하, 감사합니다, 전하! 트로니아를 위해 훌륭한 선택을 하셨다고 소신이 자신있게 말씀드리겠습니다.”

‘트로니아를 위한 훌륭한 선택이라고? 나쁜 제국 놈들 같으니! 최후에 뒤통수를 맞는 자가 누구인지 잘 보여주마.’

펠트란은 얼굴 가득 미소를 머금고 자신을 칭송하는 카이른에게 마음속으로 이를 갈았다.

카이론은 드미트리 2세의 인장이 찍혀 있는 점령지의 점령자 영토 인정 증서를 팰트란에게 건네주었다.

"공격은 저희 타키온과 삼국이 동시에 진행할 것이고, 공격 시점은 공격 1개월 전에 각국에 통보해 드릴 것입니다."

"알겠소."

"전하, 국혼 건에 대해서는 로긴스 외무장관으로부터 트로니아의 답변을 들었습니다. 그런데 대략적인 일시는 언제쯤이나……."

"지금은 발키아 공략이라는 큰 사안을 앞두고 있으니 일시에 대해서는 다음에 논의하도록 합시다."

"알겠습니다. 그럼 국혼의 구체적인 일시는 4국의 합동작전이 마무리된 시점에서 다시 논의하는 것으로 보고를 드리겠습니다."

"그래요. 그렇게 합시다."

팰트란이 제국의 사절단 대표 카이론을 만나고 있는 동안 코린트에서는 또 하나의 만남이 있었다.

팔랑가스 제국에서 온 사절단 가운데, 칼머라는 이름을 가진 사람이 바실리스에게 면담을 요청해 이루어진 만남이었다.

"시간이 무척 많은가 봐, 칼머!"

"안녕하셨습니까, 바실리스 공, 그리고 루카스 공."

비꼬는 바실리스의 말을 못 들은 양 전혀 반응을 보이지 않는 칼머는 공손하게 인사말을 건넨다.

"난 잘 있었네. 모습을 보아하니 그대도 별일없이 잘 지내고 있는 모양이로군. 그래, 무슨 일인가?"

칼머는 품 안에서 서신을 하나 꺼내어 바실리스에게 건넸다.

"이게 뭔가?"

바실리스는 서신을 받아 들고는 쭉 읽어 내려갔다.

바실리스가 글을 읽는 동안 루카스는 칼머를 노려보며 노골적인 적대감을 드러냈다.

"칼머 경은 그때 그 후로 잘나간다고 들었는데, 어찌 먼 이곳 트로니아까지 오셨소? 여긴 정말 촌구석인데 말이오."

빈정대는 루카스를 날카롭게 한 번 쳐다보고는 대꾸도 없이 바실리스의 대답만 기다리는 칼머.

칼머는 현 팔랑가스의 재상인 제이크가 거두어들인 수하로, 상당히 수완이 있는 자였다.

처음 제이크가 그를 바실리스와 루카스에게 소개시켰을 때, 바실리스는 그의 인상을 보고 제이크에게 거두지 않는 것이 좋을 것이라 권고했다.

하지만 바실리스의 누차에 걸친 권고에도 불구하고 제이크는 그의 능력을 높이 샀고, 제이크를 위해 물불을 가리지 않고 활약하는 칼머를 중용했다.

칼머는 제이크가 명령한 여러 가지 어려운 임무를 잘 수행했는데, 그 가운데 하나가 제이크의 명을 받들어 황자의 난을 일으킨 황자를 암살한 임무였다.

어찌 보면 바실리스와 루카스로 하여금 고향을 등지고 머나면 이곳 트로니아까지 오게 만든 장본인이 바로 그였다.

이런 관계 속에 있는 그가 과감히 바실리스와 루카스를 찾아온 것을 보면 그도 보통 인물은 아니었다.

"껄껄껄, 제이크가 나의 답을 얻어오라고 하더냐?"

서신을 다 읽은 바실리스가 크게 웃으며 칼머를 바라보았다.

"예, 바실리스 공의 대답을 직접 듣고 오라는 제이크 각하의 명이셨습니다."

"쩝, 제이크가 아직 크려면 멀었구나."

제이크의 서신에는 팔랑가스의 선대 황제인 율리우스 황제가 세상을 뜨고 필립스 황자가 새로운 황제로 등극해 제국을 다스리게 되었다.

새 황제는 바실리스 부자와의 과거에 있었던 원한을 잊고 그들을 다시 받아들이려 하니, 팔랑가스로 돌아와 자신과 함께 황제를 같이 보필하자는 내용이었다.

"칼머, 그대는 제이크에게 내 생각을 분명히 전해주게."

"말씀하시지요."

"그때 카라티노스 일가의 결정 이후, 제이크와 나는 아무런 관계가 없다고 말일세. 내가 그래도 한때 그의 아버지였던 고로 한마디 충고를 하니 이 말 역시 잊지 말고 전해주게. 이후 나는 국가와 국가의 이해관계에 따라 그를 대할 것이다. 만일 서로 죽여야 할 일이 있으면 망설임 없이 그렇게 할 것이다. 그리고 제이크 역시 같은 상황에서 그렇게 해야 내 마음이 편할 것이라고 말이야. 알겠는가?"

"알겠습니다, 바실리스 공!"

공적인 일로 부자 관계를 무시하는 바실리스의 말도 대담했지만, 아무런 표정 변화 없이 바실리스의 말을 전하겠다고 언급하는 칼머 역시 대담하기 그지없었다.

여담이긴 하지만 훗날 트로니아의 신하 가운데 한 명이 이 일에 얽힌 이야기를 듣고 팰트란을 찾아 바실리스 부자에 대한 경계를 늦춰서는 안 된다고 간했다가 그날로 봉고파직이 되었다.

그 이후, 정확한 증거없이 분규를 일삼고 남을 비방하는 자들이 없어졌다.

어떻게 보면 작은 일로 보이나, 이런 일들이 누적되면 국가에 큰 화가 되는 법이다.

충신을 역신으로 오해해 죽이는 군주들을 보면, 옆에서 군주에게 이간질을 하거나 모함을 하는 간신배들이 등장하는데, 실상 그 과정을 놓고 보면 가장 큰 책임은 그런 풍토를 가만 내버려 둔 군주에게 있는 것이다.

신하에게 굳건한 믿음을 보내는 군주는 신하에게 똑같은 신뢰를 받게 마련이다.

바실리스 부자 모함 사건의 처리 과정을 지켜본 트로니아의 신하들은 펠트란에게 진정에서 우러나는 충성과 신뢰를 보내게 되었다.

그의 작은 행동 하나하나가 백성들에게도 알려지며 어떤 법으로도 치유가 불가능했던 사회적인 병폐 현상들 역시 하나둘 사라졌다.

진실과 진리는 모든 것에 우선한다는 만고불변의 원칙을 다시 한 번 보여준 예라 하겠다.

『군신』 1권 끝

저작권 보호!!

장르문학의 성장에 힘이 되어주십시오.

저작물의 무단 전재와 복제, 불법 다운로드!
이것은 관심이 아니라 무관심입니다!

작가님들은 창의적 열정과 시간을 투자해 자신의 꿈과 생계를 유지합니다.
한 권의 책을 만들어 많은 사람들은 자신의 인생과 미래를 설계합니다.

저작물 속에는 여러 사람의 노력과 희망이
담겨 있습니다!

저작물의 무단 전재와 복제, 불법 다운로드는 여러 사람들의 꿈과 생계를
위협함으로써 장르문학을 심각한 상황에 빠뜨리고 있습니다.

이제는 무관심이 아니라 관심으로 장르문학의
성장에 힘이 되어주세요.

[도서출판 **청어람**은 항시적인 저작권 보호를 통해 장르문학과
여러분의 희망을 지키겠습니다.]

fly me to the moon
플라이 미 투 더 문

새로운 느낌의 로맨스가 다가온다!

판타지의 대가 이수영 작가의 신작!
드디어 판매 카운트다운!

플라이 미 투 더 문 | 이수영 지음

판타지의 대가, 이수영. 그녀가 선보이는 첫 번째 사랑이야기.
사랑, 질투, 음모, 욕망……
상상한 것 이상의 절애(切愛), 그 잔혹한 사랑이 시작된다.

온전히, 그의 손에 떨어진 꽃. 잡았다.
짐승의 왕은 즐거웠다.

인간, 그리고 인간이 아닌 자.
절대로 이어질 수 없는 두 운명이 만났다!
사랑 혹은 숙명.
너일 수밖에 없는 愛.

1998년 〈귀환병 이야기〉
2000년 〈암흑 제국의 패리어드〉
2002년 〈쿠베린〉
2005년 〈사나운 새벽〉

그리고 2007년,
『FLY ME TO THE MOON』

유행이 아닌 자유추구 -
WWW.chungeoram.com
BOOK Publishing CHUNGEORAM

눈길발길 쏙쏙 끄는 **비법이 가득!**
왕성한 가게 만드는

잘나가는 가게 노하우 151 가지

고다 유조 지음
김진연 옮김
가격 9,800원

물건이 팔리지 않는 시대!
왕성한 가게 만드는 비법이 가득!

가게 안에 웅덩이를 만들어라
조명만 조금 바꿔도 매출이 팍 늘어난다
보기 쉽고, 집기 쉬운 가게 배치는 '경기장 형'이 최고 등등
가게에 실제로 적용했을 때 매출이 오른 노하우만 알차게 수록
외관, 입구, 배치, 내장, 조명, 디스플레이에서 사원교육까지

도움이 되는 '발견'이 가득가득.
당신 가게를 회생시키기 위한 소중한 책!

유행이 아닌 자유추구 -
www.chungeoram.com

입소문을 통해 아는 분은 다 알고 계십니다!
올 한해 공인중개사 최고의 화제작!

1~2권 합본 | 이용훈 지음
3~4권 합본 | 이용훈 지음
5~6권 합본 | 이용훈 지음
용어해설 | 이용훈 지음

수험생 기본 필독서
만화 공인중개사

제목 : 만화공인중개사 쓰신 분에게 감사드립니다.

학원을 두 달 다녔어요. 근데 과연 그 숫자 외우기 그런 게 몇 문제나 나올까 생각을 했어요.
아니라는 생각이 드네요. 학원강의를 뒤로하고 서점을 갔어요. 내 머리에 가장 이해될수있는
책이 없나 하구요. 거기서 만화를 발견했어요. 무조건 세 번 봤어요. 3개월 걸렸어요. 문제집을 보라고
했는데 그건 시행을 못했어요. 근데 합격을 했네요.
어떻게 감사의 말을 해야 될지……
도서관에서 만화책 들고 다니니까 사람들이 비웃더라구요. 만화책으로 공인중개사를 공부한다고
미친 사람처럼 보더라구요. 근데 그거 다 감수하고 했던 내가 자랑스럽습니다.
어떻게 감사의 말을 해야 할지… 정말 감사합니다.
부디 행복하세요. 제 나이 41살에 좋은 스승을 만난 것 같습니다.
엎드려 감사드립니다.

—본사 홈페이지에 독자분이 올린 메일 中 에서 발췌—